# 昭明文選

黄侃黄焯批校

四

〔梁〕蕭統 編 〔唐〕李善 注
黄侃 黄焯 校訂

長江出版傳媒
崇文書局

文選卷第十九

梁昭明太子撰

文林郎守太子右内率府録事參軍事崇賢館直學士臣李善注上



賦癸

情

宋玉高唐賦一首　神女賦一首

登徒子好色賦一首　曹子建洛神賦一首

詩甲

補亡

束廣微補亡詩六首四言

高唐神女實爲一篇，猶子虛上林也。枚馬皆祖禰斯篇。

高唐不必在雲夢中，當在巫山之旁，文可證也。

文選十九

述德

謝靈運述祖德二首 五言

勸勵

韋孟諷諫一首 四言　張茂先勵志一首 四言

賦癸

情 易曰利貞者性情也性者本質也情者外染也色之別名事於最末故居於癸

高唐賦一首并序 漢書注曰雲夢中高唐之臺此賦蓋假設其事風諫婬惑也

宋玉

昔者楚襄王與宋玉遊於雲夢之臺史記曰楚懷王薨太子横立爲頃襄王漢書音義張揖曰雲夢楚藪也在南郡華容縣其中有臺館望高唐之觀其上獨有雲氣崒兮直上

此坐實先王為懷王大謬　高唐不因在雲夢中當在巫山之旁文可證之

忽兮改容，須臾之間，變化無窮。爾雅曰崪者厜㕒注謂山峯頭巉嵒然言雲氣形似於山王問玉曰：此何氣也？玉對曰：所謂朝雲者也。王曰：何謂朝雲？玉曰：昔者先王嘗遊高唐，怠而晝寢，鄭玄論語注曰寢臥息也夢見一婦人，曰：妾巫山之女也，襄陽耆舊傳曰赤帝女曰姚姬未行而卒葬於巫山之陽故曰巫山之女楚懷王遊於高唐晝寢夢見與神遇自稱是巫山之女王因幸之遂爲置觀於巫山之南號爲朝雲後至襄王時復遊高唐爲高唐之客。自言爲高唐之客聞君遊高唐，願薦枕席。薦進也欲親進於枕席求親昵之意也王因幸之。去而辭曰：妾在巫山之陽，高丘之阻，山南曰陽土高曰丘漢書注曰巫山在南郡巫縣阻險也旦爲朝雲，暮爲行雨，朝雲行雨神女之美也朝朝暮暮，陽臺之下。旦朝視之，如言，故爲立廟，號曰朝雲。玉曰：朝雲始出，狀若何也？玉對曰：其始出也，䨴兮若松榯，䨴茂貌如曈曨也徒對切榯直豎貌音時其少進也。晰兮若姣姬，揚袂鄣日，而望所思。晰昭晰，謂有光明美色。揚袂，舉袖也。如美人之舉袖望所思也。析忽兮改容，偈兮若駕駟馬，建羽旗。韓詩曰：偈，桀侹也，疾驅貌。周禮曰：析羽為旌，謂破五色鳥羽為之也。言氣變改，或如駕馬建旗也。建，立也。偈，居竭切。傑湫兮如風，淒兮如雨。風止雨霽，雲無處所。湫兮，涼貌。詩曰：風雨淒淒。爾雅曰：濟謂之霽。郭璞注曰：今南陽人呼雨止為霽。霽音薺。王曰：寡人方今可以遊乎？玉曰：可。方今，猶正今也。廣雅曰：方，正也。王曰：其何如矣？玉曰：高矣顯矣，臨望遠矣，廣矣普矣，萬物祖矣。廣，閒也。普，徧也。祖，始也。言萬物皆祖宗生此土，為萬物神靈之祖，最有異也。上屬於天，下見於淵，珍怪奇偉，不可稱論。王曰：試為寡人賦之。玉曰：唯唯。禮記曰：父召無諾，先生召無諾，唯而起。鄭玄曰：應唯恭於諾也。皇侃曰：唯，謂今之爾是也。惟高唐之大體兮，殊無物類之可儀比。言殊異於常，無物可儀比。比，類也。巫山赫其無疇兮，道互折而曾累。赫，然盛貌。道路交互曲折，曾，重也。謂橫斜而上。登巉巖而下望兮巉巖

孫志祖說石字羨文碣處會磕韻中相叶石字不叶也

說文磕石聲也口太切

石勢不生草木臨大阺之稸水說文曰秦謂陵阪曰阺丁兮切周禮曰以瀦畜水字林曰稸積也與畜同抽六切遇天雨之新霽兮觀百谷之俱集濞洶洶其無聲兮潰淡淡而並入百谷者衆谷雜水集至山之下字林曰濞水暴至聲也說文曰洶洶涌也謂水波騰貌洶詡鞏切潰水相交過也淡以冉切安流平滿貌滂洋洋而四施兮蓊湛湛而弗止長風至而波起兮若麗山之孤畝蓊然聚貌湛湛深貌弗止謂不常靜或行郭象莊子注曰麗著也爾雅曰如畝畝丘郭璞曰丘有隴界如田畝素問岐伯對黃帝曰卒風暴雨風吹水勢波落而隴起言風吹水勢浪文如孤隴之附山勢薄岸而相擊兮隘交引而卻會廣雅曰隘陿也言水之勢既薄岸而相激至迫隘之處其流交引而卻相會謂水口急陿不得前進則却退復會於上流之中止崒中怒而特高兮若浮海而望碣石崒聚也謂兩浪相合聚而中高也言水怒浪如海邊之望碣石孔安國注尚書曰碣石海畔山也礫磥磥而相摩兮巆震天之磕磕相摩言水急石流自相摩礪聲動徹天說文曰礫小石也磥磥衆石貌巆聲也火宏切字林曰磕大聲也

下溺字當義緣注文而誤也
上林賦胘泜注瀄、潏潏
霣墜
子虛賦灑乎淫淫般乎裔裔注列隊緩行皃
國語晉語郤獻子傷曰余病喙注喙短气皃

巨石溺溺之瀺灂兮沫潼潼而高厲巨石大石也溺溺沒也瀺灂石在水中出沒之貌沫
水高低貌潼潼高貌厲起也埤蒼曰瀺灂水流聲貌水澹澹而盤紆兮洪波淫淫之溶
潏說文曰澹澹水搖也紆回也淫淫去遠貌溶潏猶蕩動也音容裔奔揚踊而相擊兮雲興聲
之霈霈言水之奔揚踊起而相擊其狀若雲又興聲霈霈然上林賦曰穹隆雲橈義出於此篹文曰雲芳大波霈霈滿大切
猛獸驚而跳駭兮妄奔走而馳邁虎豹豺兕失氣恐喙
雕鶚鷹鷂飛揚伏竄妄謂不覺東西漫走竄走也說文曰鷂鷙鳥也與照切字林曰竄逃也七外切非闕協韻
一音七玩切股戰脅息安敢妄摯股戰猶股慄也脅息猶翕息也於是水蟲盡暴
乘渚之陽水蟲魚鼈之屬驚而陸處方言曰曬暴也蒲下切巫山所臨之渚陽水北也暖故魚鼈游焉黿鼉
鱣鮪交積縱橫振鱗奮翼蜲蜲蜿蜿中阪遙望謂張其鱗甲翼
魚腮邊兩鬚鬣也蜲蜲蜿蜿龍蛇之貌上言水中蟲盡暴揔色說之中阪之中猶未至山頂蜲於危切蜿於袁切玄木冬榮

字云方中侍椅梓屬
椅當为梓誤

施翼狝言移倚注猥
猗犯狝阿那向砢

煌煌熒熒奪人目精爛兮若列星曾不可殫形榛林鬱盛葩華覆蓋雙椅垂房糾枝還會煌煌熒熒草木花光也榛林栗林也葩花栗花長與葉間生自相覆蓋也雙椅椅桐屬也垂房花作房生也房椅實也還會交相也糾枝枝曲下垂也毛詩曰其桐其椅注椅梧屬爾雅曰下句曰糾徙靡澹淡隨波闇藹徙靡言枝往來靡靡然澹淡水波小文也闇藹者言木蔭水波闇藹然也東西施翼猗狔豐沛東西施翼者謂樹枝四向施布如鳥翼然言東西則南北可知其林木多也猗狔柔弱下垂貌漢書大人賦猗狔以招揺猗於宜切狔於危切綠葉紫裹丹莖白蔕裹猶房也古卧切纖條悲鳴聲似竽籟清濁相和五變四會左氏傳晏子曰先王和五聲也清濁小大以相濟也吹小枝則聲清吹大枝則聲濁五變五音皆變也禮記曰聲相應故生變變成方謂之音四會四懸俱會也又云與四夷之樂聲相會也感心動耳迴腸傷氣孤子寡婦寒心酸鼻言上諸聲能迴轉人腸傷斷人氣禮記王制曰小而無父謂之孤寒心謂戰慄也酸鼻鼻辛酸

闇一作暗 藹一作
晻靄一作
蔓眾盛

○登高二句領下

蘄巖
巑岏猶嵯峨
上林賦盤石裖崖孟康
曰裖砱致也師古曰謂重
疊而累積

裕

窐寥亦作㝘窌見長笛賦
同音 荀子作窴窌

淚欲出也長吏隳官賢士失志尚書曰股肱惰哉萬事隳哉孔安國曰隳廢也許規切失其本志不知所爲愁思無已歎息垂淚登高遠望使人心瘁登高心瘁此下謂至山上高處末至觀也瘁病也盤岸巑岏裖陳磑磑王逸楚辭注曰巑岏山鋭貌裖已見上林賦音振李奇曰裖整也陳列也磑磑高貌方言曰磑堅也盤石險峻傾崎崖隤埤蒼曰崎嶇不安也廣雅曰隤壞也說文曰墜下也巖嶇參差從橫相追勢如相追陬互橫啎背穴偃蹠廣雅曰陬角也側溝切啎五故切偃蹠言山石之形背穴偃蹇如有所蹈也許慎淮南子注曰蹠蹈也啎逆也路有横石逆當其前背卻也穴孔也卻又當山之孔穴交加累積重疊增益交加者言石相交加累其上別有交加石之勢在巑岏崖上重益其高狀若砥柱在巫山下砥柱山名在水中如柱然此崖岸在巫山下者似砥柱山然仰視山顛肅何千千炫燿虹蜺說文曰俗望山谷芊芊青也千芊古字通言山高如虹蜺炫燿其上俯視崝嶸窐寥窈冥廣雅曰崝嶸深直貌窐寥空深貌崝士耕切嶸音宏窐苦交切寥音聊不

上林賦巖
巖倚傾
郭璞曰巖
巖欹皃

岸

見其底虛聞松聲言山下杳遠不見但空聞松聲傾岸洋洋立而熊經岸既將傾水流又迅故立者恐懼而似熊經傾岸之勢其水洋洋避立之處如熊之在樹久而不去足盡汗出謂傾岸之勢阻險之處人所懼見心自戰懼足下流汗而出也悠悠忽忽怊悵自失悠悠遠貌忽忽迷貌言人神悠悠然遠迷惑不知所斷楚辭曰怊悵而自悲王逸曰悵恨貌怊恥驕切超使人心動無故自恐動驚也言無有故對此而驚恐賁育之斷不能為勇孟賁夏育決斷之士今見此嶮阻亦不能為勇也斷丁亂切卒愕異物不知所出卒士忽切爾雅曰遻見也午故切愕與遻同言卒然復有驚愕之異物從旁而出不知所從來縰縰莘莘若生於鬼若出於神縰縰莘莘衆多之貌說文曰纚冠織也縰與纚同所綺切詩曰魚在在藻有莘其尾毛萇曰莘衆多也莘所巾切字或作甡往來貌若出於神狀似走獸或象飛禽譎詭奇偉不可究陳上至觀側地蓋底平箕踵漫衍芳草羅生自此已前並述山勢也杜預左氏傳注曰厎平也箕踵前闊後狹似箕衍平貌言山勢如鍬箕之踵也秋蘭茝蕙江

五

驪黃之驪宋本作鶩鶩亦是今本作黧

當年遨遊言當时遨遊耳不必破字妄説



離載菁廣雅曰菁華也載則也青荃射干揭車苞幷見本草夜干一名烏扇今江東爲烏蓮史記爲射干漢書音義曰揭車香草也苞幷叢生也薄草靡靡聯延天天越香掩掩靡靡相依倚貌天天少長也越香言氣發越掩掩同時發也掩同也衆雀嗷嗷雌雄相失哀鳴相號雀鳥之通稱毛詩曰鴻鴈于飛哀鳴嗷嗷王鴡鸝黃正冥楚鳩姊歸思婦垂雞高巢其鳴喈喈爾雅曰王鴡郭璞曰鵰類今江東通呼爲鶚詩云鳥摯而有別者一名王鵙鸝黃郭璞曰其色黧黑而黃因名之一曰鶬鶊方言曰或謂黧黃爲楚雀廣雅曰楚鳩一名嘷啁爾雅曰巂周郭璞曰子巂鳥出蜀中或曰即子規一名姊歸巂胡圭切思婦亦鳥名也地理志曰夷通鄉比過仁里有觀山故老相傳云昔有婦登北山絕望愁思而死因以爲名垂雞未詳高巢巢高也當年遨遊一本云子當千年萬世遨遊未詳更唱迭和赴曲隨流赴曲者鳥之哀鳴有同歌曲故言赴曲隨流者隨鳥類而成曲也有方之士羨門高谿史記曰方士皆掩口扺頂左氏傳注曰方法術也史記曰秦始皇使燕人盧生求羨門高誓谿疑是誓字漢書郊祀志曰充尚羨門高最後皆燕人爲方令道

注

形辭銷化玉充尚羨門高二人上成鬱林公[illegible]聚穀蓋亦方士也未詳所見又鬱然仙人盛多如林木公共也人在山上作巢穀食也聚食於山阿進純犧禱琁室進謂祭也禱祭也尚書曰神祇之犧牷牲用孔安國曰色純曰犧淮南子曰崑崙之山有傾宮琁室高誘曰以玉飾宮也醮諸神禮太一醮祭也子肖切史記曰宜立太一而上親郊之傳祝已具言辭已畢王乃乘玉輿駟倉螭垂旒旌旆合諧紬大絃而雅聲流冽風過而增悲哀傳祝已具神之語已具言辭即祝所傳辭也畢竟也旒旌謂建太常十二旒雅聲正不淫邪字林曰冽寒風也紬引也音抽於是調謳令人惏悷憯悽脅息增欷並悲傷貌脅息縮氣也增益也惏力甚切悷力計切於是乃縱獵者基趾如星傳言羽獵銜枚無聲相傳言語徧告衆士漢書音義李奇曰羽林騎士張晏曰以應獵負羽周禮銜枚氏軍旅田役令鄭玄以爲枚止言語囂讙也枚狀如箸橫銜之弓弩不發罘罕不傾涉漭漭馳苹苹漭漭水廣遠貌爾雅曰苹藾蕭郭璞曰今藾蒿也邪生亦可食說文

何節一本作稱節

此王謂襄王

此見謂見巫山之女
戒服爲韻

諷諫之旨在言所謂
誘掖其君

滯字羨 別本

趙曦明說此篇與上篇
玉將欲往見上下緊相
承接

曰莘莘草貇音平 飛鳥未及起走獸未及發何節奄忽蹄足灑血

何問辭也言何節奄忽之間而獸之蹄足已皆灑血節所執之節也 舉功先得獲車已實王將

欲往見必先齋戒差時擇日 毛萇詩傳曰差擇也 簡輿玄服建雲旆

蜺爲旌翠爲蓋 冬王水水色黑故衣黑服簡簡略也省也翠翡翠也以羽飾蓋 風起雨止千

里而逝蓋發蒙往自會 素問黃帝曰發蒙解惑未足以論也會與神女相會 思萬方

憂國害開賢聖輔不逮 開導賢聖令其進仕用其謀策輔已不逮此又陳諫於王也 九

竅通鬱精神察滯 文子曰九竅者精神之戶牖氣者五藏之使候呂氏春秋曰凡人九竅五藏惡

之精氣鬱高誘曰鬱滯不通也 延年益壽千萬歲

神女賦一首 并序

宋玉

或云當作玉寢此則夢者非世其王也耶下云他人莫覩王覽其狀王承此王言而說春以先王所幸襄王不應夢則宋玉應夢之耶不知昔者先王宋玉固未嘗實摘其為懷王此則朝雲之廟蓋已遠矣上告下亦可稱白稱白稱迷洪存中姚寬之誤皆由不解此白字耳趙年錫字爲例玉紙四字讀亦是也別本洛見所夢者存想之也王別本下云它人莫覩王見其狀臣承此王言而說

楚襄王與宋玉遊於雲夢之浦使玉賦高唐之事其夜王寢果夢與神女遇其狀甚麗王異之明日以白玉玉曰其夢若何王曰晡夕之後精神怳忽若有所喜紛紛擾擾未知何意晡日昳時也怳忽不自覺知之意所喜忽然喜悅紛擾亂也目色髣髴乍若有記見一婦人狀甚奇異寐而夢之寤不自識罔兮不樂悵然失志於是撫心定氣復見所夢玉曰狀何如也如有可記識也髣髴見不審也罔憂也撫覽也見神女也玉曰茂矣美矣諸好備矣盛矣麗矣難測究矣上古既無世所未見瓌姿瑋態不可勝贊勝盡也贊明也其始來也燿乎若白日初出照屋梁韓詩曰東方之日薛君曰詩人所說者顏色美盛若東方之日其少進也皎若明月舒其光毛詩曰月出皎兮毛萇曰皎婦人有美白皙也須臾之間

趙曰孫盡中皆有之

此玉。男。更。謂。之。誰。上王玉二字互倒耳蓋夢與神遇者王也以狀告玉者亦玉自下賦乃承王之命因王之辭而賦之詩校勘之家皆於此未能照故所說多誤若作玉寤神女則試為寡人賦之及王覽其狀不可通侃所說竟與趙曦明同今夜覽孫志祖文選考異見之為之一快 七夕記

趙未知者先生之為懷王

為乃非字之誤

美貌橫生曄兮如華溫乎如瑩毛詩曰有女同車顏如蕣華又曰尚之以瓊瑩乎而注瓊瑩石似玉也音榮逸論語曰如玉之瑩說文曰瑩玉色也爲明切曄盛貌五色並馳不可殫形詳而視之奪人目精其盛飾也則羅紈綺繢盛文章馳施也綺五色也蒼頡篇曰繢似纂色赤胡憒切極服妙采照萬方振繡衣被袿裳劉熙釋名曰婦人上服謂之袿襛不短纖不長說文曰襛衣厚貌如恭切步裔裔兮曜殿堂忽兮改容婉若遊龍乘雲翔嫷被服侻薄裝裔裔行貌毛萇詩傳曰婉美貌方言曰嫷美也他卧切說文曰侻好也與婉同他外切又侻可也言薄裝正相堪可沐蘭澤含若芳性和適宜侍旁順序卑調心腸沐洗也以蘭浸油澤以塗頭旁宜侍王旁卑柔弱也玉曰若此盛矣試爲寡人賦之玉曰唯唯夫何神女之姣麗兮含陰陽之渥飾言神女得陰陽厚美之飾被華藻

說文無侻字女部有娧字云好也

孰者是尚言無所不美不可專席一所之美也注未諦

若作玉覽其狀似云試為寡人賦之

婆娑人間謂樂將人間也注謬

之可好兮若翡翠之奮翼其象無雙其美無極毛嬙鄣袂不足程式西施掩面比之無色慎子曰毛嬙先施天下之姣也衣之以皮倛則見者皆走易之以玄錫則行者皆止先施西施一也嬙音牆近之既妖遠之有望骨法多奇應君之相視之盈目孰者克尚近看既美復宜遠望孰誰也克能也誰者能尚言無有也私心獨悅樂之無量交希恩疏不可盡暢他人莫覩王覽其狀其狀峩峩何可極言貌豐盈以莊姝兮苞溫潤之玉顏暢申也未可申暢己志也豐盈肥滿也莊嚴也方言曰姝好也毛萇詩傳曰姝美色也禮記曰玉溫潤而澤仁也眸子炯其精朗兮瞭多美而可觀字林曰瞭目也鄭玄周禮注曰瞭明目也力小切眉聯娟以蛾揚兮朱脣的其若丹聯娟微曲貌素質幹之醲實兮志解泰而體閑既姽嫿於幽靜兮又婆娑乎人間言志操解散者

望余帷而延視余，本宋玉代襄王自余也，下同

泰多閑不急躁也謂在人中最好無比也婆娑猶盤姍也說文曰旎婧好貌五罪切廣雅曰嫿好也音畫說文靜審也韓詩靜貞也宜高殿以廣意兮翼放縱而綽寬動霧縠以徐步兮拂墀聲之珊珊珊珊聲也翼放縱貌如鳥之翼隨意放縱縠今之輕紗薄如霧也望余帷而延視兮若流波之將瀾流波目視貌言舉目延視精若水波將成瀾也奮長袖以正衽兮立躑躅而不安說文曰衽衣衿也自矜嚴也澹清靜其愔嫕兮性沈詳而不煩澹靜貌愔和也嫕淑善也言志度靜而和淑也不煩不躁也聲類曰愔見魏都賦嫕已見洞簫賦和靜貌韓詩曰嫕悅也說文曰嫕靜也蒼頡篇曰嫕密也時容與以微動兮志未可乎得原意似近而既遠兮若將來而復旋原本也其意欲似近而心靜不測是復爲遠也將來可親之意更遠也謂復更遠也字林曰旋回也褰余幬而請御兮願盡心之惓惓鄭玄毛詩箋曰幬牀帳也懷貞亮之絜清兮卒與我兮相相雜而不相近難陳嘉辭而

文十九

然諾不分言未知神女之俞不可由耳

怖覆猶怖覆非恐怖之謂

云對兮吐芬芳其若蘭精交接以來往兮心凱康以樂歡神獨亨而未結兮魂煢煢以無端含然諾其不分兮喟揚音而哀歎頩薄怒以自持兮曾不可乎犯干精神也結猶未相著

煢煢然無有端次不知何計分當也言神女之意雖含諾猶未當其心廣雅曰頩色也匹零切方言曰頩怒色青貌切韵匹迥切歛容也蒼頡篇曰薄微也捉顏色而自矜持也

於是搖珮飾鳴玉鸞整衣服歛容顏顧女師命太傅古者皆有女師教以婦德今神女亦有教也毛詩序曰尊敬師傅可以歸寧父母漢書音義曰婦人年五十無子者爲傅歡情未接將辭而去遷延引身不可親附似逝未行中若相首遷延却行去也廣雅曰首向也舒救切目略微眄精彩相授志態橫出不可勝記意離未絕神心怖覆禮不遑訖辭不及究願假須臾神女稱遽目略輕看精神光采相授與也猶未即絕

未

二字羨

登徒即勝屠申屠皆司徒之轉語也何曰以官為氏今謂氏司徒耳

怖覆謂恐怖而反覆也左氏傳豎頭須曰沐則心覆心覆則圖反遽急也言去不住也徊腸傷氣顛倒失據毛萇詩傳曰據依也闇然而暝忽不知處情獨私懷誰者可語惆悵垂涕求之至曙

## 登徒子好色賦一首并序

此賦假以為辭諷於婬也

宋玉

大夫登徒子侍於楚王短宋玉曰大夫官也登徒姓也子者男子之通稱戰國策曰孟嘗君至楚楚獻象牀登徒送之髙誘淮南子注曰短說其罪闕也玉為人體貌閑麗口多微辭又性好色閑靜也麗美也微妙也公羊傳曰定哀多微辭論語子曰吾未見好德如好色者也願王勿與出入後宮王以登徒子之言問宋玉玉曰體貌閑麗所受於天也口多微辭所學於師也至於好色臣無有也王曰

子不好色亦有說乎遣自解說也有說則止無說則退玉曰天下之佳人莫若楚國楚國之麗者莫若臣里臣里之美者莫若臣東家之子東家之子增之一分則太長減之一分則太短著粉則太白施朱則太赤眉如翠羽肌如白雪莊子曰藐姑射之山有神人居焉肌膚若冰雪要如束素齒如含貝莊子孔子謂盜跖曰將軍齒如齊貝貝海螺其色白嫣然一笑惑陽城迷下蔡王逸楚辭注曰嫣笑貌廣雅曰嘕嘕欵欵喜也陽城下蔡二縣名蓋楚之貴介公子所封故取以喻焉然此女登牆闚臣三年至今未許也字林曰窺傾頭門內視也又小視也登徒子則不然其妻蓬頭攣耳齞脣歷齒莊子曰蓬頭突鬢爾雅曰攣病也力專切說文曰齞張口見齒也牛善切歷猶踈也旁行踽僂縷又疥且痔踽僂傴僂也廣雅曰傴僂曲貌傴央矩切僂力主切說文曰疥瘙也痔後病也登徒子悅

愚亂之邪臣正宋玉也彼彼登徒也謂不如彼者宋玉自以爲不如登徒好色也注皆繆何焯亦不解此文故謂愚亂之邪而絕此文理獨不通矣

古人爲文病痛其一身多矣自謂愚亂正志自傷況託之異人之口哉

不當提行

之使有五子王孰察之誰爲好色者矣是時秦章華大夫在側因進而稱曰今夫宋玉盛稱鄰之女以爲美色愚亂之邪臣自以爲守德謂不如彼矣章華楚地名大夫楚人入仕於秦時使襄王一云食邑章華因以爲號愚鈍也亂昏也邪僻也言昏鈍邪僻之臣章華大夫自謙不如彼之登徒所說也言宋玉之所說鄰女美色愚臣守德猶不如登徒之說況宋玉乎臣章華大夫自謂且夫南楚窮巷之妾焉足爲大王言乎若臣之陋目所曾覩者未敢云也王曰試爲寡人說之大夫曰唯唯

臣少曾遠遊周覽九土足歷五都九土九州之土五都五方之都出咸陽熙邯鄲從容鄭衛溱洧之間熙戲也廣雅曰從容舉動也毛詩曰溱與洧方渙渙兮毛萇曰溱洧鄭兩水名洧于軌切是時向春之末迎夏之陽鶬鶊喈喈羣女出

此與神女賦同旨然已勸百而諷一矣其原出於漢廣行露然則貞信之教被於江漢也久矣故曰楚辭者二南之苗裔也

此稱詩者女言往贈芳華不以禮義不如無生也注謬

桑。毛詩曰倉庚喈喈又曰十畝之閒兮桑者閑閑兮此郊之姝。華色含光。體美容冶。不待飾裝。臣觀其麗者因稱詩曰遵大路兮攬子袪。此郊即鄭衛之郊毛詩曰靜女其姝又曰遵大路兮摻執子之袪兮大路詩篇名也遵循也路道也謂道路逢子之美願攬子之袂與俱歸也稱此詩者此本鄭詩故稱以感動贈以芳華辭甚妙。折芳草之華以贈之爲辭甚妙於是處子怳若有望而不來忽若有來而不見意密。體疏俯仰。異觀含喜。微笑竊視流眄。謂折芳草之花以贈之欲贈芳華恐不受故先與妙辭以進之處女未嫁者怳失意貌體疏相離殊遠謂異於未贈花前所視復稱詩曰寤春風兮發鮮榮。絜齋俟兮惠音聲。贈我如此兮不如無生。司馬彪注漢書子虛賦曰復荅也顏師古注復音伏寤覺也鮮榮華也喻少年之盛齋莊也言自絜貌矜莊而待惠音聲如此謂贈以芍藥欲結恩情而女不受毛詩曰知我如此不如無生鄭玄曰則己之生不如不生無生恨之辭也因

此与神女賦同旨然已勸百而諷一矣其原出于漢廣行露然則貞信之教被於江漢也久矣故曰楚辭者二南之苗裔也

洛神乃子建自比也何焯解此文獨得之

遷延而辭避蓋徒以微辭相感動精神相依憑目欲其顏心顧其義揚詩守禮終不過差故足稱也於是楚王稱善宋玉遂不退微辭謂向所陳辭甚妙者若即折登徒言多微詞宋玉雖不逮大夫之顧義而不同登徒之好色故不退

## 洛神賦一首 并序

漢書音義如淳曰宓妃宓羲氏之女溺死洛水爲神

曹子建 考異作說

記曰魏東阿王漢末求甄逸女既不遂太祖回與五官中郎將植殊不平晝思夜想廢寢與食黄初中入朝帝示植甄后玉鏤金帶枕植見之不覺泣時已爲郭后讒死帝意亦尋悟因令太子留宴飲仍以枕賚植植還度轘轅少許時將息洛水上思甄后忽見女來自云我本託心君王其心不遂此枕是我在家時從嫁前與五官中郎將今與君王遂用薦枕席懽情交集豈常辭能具爲郭后以糠塞口今被髮羞將此形貌重覩君王爾言訖遂不復見所在遣

三字或是四字之誤或三年朝而史未之何焯妄說不可用

人獻珠於王王荅以玉珮悲喜不能自勝遂作感甄賦後明帝見之改爲洛神賦

黃初三年余朝京師還濟洛川黃初文帝丕年號京師洛陽也洛川洛水之川也洛水出洛山濟度也古人有言斯水之神名曰宓妃感宋玉對楚王神女之事遂作斯賦其辭曰

余從京域言歸東藩魏志曰黃初三年立植爲鄄城王四年徙封雍丘其年朝京師又文紀曰黃初三年行幸許又曰四年三月還雒陽宮然京域謂雒陽東蕃即鄄城魏志及諸詩序竝云四年朝此云三年誤一云魏志二年不言植朝蓋魏志略也背伊闕越轘轅伊闕轘轅巳見東都賦經通谷陵景山華延洛陽記曰城南五十里有大谷舊名通谷河南郡圖經曰景山緱氏縣南七里日既西傾車殆馬煩爾迺稅駕乎蘅皐秣駟乎芝田蘅杜蘅也皐澤也嵩高山記曰山上神芝十洲記曰鍾山仙家耕田種芝草容與乎陽林流眄乎洛川於是精移神駭忽焉

來



思散俯則未察仰以殊觀覩一麗人于巖之畔迺援御者而告之曰爾有覿於彼者乎彼何人斯若此之豔也陽林一作楊林地名生多楊因名之移變也情思消散如有所悅未察猶未的審所觀殊異毛詩曰彼何人斯御者對曰臣聞河洛之神名曰宓妃然則君王所見無迺是乎其狀若何臣願聞之余告之曰其形也翩若驚鴻婉若遊龍邊讓章華臺賦曰體迅輕鴻榮曜春華神女賦曰婉若遊龍乘雲翔翩翩然若鴻鴈之驚婉婉然如遊龍之升榮曜秋菊華茂春松朱穆鬱金賦曰比光榮於秋菊齊英茂於春松髣髴兮若輕雲之蔽月飄颻兮若流風之迴雪遠而望之皎若太陽升朝霞正歷曰太陽日也迫而察之灼若芙蕖出淥波襛纖得衷脩短合度神女賦曰襛不短纖不長肩若削成腰如約

素。削成已見魏都賦登徒子好色賦曰腰如束素束素約素謂圓也延頸秀項。皓質呈露。楚辭曰小腰秀項若鮮卑說文曰項頸也司馬相如美人賦曰皓質呈露呈見也延秀皆長也芳澤無加。鉛華弗御。楚辭曰粉白黛黑施芳澤鉛華粉也博物志曰燒鉛成胡粉張平子定情賦曰思在面爲鉛華兮患離塵而無光雲髻峩峩。脩眉聯娟。毛詩曰鬒髮如雲神女賦曰眉聯娟以蛾揚峩峩高如雲也脩長曲而細也丹脣外朗。皓齒內鮮。明眸善睞。靨輔承權。神女賦曰眸子炯其精朗離騷曰靨輔奇牙宜笑嫣王逸曰美人頰有靨輔也權兩頰睞旁視也瓌姿豔逸。儀靜體閑。神女賦曰瓌姿瑋態又曰志解泰而體閑儀靜安靜也體閑謂膚體閑暇也柔情綽態。媚於語言。奇服曠世。骨像應圖。柔弱也綽寬也神女賦曰骨法多奇應君之相應圖應畫圖也披羅衣之璀粲兮。珥瑤碧之華琚。璀粲衣聲山海經曰沃人之國爰有璿瑰瑤碧郭璞曰名玉也又曰和山其上多瑤碧毛詩曰投我以木瓜報之以瓊瑤毛萇曰琚佩玉名

告御之辭止此

告御之詞止此

音居戴金翠之首飾綴明珠以耀軀司馬彪續漢書曰太皇后花勝上爲金鳳以翡翠爲毛羽步搖貫白珠八劉騊駼玄根賦曰戴金翠珥珠璣劉熙釋名曰皇后首飾曰副踐遠遊之文履曳霧綃之輕裾繁欽定情詩曰何以消滯憂足下雙遠遊有此言未詳其本神女賦曰動霧縠以徐步綃輕縠也微幽蘭之芳藹兮步踟躕於山隅於是忽焉縱體以遨以嬉左倚采旄右蔭桂旗芳藹芳香晻藹也楚辭曰建雄虹之采旄又曰辛夷車兮結桂旗攘皓腕於神滸兮采湍瀨之玄芝爾雅曰岸上曰滸郭璞曰厓上地也毛詩曰在河之滸毛萇曰滸水厓也漢書音義應劭曰瀨水流沙上也傅瓚曰瀨湍也本草曰黑芝一名玄芝余情悅其淑美兮心振蕩而不怡無良媒以接懽兮託微波而通辭毛詩曰子無良媒願誠素之先達兮解玉佩以要之嗟佳人之信脩羌習禮而明詩抗瓊珶以和予兮指潛

淵而爲期要屈也佳人信脩整習禮謂立德明詩謂善言辭古人指水爲信如有如白水之類也珶玉也徒帝切潛淵謂所居也執眷眷之款實兮懼斯靈之我欺感交甫之棄言兮悵猶豫而狐疑神仙傳曰切仙一出遊於江濱逢鄭交甫交甫不知何人也目而挑之女遂解佩與之交甫行數步空懷無佩女亦不見爾雅曰猶如麂善登木此獸性多疑慮常居山中忽聞有聲則恐人來害之每預上樹久久無度復下須臾又上如此非一故不決者稱猶焉一曰隴西俗謂犬子隨人行每預前待人不得又來迎候故言猶豫也狐之爲獸其性多疑每渡冰行且聽且渡故疑者稱狐疑收和顏而靜志兮申禮防以自持說文曰靜審也韓詩曰靜貞也於是洛靈感焉徙倚傍徨申展也子建自防持也謝靈運山居賦注曰河靈河伯也東阿所謂洛靈神光離合乍陰乍陽陰去陽來也邊讓章華臺賦曰縱輕軀以迅赴若離鵠之失羣言如鶴鳥之立望竦輕軀以鶴立若將飛而未翔踐椒塗之郁烈步蘅薄而流芳椒塗蘅薄言芳

匏瓜在河鼓東河鼓語轉爲黃姑東飛伯勞歌曰黃姑織女時相見然則匏瓜無匹指黃姑無匹耳王獻之詩作匏媧乃常儀占月而訛作嫦娥之比近有人以女媧說之可云巨謬　注謬

此當與責躬應詔贈白馬王彪詩求通親親求自試二表六國論及陳思王侍參看其旨自明感甄之說極此雪冤矣

上句言下比辭言履險若平地也後人多不得其襪生塵之解緣注誤之也

香也郁烈香氣之甚超長吟以永慕兮聲哀厲而彌長爾迺衆靈雜遝命儔嘯侶或戲清流或翔神渚或采明珠或拾翠羽從南湘之二妃攜漢濱之游女厲急也雜遝衆貌二妃已見上文毛詩曰漢有游女不可求思注漢上游女無求思者歎匏瓜之無匹兮詠牽牛之獨處史記曰四星在危南匏瓜牽牛爲犧牲其北織女天女孫也天官星占曰匏瓜一名天雞在河鼓東牽牛一名天鼓不與織女值者陰陽不和曹植九詠注曰牽牛爲夫織女爲婦織女牽牛之星各處河鼓之旁七月七日乃得一會阮瑀止慾賦曰傷匏瓜之無偶悲織女之獨勤俱有此言然無匹之義未詳其始揚輕袿之猗靡兮翳脩袖以延佇體迅飛鳧飄忽若神陵波微步羅韈生塵陵波而韈生塵言神人異也洛靈即神而言若者夫神靈之揔稱言若所以類彼非謂此爲非神也淮南子曰聖足行於水無跡也衆生行於霜有跡也說文曰韈足衣也動無常則若危若安進止難

○湌訛字

期若往若還。轉眄流精，光潤玉顏。（神女賦曰：苞温潤之玉顏。）含辭未吐，氣若幽蘭。（神女賦曰：吐芬芳其若蘭。）華容婀娜，令我忘湌。（張衡七辯曰：蝤齊之領，阿那宜顏。杜篤祓禊祝曰：懷季女使不殘。婀，烏可切。娜，奴可切。）於是屏翳收風，川后靜波。（王逸楚辭注曰：屏翳，雨師名。虞喜志林曰：韋昭云屏翳雷師，喜云雨師。然說屏翳者雖多，並無明據。曹植詰洛文曰：河伯典澤，屏翳司風。植既皆為風師，不可引他說以非之。川后，河伯也，已見上文。）馮夷鳴鼓，女媧清歌。（馮夷、女媧並已見上文。）騰文魚以警乘，鳴玉鸞以偕逝。（騰，升也。文魚有翅能飛，故使警乘。警，戒也。楚辭曰：文魚兮上瀨。又曰：將騰駕兮皆逝。玉鸞已見上文。）六龍儼其齊首，載雲車之容裔。（春秋命歷序曰：有神人，右耳蒼色，大肩，駕六龍出輔，號曰神農。儼，矜莊貌。春秋命歷序曰：人皇乘雲車出谷口。博物志曰：漢武帝好道，西王母七月七日漏七刻，王母乘紫雲車來。）鯨鯢踊而夾轂，水禽翔而為衛。於是越北沚，過南岡，紆素領，迴清陽。（北海魚非洛川所有，然神仙之川亦有爾。）

注繆

此當與責躬應詔贈白馬王詒詩求通親親求自試二表六國論及陳思王傳參看其旨自明盛甄之謗于此雪矣

雅曰水中渚曰沚孔安國尚書注曰山脊曰岡毛詩曰領如蝤蠐又曰有美一人清陽婉兮動朱脣以徐言陳交接之大綱恨人神之道殊兮怨盛年之莫當抗羅袂以掩涕兮淚流襟之浪浪盛年謂少壯之時不能得當君王之意此言微感甄后之情楚辭曰擥茹蕙以掩涕兮沾予襟之浪浪淚下貌悼良會之永絕兮哀一逝而異鄉良會夫婦之道鄉猶方也淮南子曰禮豐不足以效愛服虞通俗文曰耳珠曰璫無微情以效愛兮獻江南之明璫雖潛處於太陰長寄心於君王太陰衆神之所居忽不悟其所舍悵神宵而蔽光漢書音義孟康曰宵化也於是背下陵高足往神留遺情想像顧望懷愁楚辭曰思舊故而想像傳毅七激曰無物可樂顧望懷愁冀靈體之復形御輕舟而上遡浮長川而忘反思緜緜而增慕夜耿耿而不寐霑繁霜而至

補六笙詩　羣之治和，和之宜適子　點府　踐之武重雲鄉之和風

右年侍曰君之為國也，必有三年之委積，纖阿，阿月御也　江有臧圯

右龍曇

纏綿悱惻而文帝不寤可為隕涕

詩中物色特加於由外記之

曙遡逆流向上也綵絲密意也毛詩曰耿耿不寐又曰正月繁霜命僕夫而就駕吾將歸乎東路攬騑轡以抗策悵盤桓而不能去說文曰騑驂駕也毛萇詩傳曰騑騑行不止之貌廣雅曰盤桓不進也

詩甲

補亡詩六首 四言并序補亡詩序曰晳與司業疇人肄脩鄉飲之禮然所詠之詩或有義無辭音樂取節闕而不備於是遥想既往存思在昔補著其文以綴舊制

東廣微 王隱晉書曰東晳字廣微平陽陽干人也父惠馮翊太守兄璆與晳齊名嘗覽古詩惜其不補故作詩以補之賈謐請為著作郎

南陔孝子相戒以養也 毛詩序曰有其義而亡其辭子夏序曰南陔廢則孝友缺矣聲類曰陔隴也

循彼南陔言采其蘭 采蘭以自芬香也循陔以采香草者將以供養其父母喻人求珍異以歸

居當讀其 此用詩文耳
居無別義

居當讀其 此用詩文耳
居無別義
或言彼居之子當在眷
戀二句下 其說非也

此盧諶贈劉琨詩

眷戀庭闈心不遑安庭闈親之所居眷戀思慕也言我思歸供養心不暇安彼居之子罔或游盤居謂未仕者言在家之子無有縱樂須供養此相戒之辭也尚書曰乃盤游無度馨爾夕膳絜爾晨飡馨芬香也絜鮮靜也教其朝晚供養之方循彼南陔厥草油油草油油而從風喻己亦當柔色以承親史記微子之歌曰麥秀之漸漸禾黍之油油鄭玄禮記注曰油然物始生好貌彼居之子色思其柔言承望父母顏色須其柔順也論語子夏問孝子曰色難色難謂承順父母顏色乃爲難也眷戀庭闈心不遑留馨爾夕膳絜爾晨羞羞有滋味者有獺有獺在河之涘禮記曰孟春之月魚上氷獺祭魚獺將食之先以祭又曰獺祭魚然後虞人入澤梁此喻孝子循陔如求珍異歸養其親也淩波赴汩噬魴捕鯉字林曰汩深水也于筆切廣雅曰噬齧也爾雅曰魴魾也郭璞曰今呼魴魚爲鯿噭噭林鳥受哺于子小雅曰純黑而反哺者烏也毛詩曰相彼反哺尚在翔禽養隆敬薄惟禽之似

孟子曰食而不愛豕畜之愛而不敬獸畜之劉熙曰愛而不敬若人畜禽獸但愛而不能敬也言烏亦能報恩但不知禮敬耳今人雖有供養而無禮敬禽獸何異乎

**勗增爾虔以介丕祉**鄭玄毛詩箋云介助也毛萇詩傳曰祉福也

**白華孝子之絜白也**言孝子養父母常自絜如白華之無點汙也子夏序曰白華廢則廉恥缺矣

**白華朱萼被于幽薄**毛詩曰鄂不韡韡鄭玄曰承華者鄂也纂要曰草叢最生曰薄此喻兄弟比於華萼在林薄之中若孝子之在衆雜方於華萼自然鮮絜

**粲粲門子如磨如錯**毛詩曰粲粲衣服周禮曰正室謂之門子鄭玄曰正室適子將代父當門者毛詩曰如切如瑳如琢如磨石曰磨爾雅曰謂之剒

**終晨三省匪惰其恪**論語曾子曰吾日三省吾身為人謀而不忠乎與朋友交而不信乎傳不習乎陳思王魏德論曰位冠萬國不惰厥恪

**白華絳趺在陵之陬**鄭玄毛詩箋曰跗鄂足也跗與趺同陬山足也

**蒨蒨士子涅而不渝**蒨蒨鮮明貌論語子曰不曰白乎涅而不緇渝變也

**竭誠盡**

敬亹亹志勉毛萇詩傳曰亹亹勉勉也亡匪切白華玄足在丘之曲堂堂處子無營無欲論語曾子曰堂堂乎張也處子處士也已見鸚鵡賦梁鴻安丘嚴平頌曰無營無欲澹爾淵清鮮侔晨葩莫之點辱孝經鉤命決曰名毁行廢玷辱先人王逸楚辭注曰點汙也點與玷古字通

華黍時和歲豐宜黍稷也子夏序曰華黍廢則畜積缺矣黮黮重雲輯輯和風黮黮雲色不明貌徒感切輯輯風聲和也毛詩曰習習谷風毛萇曰習習和舒之貌輯與習同黍華陵巔麥秀丘中毛詩曰黍稷方華微子有麥秀之歌鄭玄曰高田宜黍稷下田宜稻麥靡田不播九穀斯豐尚書曰播厥百穀周禮曰三農生九穀鄭玄曰九穀稷黍秫稻麻大小豆大小麥也奕奕玄霄濛濛甘霤鄭玄毛詩箋曰奕奕光也玄黑也霄雲也毛萇詩傳曰濛濛雨貌凡水下流曰霤黍發稠華亦挺其秀蒼頡篇曰稠衆

也廣雅曰稠穊也直留切穊居致切毛詩曰實發實秀靡田不殖九穀斯茂無高不播無下不殖芸芸其稼參參其穡芸芸多貌參參長貌種曰稼斂曰穡參所今切稸我王委充我民食公羊傳曰君子之爲國也必有三年之委尚書八政一曰食玉燭陽明顯猷翼翼爾雅曰四氣和謂之玉燭郭璞曰道光照也廣雅曰翼翼明貌猷道也

由庚萬物得由其道也由從也庚道也言物並得從陰陽道理而生也子夏序曰由庚廢則陰陽失其道理矣

蕩蕩夷庚物則由之尚書曰王道蕩蕩毛萇詩傳曰夷常也萬物由之以生也喻王者之德羣生仰之以安也蠢蠢庶類王亦柔之毛萇詩傳曰蠢動也國語曰夏禹能平水土以品處庶類孔安國尚書傳曰柔安也道之既由化之既柔木以秋零草以春抽言萬物既由於道羣黎又安於化故草木遂性而零茂隨四時也獸在于草魚躍順流言皆得其時也四時遞謝八風代扇淮南子曰四時者春生夏長秋收冬藏八風已見上纖阿案晷星變其躔

淮南子曰纖阿月御也顔延年篆要曰景曰昃呂氏春秋曰月躔二十八宿漢書曰日月初躔星之紀音義曰躔舍也五是

不逆六氣無易尚書云曰雨曰暘曰燠曰風曰時五是來備各以其序庶草蕃廡左氏傳秦醫和謂晉侯曰天有六氣陰陽風雨晦明易改也謂不改其常行也愔愔我王紹文之跡左氏傳右尹革曰祈昭之愔愔杜預曰愔愔安和貌我王成王也此詩成王時也文周文王也言能繼文王之跡也

崇丘萬物得極其高大也崇丘高丘也言萬物生長於高丘皆遂其性得極其高大也子夏序曰崇丘廢則萬物不遂其性矣

瞻彼崇丘其林藹藹植物斯高動類斯大藹藹茂盛貌周禮曰山林植物鄭玄曰物根生之屬周風既洽王猷允泰周周家也毛詩曰王猷允塞猶猷古字通漫漫方輿回回洪覆淮南子曰以天爲蓋以地爲輿曾子曰天道曰員地道曰方何類不繁何生不茂物極其性人永其壽易乾鑿度曰統者在上方物常在下位應時羣物遂性漢

書公孫弘對策曰故形和則無疾無疾則不夭恢恢大圓芒芒九壤老子曰天網恢恢九壤九州也左氏傳曰芒芒九土資生仰化于何不養資取也言取生者皆仰德而化也易曰至哉坤元萬物資生言物盡其性成生長也人無道夭物極則長老子曰終天年而不中道夭者是智之盛也年未三十而死曰夭言無夭折之道也易曰小人道消君子道長言物極則歸長也

由儀萬物之生各得其儀也言萬物之生各由其道得其所儀也毛萇詩傳曰儀宜也著頭篇曰宜得所也子夏序曰由儀廢則萬物失其道理矣

肅肅君子由儀率性爾雅曰肅肅敬也郭璞曰容儀謹敬也禮記曰率性之謂道明明后辟仁以爲政爾雅曰明明察也郭璞曰聰明鑒察也爾雅曰后辟君也魚游清沼鳥萃平林毛詩曰依彼平林林有集維鷮濯鱗鼓翼振振其音賓寫爾誠主竭其心賓謂羣臣也時之和矣何思何脩時旣和平矣何所思慮何所脩治易曰天下何思何

處王弼曰一以貫之不慮而盡也莊子老聃曰至
人之於德也若天之自高地之自厚夫何脩之爲文化內輯
武功外悠輯和也言以文化輯和於內
用武德加於外遠也悠遠也

## 述德

### 述祖德詩二首

五言陳郡謝錄曰玄字幼度以領徐州牧符
堅傾國大出玄爲前鋒射傷符堅臨陣殺
符融封康樂公靈運述祖德詩序曰太元中王
父龕龍定淮南負荷世業尊主隆人逮賢相祖謝
君子道消拂衣蕃岳考卜東山
事同樂生之時志期范蠡之舉

謝靈運沈約宋書曰謝靈運陳郡人也博覽羣書文
章之美江左莫逮初辟瑯邪王大司馬行參
軍後爲臨川郡守爲有司所糾徙付廣州遂
令趙欽等要合鄉里健兒於三江口篡取謝
要不及有司奏依法收
罰詔於廣州行棄市刑

達人貴自我高情屬天雲呂氏春秋曰陽朱貴己高誘曰
輕天下而重己也天雲言高也

曹植七啓曰獨馳思乎天雲之際兼抱濟物性而不纓垢氛纓繞也垢滓也氛氣也謂世事皆惡不相纓繞不雜塵霧嵇康書曰子文三登令尹是君子思濟物之意也段生蕃魏國展季救魯人段生干木也已見上展季柳下惠也劉向列女傳曰柳下惠妻誄之曰蒙恥救人德彌大兮遂謚曰惠弦高犒晉師仲連郤秦軍春秋僖公二十六年齊孝公伐魯北鄙公使展喜犒師齊侯未入境喜從之公曰魯人恐乎對曰小人則恐君子則否齊侯曰野無青草室如懸磬何恃而不恐對曰恃先王之命昔周公大公股肱周室夾輔成王成王賜之盟曰世世子孫不相侵害齊侯乃還公使展喜犒師使受命於展禽呂氏春秋曰秦將興師伐鄭賈人弦高遇之曰此必襲鄭乃矯鄭伯之命以勞之曰寡君使臣犒勞以璧膳以十二牛秦三帥對曰寡君使丙也術也視也於邊候晉之道也迷惑陷入大國之地再拜受之高誘曰晉國名也音晉今爲晉字之誤也漢書音義服虔曰以師枯槁故饋之猶今勞苦謂之勞也廣雅曰犒勞也史記曰魯仲連齊人也趙孝成王時秦使白起圍趙魏王使將軍新垣衍說趙尊秦昭王爲帝仲連責而歸之新垣衍起再拜請出秦將聞之爲郤十五里臨組乍不緤對珪寧肯分史記曰平原君欲封魯連連不肯受左太冲詠史詩

綴當作輟 古詩類苑引集九卅

曰臨組不肯紲對珪不肯分說文曰組綬屬也王逸楚辭注曰紲繫也據仲連文雖不見分珪之事古者封爵皆隨其爵時之輕重而賜之珪辭執以為瑞信今仲連不受齊趙之封爵明其不肯分珪也惠物辭所賞勵志故絶人恩惠及物而不受賞賜言勉其志不與衆同故言絶人也孔安國尚書傳曰勵勉也苕苕歷千載遙遙播清塵清塵竟誰嗣明哲時經綸明哲謂祖玄也清塵已見懷舊賦經綸見南都賦委講綴道論改服康世屯漢書曰太史公習道論於黃子左氏傳齊侯謂韓厥曰服改矣杜預曰朝戎異服周易曰屯難也屯難既云康尊主隆斯民莊子曰語大功立大名此朝廷之士尊主強國之人也魏志詔曰翻然改節以隆斯民中原昔喪亂喪亂豈解已晉中興書曰中原亂中宗初鎮江東中原謂洛陽也晉懷愍帝時有石勒劉聰等賊破洛陽懷帝沒於平陽崩騰永嘉末逼迫太元始王隱晉書曰懷帝即位年號永嘉孝武即位年號太元河外無反正江介有蹙圮河外西晉也公羊傳曰撥亂反正莫近於春秋江介東晉也左氏傳曰以敝邑褊小介於大國杜預曰介閒也毛詩曰今也蹙國百里爾雅曰圮毀覆也萬邦咸震懾橫流賴君子

七姆共言而都替之七姆也清深而近世曾國藩亦欲之而不考矣此方虚谷說

懾懼也謝靈運山居賦自注曰余祖車騎建大功淮肥左右得免横流之禍孟子曰洪水横流氾濫於天下**拯溺由道情**，**龕暴資神理**。拯濟也溺没也孟子曰天下溺則援之以道莊子曰夫道有情有信孔安國尚書傳曰龕勝也曹植武帝誄曰人事既闕聰鏡神理**秦趙欣來蘇**，**燕魏遅文軌**。尚書曰徯予后后來其蘇文軌已見恨賦**賢相謝世運**，**遠圖因事止**。賢相即太傅也山居賦注曰太傅既薨遠圖已輟左傳榮成伯曰遠圖者忠也曹大家上疏謂兄曰上損國家累世勤勞遠圖之功**高揖七州外**，**拂衣五湖裏**。山居賦注曰便求解駕東歸以避君側之亂舜分天下爲十二州時晉有七故云七州也張勃吴録曰五湖者太湖之別名周行五百餘里**隨山疏濬潭**，**傍巖藝枌梓**。山居賦注曰選神麗之所巾高栖之意疏開也濬深也楚人謂深水爲潭藝樹也**遺情捨塵物**，**貞觀丘壑美**。貞正也觀視也言正見丘壑之美

**勸勵**　勸者進善之名勵者勗已之稱

## 諷諫一首　四言并序

韋孟善曰漢書曰韋賢魯國鄒人也其先韋孟家本彭城爲楚元王傅

孟爲元王傅傅子夷王及孫王戊戊荒淫不遵道作詩諷

諫曰善曰漢書曰楚元王交字遊高祖同父少弟也高祖即位立交爲楚王薨子郢客嗣是爲夷王薨子戊嗣

肅肅我祖國自豕韋應劭曰左氏傳曰在商爲豕韋氏杜預曰國名東郡白馬縣南有韋城黼衣

朱黻四牡龍旂善曰應劭曰黼衣衣上畫爲斧形而白與黑爲采龍旂旗上畫龍爲之朱黻上廣一尺下廣二尺長三尺以皮爲之古者上公服之毛詩曰朱黻斯皇又曰四牡翼翼又曰龍旂承祀彤弓斯征撫寧遐荒言受彤弓之賜於此得專征伐善曰毛詩曰彤弓弨兮荒荒服也揔齊羣邦以翼大商迭彼大彭

勳績惟光應劭曰國語曰大彭豕韋爲商伯迭互也言豕韋與大彭互爲伯於商也至于有周歷世

會同顔師古曰繼爲諸侯預盟會之事也善曰會同已見東京賦王赧聽譖寔絕我邦應劭曰王赧周末王聽讒受譖潤絕豕韋氏劉兆曰旁言曰譖善曰赧王已見西征賦我邦既絕厥政斯逸應劭

曰自絕豕韋之後政教逸溺不由王者臣瓚曰逸放也管子曰命不行謂之放顔師古曰瓚說是也賞罰之行非繇王室善曰尚書曰以蕃王室繇與由古字通庶尹羣后靡扶靡衛顔師古曰庶尹庶官之長也羣后諸侯也善曰尚書曰庶尹允諧又曰肆覲羣后尹正也羣后天下諸侯也五服崩離宗周以隊應劭曰五服謂甸服侯服綏服要服荒服也墜失也直魏切善曰論語子曰邦分崩離析宗周已見西征賦我祖斯微遷于彭城顔師古曰言我先祖遂微善曰漢書曰楚國有彭城縣在予小子勤唉厥生應劭曰小兒啼聲唉唉顔師古曰唉歎聲善曰方言曰唉歎辭也許其切阨此嫚秦耒耜斯耕顔師古曰言遭秦暴嫚無有列位躬耕于野悠悠嫚秦上天不寧乃眷南顧授漢于京顔師古曰高祖起在豐沛於秦爲南故曰南顧言以秦之京邑授與漢也於赫有漢四方是征顔師古曰於讀爲烏烏歎辭也赫明貌此詩中諸歎稱於者其音皆同靡適不懷萬國攸平顔師古曰懷思也來也言漢兵所往無不歸懷故萬國所以皆平乃命厥弟弟謂元王也元王封於楚國建侯于楚俾我小臣惟

傳是輔矜矜元王恭儉靜一善曰孔安國尚書傳曰矜矜戒慎恭敬靜守一道也惠此黎
民納彼輔弼享國漸世垂烈于後應劭曰元王立二十七年而薨垂遺業於後嗣漸世没世
也善曰漸没也逎及夷王克奉厥緒夷王名郢客元王子諮命不永惟王統祀
善曰夷王立四年薨戊乃嗣故言不永統祀纂統宗祀也左右陪臣斯惟皇士顏師古大雅曰皇正也善曰毛
詩曰思皇多士皇士美士也如何我王不思守保不惟履冰以繼祖考顏師古曰
惟亦思也言不思念敬慎如履薄冰之義用繼祖考之業也善曰守其富貴保其社稷履冰已見寡婦賦邦事是廢逸
游是娛犬馬悠悠是放是驅顏師古曰繇與悠同行馬貌放放犬驅驅馬也務此鳥獸
忽此稼苗蒸民以匱我王以媮善曰馳騁犬馬悠悠然遠也媮與愉同樂也人失稼穡以致困
匱而王反以為樂也所弘匪德所親匪俊唯囿是恢唯諛是信顏師古曰恢大
也諛諂言也睮睮諂夫咢咢黃髮如淳曰睮睮目媚貌史記曰不如周舍之咢咢咢咢與諤同睮以朱切

不當提行　别本不誤

据漢書及别本乙轉

諤諤正直貌黃髮老人髮落更生黃者如何我王曾不是察既藐下臣追欲縱

逸應劭曰藐遠也言疏遠忠賢之輔追情欲縱逸遊也臣瓚曰藐陵藐也善曰儀禮曰凡自稱於君士大夫則曰下臣嫚彼

顯祖輕此削黜善曰尚書曰昭乃顯祖

嗟嗟我王漢之睦親顔師古曰睦密也言服屬近善曰我王戊也尚書曰九族既睦曾不夙夜

以休令聞善曰尚書曰舊有令聞穆穆天子照臨下土善曰毛詩曰天子穆穆又曰明明上天照

臨下土明明羣司執憲靡顧顔師古曰靡無也言執天子之法無所顧望讀爲古協韻正遐由

近殆其茲怙善曰茲此謂此親也言欲正遠人先從近親始而王怙恃漢戚不自勗慎以致危殆嗟嗟我王

曷不斯思匪思匪監嗣其罔則善曰言王不思鑒鏡之義是令後嗣無所法則彌彌其

逸岌岌其國應劭曰彌彌猶稍稍也罪過滋甚及欲毁壞之意顔師古曰岌岌危動貌五荅切又鄧展曰岋孟子曰天

下殆哉岌乎司馬彪以爲岋岋危也致冰匪霜致墜匪嫚應劭曰易曰履霜堅冰至言非一日之寒也晉灼曰

歲月其徂四語即秦誓曰日月逾邁若弗員來之意

昔　法及㦾書



致氷無不先由微霜致隊墜無不先由驕慢瞻惟我王時靡不練善曰時是也練委也言王於上所言之事無不委練也興國救顛孰違悔過善曰言欲興其邦國救其顛墜誰能違於悔過乎追思黃髮秦繆以霸顏師古曰秦繆公伐鄭爲晉所敗而歸乃作秦誓善曰尚書秦穆公曰詢茲黃髮則罔所愆歲月其徂年其逮耇顏師古曰逮及也耇者老人面色如耇善曰徂往也言日月徂逝年將及老悔過自新理宜在速爾雅曰耇老壽也於赫君子庶顯于後顏師古曰於歎辭也昔之君子庶幾善道所以能光顯於後代也我王如何曾不斯覽顏師古覽視也叶韻音濫黃髮不近胡不時鑒顏師古曰黃髮不近者斥遠耇老之人近音其靳切善曰歎美昔之君子能庶幾自悔故光顯于後

## 勵志一首

四言廣雅曰勵勸也此詩茂先自勸勤學

張茂先

大儀斡運天迴地游大儀太極也以生天地謂之大成形之始謂之儀鄭玄曰極中之道淳和未分之氣也斡轉也春秋元命包曰天左旋地右動河圖曰地有四游冬至地上行北而西三萬里夏至地下行南而東三萬里春秋二分是其中矣地常動

不止而人不知譬如閑舟而行不覺舟之運也四氣鱗次寒暑環周禮記曰四氣之和以著萬物之理李尤辟雍賦
曰攢羅鱗次差池雜遝范子曰度如環無有端周迴如循環未始有極星火既夕忽焉素秋星火火星也已
見上爾雅曰秋爲白藏故云素秋涼風振落熠燿宵流其一涼風已見上毛詩傳曰熠燿燐也吉士思
秋寔感物化思悲也謂鴻鴈來賓雀入大水爲蛤之類毛詩曰有女懷春吉士誘之淮南子曰春女悲秋士哀而知物化矣
日與月與荏苒代謝毛詩曰日居月諸淮南子曰二者代謝而踏馳顏延年曰一寒一暑一往一復爲代去者爲謝
逝者如斯曾無日夜論語曰子在川上曰逝者如斯夫不捨晝夜嗟爾庶士胡寧
自舍其二言逝川之流不舍日夜亦當感之以勵志何得晏然自舍哉仁道不遐德輶如羽求焉
斯至衆鮮克舉論語子曰仁遠乎哉我欲仁斯仁至矣毛詩曰德輶如毛人鮮克舉大猷玄漠將抽
厥緒毛詩曰秩秩大猷說文曰玄幽遠也又曰漠寂也廣雅曰漠泊也說文曰漠無爲也言大道玄遠幽漠知之猶從小引其端緒而至於可知
先民有作貽我高矩其三毛詩曰自古在昔先民有作又匪先民是經先民周公孔子也雖有淑

田般于游亦盤于游 田也

孫



姿放心縱逸田般于游居多暇日 孫卿子曰其爲人也多暇日者其出入不遠也 如彼梓材弗勤丹漆雖勞朴斲終負素質 其四尚書曰若作梓材既勤樸斲惟其塗丹雘 養由矯矢獸號于林 淮南子曰楚恭王遊于林中有白猨緣木而矯王使左右射之騰躍避矢不能中於是使由基撫弓而眄猨乃抱木而長號何者誠在於心而精通於物 蒲盧縈繳神感飛禽 蒲盧舊說云即蒲且也已見西京賦汲冢書曰蒲且子見雙鳧過之其不被弋者亦下故言感也 末伎之妙動物應心研精躭道安有幽深 其五物獸與禽也尚書序曰研精覃思苔賓戲曰浮英華躭道德 安心恬蕩棲志浮雲體之以質彪之以文 莊子曰恬淡寂漠道德之篤也淮南子曰使神恬蕩而不失其充苔賓戲曰仲尼抗浮雲之志說文曰彪虎文貌 如彼南畝力耒既勤藨蔉致功必有豐殷 其六以農喻也左氏傳趙文子謂祁午曰譬如農夫是藨是蔉雖有饑饉必有豐年杜預曰藨耘也壅苗爲蔉 水積成淵載瀾載清土積成山歊蒸鬱冥 荀卿子曰土積成山風雨興焉水積成川蛟龍生焉積善德而

神明自得聖心循焉尸子曰土積成岳則楩枏豫章出焉水積成川則呑舟之魚生焉夫學之積也亦有所出也傳毅顯宗頌曰蕩蕩川瀆既瀾且清張揖字詁曰歊氣上出貌

山不讓塵川不辭盈管子曰海不辭水故能成其六大山不辭土故能成其高士不猒學故能成其聖

勉爾含弘以隆德聲其七周易曰含弘光大蔡邕袁喬碑曰干兹德聲發聞遐邇

高以下基洪由纖起老子曰高必以下為基又曰合抱之木生於毫毛末

川廣自源成人在始禮記曰王者之祭川也皆先河而後海或源也或委也鄭玄曰始於一勺卒成不測論衡曰自源發流安得不廣國語晉趙武冠見韓獻子獻子曰戒之此謂成人成人在始興善敬之哉

累微以著乃物之理孫卿子曰盡小者大積微者著

纆牽之長實累千里其八凡言物之大必資於小故此言若輕於小亦累於大戰國策段干越謂韓相新城君曰昔王良弟子駕千里之馬過京父之弟子京父之弟子曰馬千里之馬也服千里之服也而不能取千里何也曰子纆牽長故纆牽於事萬分之一也而難千里之行今臣雖不肖於秦亦萬分之一也而相國見臣不懌者是纆牽長也千里之馬繫以長索則為累矣人雖有容貌不脩德如千里馬也

復禮終朝天下歸仁論語顏淵問仁子曰克己復禮為仁一口克己復禮天下歸仁焉孔安國曰復

及也身能及禮則爲仁也馬融曰一日猶見歸況於終身若金受礪若泥在鈞大戴禮曰君子學不可以已矣是故金就礪則利在鈞已見西征賦謂陶家泥輪以能成器也老子曰埏埴以爲器進德脩業暉光日新易曰君子進德脩業欲及時也又曰君子之光暉吉又曰日新之謂盛德隰朋仰慕予亦何人其九莊子曰管仲有病桓公往問之仲父之病病矣寡人惡乎屬國而可對曰隰朋可其爲人也愧不若黄帝而哀不已若者朋慕管之德華言隰朋猶慕德我是何人而不慕乎

文選卷第十九

壬戌六月廿七日燈下　侃温

# 文選卷第二十

梁昭明太子撰

文林郎守太子右内率府録事參軍事崇賢館直學士臣李善注上



## 獻詩

曹子建上責躬詩一首 四言 并表

應詔詩一首 四言

潘安仁關中詩一首 四言

## 公讌

曹子建公讌詩一首 五言

王仲宣公讌詩一首 五言

丘希範侍讌樂遊苑送張徐州應詔詩一首 五言

沈休文應詔樂遊餞呂僧珍詩一首 五言

## 祖餞

曹子建送應氏詩二首 五言

孫子荊征西官屬送於陟陽候作詩一首 五言

潘安仁金谷集作詩一首 五言

謝宣遠王撫軍庾西陽集別作詩一首 五言

謝靈運鄰里相送方山詩一首 五言

謝玄暉新亭渚別范零陵詩一首 五言

沈休文別范安成詩一首 五言

# 獻詩

上責躬應詔詩表 魏志曰黃初四年植朝京都上疏幷獻詩二首 曹子建

臣植言臣自抱釁歸藩 植集曰植抱罪徙居京師後歸本國而魏志不載蓋魏志略也杜預左氏傳注曰釁瑕隙也賈逵國語注曰釁兆也謂罪萌兆也 刻肌刻骨 孝經鉤命決曰削肌刻骨挈挈勤思 追思罪戾晝分而食夜分而寢 爾雅曰戾罪也韓子曰衛靈公至濮水夜分聞有鼓琴者 誠以天網不可重罹聖恩難可再恃 老子曰天網恢恢洞簫賦曰蒙聖主之渥恩 竊感相鼠之篇無禮遄死之義 市專 感猶思也毛詩曰相鼠有體人而無禮人而無禮胡不遄死爾雅曰遄速也 形影相弔五情愧赧 奴簡切 文子曰昔者中黃子曰色有五章人有五情說文曰赧面慙也 以罪棄生則違古賢夕改之勸 曾子曰君子朝有過夕改則與之夕有過朝改則與之 忍垢苟全則犯詩人

胡顏之譏即上胡不遄死之義也孔安國尚書傳曰胡何也毛詩謂何顏而不速死也殷仲文表曰亦胡顏之厚義出於此伏惟陛下應劭曰陛升堂之階王者必有執兵陳於階陛之側臣與至尊言不敢指斥故呼在陛者而告之因卑以達尊之意也若稱殿下閤下侍者執事皆此類也德象天地恩隆父母漢書曰孝文皇帝德厚侔天地尚書曰天子作民父母施暢春風澤如時雨漢書音義曰暢通也蘇順陳公誄曰化侔春風澤配甘雨風賦曰不擇貴賤高下而加焉呂氏春秋曰甘露時雨不私一物是以不別荊棘者慶雲之惠也史記曰若煙非煙若雲非雲郁郁紛紛蕭索輪囷是謂慶雲七子均養者鳲鳩之仁也毛詩曰鳲鳩在桑其子七兮毛萇曰鳲鳩之養其子旦從上下暮從下上其均平如一含罪責功者明君之舉也矜愚愛能者慈父之恩也孔安國尚書傳曰矜憐也論衡曰父母之於子恩等豈爲貴賢加意賤愚不察乎是以愚臣徘徊於恩澤而不敢自棄者也

都

左氏傳士貞伯曰鄭伯其死乎自棄也已前奉詔書臣等絕朝心離志絕自分黃耇永無執珪之望分謂甘愜也毛詩序曰尊事黃耇大雅行葦珪者古之諸侯所執周禮曰上公之禮執桓圭諸侯之禮執信圭史記陳軫曰越人莊舃仕楚執珪不圖聖詔猥垂齒召猥猶曲也尚書曰降霍叔于庶人三年不齒孔安國曰三年之後乃齒錄之至止之曰馳心輦轂毛詩曰至止肅肅胡廣漢官解詁注曰轂下喻在輦轂之下京城之中僻處西館未奉闕庭東京賦曰闕庭神麗踊躍之懷瞻望反側毛詩曰踊躍用兵又曰瞻望不及又曰展轉反側不勝犬馬戀主之情史記丞相青翟曰臣不勝犬馬之心謹拜表并獻詩二篇詞旨淺末不足采覽貴露下情冒顏以聞臣植誠惶誠恐頓首頓首死罪死罪漢書音義張晏曰人臣上書當昧犯死罪而言也

責躬詩一首　四言

於穆顯考，時惟武皇，毛詩曰於穆清廟禮記曰王立七廟曰顯考廟毛詩曰時惟鷹揚武皇謂曹操也

受命于天，寧濟四方。毛詩序曰文王受命作周也鄭玄曰受天命而王天下也傅毅明帝頌表曰體天統物寧濟蒸民

朱旗所拂，九土披攘，李陵與蘇武書曰雷鼓動天朱旗蔽日登徒子好色賦曰周覽九土漢火德操爲漢臣故建朱旗也時獻帝在故

玄化滂流，荒服來王。廣雅曰玄道也謂道德之化也蔡邕陳留太守頌曰玄化洽矣尚書曰四夷來王

超商越周，與唐比蹤。從商周用師故云超越唐虞禪讓故云比蹤

篤生我皇，奕世載聰。我皇文帝也毛詩曰篤生武王國語祭公謀父曰奕世載德

武則肅烈，文則時雍。毛詩曰相土烈烈毛萇曰相土契孫也鄭玄曰威武之盛烈烈然也尚書曰黎民於變時雍孔安國曰雍和也

受禪于漢，君臨萬邦。魏受漢禪已見魏都賦尚書曰君臨周邦又曰協和萬邦

萬邦既

應劭應作蔡質據孫星衍漢官七種改正

化率由舊則毛詩曰不愆不忘率由舊章鄭玄曰率循也廣命懿親以藩王國爾雅曰命告也尊君令謂之命左氏傳富辰諫王曰昔周公封建親戚以蕃屏周不廢懿親毛詩曰生此王國帝曰爾侯君茲青土魏志曰建安十九年植封臨淄侯臨淄屬齊郡舊青州之境尚書帝曰爾諧漢書封齊王曰受茲青土奄有海濱方周于魯毛詩曰奄有龜蒙毛萇曰奄大也尚書曰青州海濱廣斥孔安國曰濱涯也論語注曰方比方也毛詩曰建爾元子俾侯于魯車服有輝旗章有敘尚書曰車服以庸國語曰爲車服旗章以旌之毛詩曰庭燎有煇禮記曰以爲旗章以別貴賤鄭玄曰章幟也應劭漢官典職楊喬曰威儀有序濟濟俊乂我弼我輔毛詩曰濟濟多士尚書曰俊乂在官尚書大傳曰天子有四鄰左輔右弼伊余小子恃寵驕盈毛詩曰閔予小子班固漢書景十三王述曰膠東不亮常山驕盈舉挂時綱動亂國經家語孔子曰治天下國家有九經其所以行者一也作藩作屏先軌是隳孔安國尚書傳

謝初封安鄉侯表

曰隳廢也傲我皇使犯我朝儀魏志曰黄初二年植就國使者灌均希旨奏植醉酒誖逆劫脅使者有司請治罪帝以太后故貶爵安鄉侯國有典刑我削我黜出植集曰博士等議可削爵土免為庶人尚書曰象以典刑韋孟諷諫詩曰輕此削黜將寘于理元兇是率魏志曰有司請罰植罪廣雅曰將欲也周易曰寘于叢棘毛萇詩傳曰寘致也司馬遷書曰遂下于理鄭玄禮記注曰理治獄之官儀禮曰率導也明明天子時惟篤類魏志詔云植朕之同母弟骨肉之親舍而不殊其改封植毛詩曰明明天子令問不已又曰孝子不匱永錫爾類鄭玄曰長以與汝之族類也不忍我刑暴之朝肆殺人陳其尸曰肆論語子服景伯曰吾力猶能肆諸市朝杜預左氏傳注曰肆市列也違彼執憲哀予小臣韋孟諷諫詩曰明明羣司執憲靡顧楊雄交州箴曰牧臣司交敢告執憲儀禮曰小臣正辭改封兗邑于河之濵魏志曰帝以太后故貶爵安鄉侯又曰黄初二年改封鄄城屬東郡舊兗州之境尚書曰濟河惟兖州植表曰行至延津受安鄉印綬股肱弗置有君無

臣。尚書大傳曰股肱惟臣荒淫之闕誰弼予身。韋孟諷諫詩序曰王戊荒淫不遵道作諷諫詩煢煢僕夫于彼冀方植集曰詔云知到延津遂復來求出獵表曰臣自招罪釁徙居京師待罪南宮然植雖封安鄉侯猶在冀州也時魏都鄴鄴冀州之境也一云時魏以雖爲京師比堯之冀方也大戴禮曰驪駒在門僕夫具存毛萇詩傳曰于往也尚書五子之歌曰惟彼陶唐有此冀方嗟余小子乃罹斯殃赫赫天子恩不遺物謂至京師蒙恩得還也植求習業表曰雖免大誅得歸本國毛詩曰赫赫在上周易曰曲成萬物而不遺冠我玄冕要我朱紱周禮曰王之五冕皆玄冕朱裏毛詩曰朱芾斯皇芾與紱同禮記曰諸侯佩山玄玉而朱組綬蒼頡篇曰紱綬也魏志曰朱紱光大光光大使我榮我華楊雄侍中箴曰光光常伯儵儵貂璫文子曰有榮華必有愁悴剖符受土王爵是加。魏志曰黃初三年立爲鄄城王四年封雍丘王喻巴蜀檄曰剖符而封析珪而爵仰齒金璽俯執聖策左氏傳羽父曰寡人若朝于薛不敢與諸任齒杜預曰齒列也漢書曰諸侯王皆金璽史記曰高祖封三王皆以策書　皇恩過隆，祇承怵惕。西京賦曰皇恩溥尚書曰祇承于帝又曰怵惕惟厲　咨我小子，頑凶是嬰。說文曰嬰繞也　逝慙陵墓，存愧闕庭。匪敢傲德，寔恩是恃。威靈改加，足以沒齒。班固漢書述曰震我威靈五世來服四子講德論曰聖德隆盛威靈外覆論語子曰管仲奪伯氏駢邑三百沒齒無怨言孔安國曰齒年也　昊天罔極，生命不圖。言生之夭壽不可預謀也毛詩曰欲報之德昊天罔極家語孔子曰分於道謂之命毛詩傳曰不慮不圖　嘗懼顛沛，抱罪黃壚。論語曰顛沛必於是馬融曰顛沛僵仆也淮南子曰上際九天下契黃壚高誘曰泉下有壚山　願蒙矢石，建旗東嶽。左氏傳曰荀偃親受矢石東嶽鎮吳之境子建詩曰我心常怫鬱思欲赴太山與此義同　庶立毫氂，微功自贖。漢書音義曰十毫爲氂班超上疏曰冀立微功以自陳効　危軀授命，知足免戾。論語子曰見危授命亦可以爲成人矣左氏傳太史克曰庶幾免於戾乎　甘赴江湘，奮戈吳越，天啓其衷。得會京畿，左氏傳呂相曰天誘其衷杜預曰衷中也遲奉聖顏。如渴如飢。遲猶思也張奐與許季師書曰不面之闊悠悠曠久飢渴之念豈當有忘毛詩曰憂心烈烈載飢載渴心之云慕，愴矣其悲。天高聽卑，皇肯照微。史記子韋謂宋景公曰天高聽卑爾雅曰皇君也又曰肯可也班固說東平王蒼曰願隆照微之明信日昊之聽

## 應詔詩一首 四言

肅承明詔，應會皇都。爾雅曰肅敬也東都賦曰下明詔又曰春王三朝會同漢京會朝也星陳夙駕，秣馬脂車。毛詩曰星言夙駕又曰言秣其馬又曰旣脂爾車命彼掌徒，肅我征旅。鄭玄禮記注曰肅戒也朝發鸞臺，夕宿蘭渚。鸞臺蘭渚以美言之漢宮闕名曰長安有鴛鸞殿公孫乘月賦曰鵾雞舞於蘭渚芒芒原隰，祁祁士女。毛詩曰宅殷士芒芒又曰采蘩祁祁經彼公田，樂我稷黍。毛詩

曰雨我公田又曰我黍與與我稷翼翼爰有樛木重陰匪息毛詩曰爰有寒泉又曰南有樛木又曰南有喬木不可休息雖有糇糧飢不遑食毛詩曰乃裹糇糧毛萇曰糇糧食也音侯吳越記采葛婦人詩曰飢不遑食四體疲望城不過面邑不遊鄭玄周禮注曰面猶向也僕夫警策平路是由舞賦曰僕夫正策鄭玄周禮注曰警勑戒之玄駟藹藹揚鑣漂沫叶昧廣雅曰藹藹盛也舞賦曰龍驤橫舉揚鑣飛沫流風翼衡輕雲承蓋甘泉賦曰風從從而扶轄楚辭曰雲霏霏而承宇涉澗之濵緣山之隈孔安國尚書傳曰濵涯也說文曰隈曲也遵彼河滸黃坂是階毛詩曰在河之滸毛萇曰水崖曰滸爾雅曰階因也西濟關谷或降或外陸機洛陽記曰洛陽有西關南伊闕谷即大谷也騑驂倦路再寢再興韓詩曰兩驂鴈行薛君曰兩驂左右騑驂毛詩曰言念君子再寢再興將朝聖皇匪敢晏寧弭節長騖指日遄征

闗 意改

楚辭曰吾令羲和弭節兮司馬彪上林賦注曰弭節安志也蔡琰詩曰遄征日遐邁毛萇詩傳曰遄疾也

前驅舉燧後乘抗旌毛詩曰伯也執殳爲王前驅西京賦曰升觴舉燧薛綜曰燧火也漢書終軍曰驃騎抗旌昆邪右衽周禮曰析羽爲旌

輪不輟運鑾無廢聲毛詩曰鑾聲鏘鏘鄭玄周禮注曰鑾在衡以金爲鈴

爰暨帝室稅此西墉毛詩曰召伯所稅毛萇曰稅猶舍也又曰墉城也

嘉詔未賜朝覲莫從毛萇詩傳曰覲見也

仰瞻城闕俯惟闕庭說文曰闕門楣也

長懷永慕憂心如醒楚辭曰情慨而長懷毛詩曰憂心如醒誰秉國成

## 關中詩一首

四言岳上詩表曰詔臣作關中詩輙奉詔竭愚作詩一篇案漢記孝明時護羌校尉竇林上降羌顛岸以爲羌豪岸兄顛吾復降問事狀林對前後兩屈坐誣調下獄死齊萬年編户隸屬爲日久矣而死生異辭必有詭謬故引證喻以懲不恪

潘安仁

於皇時晉受命既固毛詩曰於皇時周又曰天立厥配
受命既固鄭玄曰受命受天命以
王天下也三祖在天聖皇紹祚臧榮緒晉書曰宣帝追號曰
高祖文帝號曰太祖武帝號
曰世祖聖皇惠帝也毛詩曰三后德博化光刑簡枉錯周易
在天王配于京爾雅曰紹繼也
曰善世而不伐德博而化又曰後得主而有常含萬物而
化光尚書曰五辭簡孚正于五刑潛夫論曰簡刑薄威此
德之上論語曰微火不戒延我寶庫其一王隱晉書曰
舉直錯諸枉惠帝元康五年十
月武庫災焚蠢爾戎狄狡焉思肆毛詩曰蠢爾蠻荊傳
累代之寶暢諸公讚曰北地盧
水胡馬蘭羌因此爲亂推齊萬年爲主左氏傳申公巫
臣曰夫狡焉思啓其封疆賈逵國語注曰肆恣也謂思
恣凶逆也虞我國眚窺我利器左氏傳莒子曰孰以我爲
虞杜預曰虞度也孔安國
尚書傳曰眚過也老子曰國之利器不可岳牧慮殊威
以示人國語曰利其器用韋昭曰器兵甲
懷理二尚書曰內有百揆四岳外有州牧侯伯左氏傳
魏絳曰戎狄事晉諸侯威懷又曰晉郤缺言於

趙宣子曰叛而不討何以示威服而不柔何以示懷非威非懷何以示德無德何以主盟將無專策兵不素肆以寘切其六二賈逵國語注曰素預也又曰肆習也翹翹趙王請徒三萬朝議惟疑未逞斯願傅暢晉諸公讚曰司馬倫字子彝咸熙中封趙王進征西假節都督雍梁晉諸軍事倫誅羌大酋數十人胡遂反朝議召倫還朱鳳晉書曰宣帝桓夫人生趙王倫位至相國倫請三萬人往平齊萬年朝議不許司馬相如美人賦曰恒翹翹而西顧賈逵國語注曰逞快也桓桓梁征高牙乃建干寶晉紀曰梁王肜爲征西大將軍西討氐尚書曰勗哉夫子尚桓桓牙牙旗也兵書曰牙旗將軍之旗旗蓋相望偏師作援院其三漢書曰冠蓋相望左氏傳韓獻子曰以偏師陷罪孰大焉又曰要結大援援助也虎視眈眈威彼好畤干寶晉紀曰肜爲大都督督關中諸軍屯好畤易曰虎視眈眈其欲逐逐素甲日曜玄幕雲起楚漢春秋趙中大夫曰臣聞越王句踐素甲三千曹植辨問曰赫然而日曜之漢書五行志曰雲起於山中譙其

繼之夏侯卿士王隱晉書曰齊萬年帥羌胡圍涇陽遣安西將軍夏侯駿西討氐羌左氏傳曰
子產爲政輿人誦之子產若死誰其嗣之又曰楚伐吳子魚先死楚師繼之毛詩曰皇甫卿士惟系惟
處列營綦跱其四王隱晉書曰解系字少連濟南人爲雍州刺史又曰周處字子隱吳興人
朝廷以處忠烈欲遣討氐乃拜建威將軍謝承後漢書曰西夷春蠢動姦雄綦跱夫豈無謀戎士
承平漢書師丹曰今累世承平守有完郛戰無全兵孫子兵法曰凡用師以全兵爲
上鋒交卒奔孰免孟明杜篤衆瑞頌曰猛將與虜交鋒左氏傳曰楚師車馳卒奔
又曰子墨衰絰敗秦師于殽獲百里孟明視西乞術白乙丙以歸飛檄秦郊告敗上京
其五王隱晉書曰周處解系與賊戰於六陌軍敗漢書高祖曰吾以羽檄徵天下兵應劭曰以雞毛系檄魏武
奏事云邊有警輒露插羽以檄急之意也左氏傳曰王師敗績于茅戎又曰王人來告敗邊讓章華臺賦曰聲
肅恭平上京周殉師令身膏氏斧周處別傳曰氏賊齊萬年爲亂處仰天嘆曰古

者將受命鑿凶門以出蓋有進無退我爲大臣以身殉國不亦可乎遂戰死臧榮緒晉書曰氐西戎別名人之云亡。貞節克舉。毛詩曰人之云亡邦國殄瘁楚辭曰原生受命于貞節盧播違命投畀朔土孫盛晉陽秋曰振威盧播伐萬年王隱晉書曰盧播詠論功免爲庶人徙北平廣雅曰違背也毛詩曰投畀有北爾雅曰朔北方也爲法受惡。誰謂荼苦。其六左氏傳孔子曰趙宣子爲法受惡毛詩曰誰謂荼苦其甘如薺哀此黎元無罪無辜孝經鉤命決曰天有顧眄之義受圖于黎元孔安國尚書傳曰黎衆也高誘戰國策注曰元元善也毛詩曰無罪無辜讒口嗸嗸肝腦塗地白骨交衢檄蜀文曰肝腦塗中原漢書曰一敗塗地古出夏北門行曰白骨不覆疫癘淫行魏許昌碑表曰白骨既交橫於曠野夫行妻寡父出子孤鄭玄孝經注曰五十無夫曰寡禮記曰少而無父謂之孤俾我。晉民。化爲。狄俘。芳于切其七詩曰覆俾我悖賈逵國語注曰伐國取人曰俘亂離斯瘼日月其稔言亂離之道於

馬輯爰作奚

論思日月

此將散論其日月爲惡又熟言必亡也韓詩曰亂離斯莫爰其適歸薛君曰莫散也毛詩曰亂離瘼矣毛萇曰瘼病也今此既引韓詩宜爲莫字左氏傳曰周毛得殺毛伯過萇弘曰毛得必亡是昆吾稔之日也杜預曰稔熟也

天子是矜旰古旦食晏寢孔安國尚書傳曰矜憐也左氏傳伍奢曰楚君大夫其旰食乎杜預曰旰晏也

主憂臣勞孰不祗懔史記范睢曰臣聞主憂臣辱主辱臣死周書曰君憂臣勞主辱臣死孔安國尚書傳曰懔危也

愧無獻納尸素以甚其八兩都賦序曰朝夕獻納薛君韓詩章句曰何謂素飧素飧者質人但有質朴而無治民之材名曰素飧尸祿者頗有所知善惡不言默然不語苟欲得祿而已譬若尸焉

皇赫斯怒爰整精銳毛詩曰王赫斯怒爰整其旅戰國策季良謂魏王曰恃兵之精銳而欲攻邯鄲也

命彼上谷指日遄逝王隱晉書曰孟觀字叔時稍遷至積弩將軍封上谷郡公及關中氐反諸將敗退乃遣觀也曹植應詔詩曰指日遄征

親奉成規稜威遐厲孫資別傳曰成規之畫資皆管之漢書武帝與李廣

原賦作杖

書曰威稜憺乎鄰國王逸楚辭注曰厲烈也廣雅曰厲惡也首陷中亭揚聲萬計其九孫盛晉陽秋曰孟觀爲建威將軍擊氐羌於中亭大破之陷猶敗也萬計謂所誅之數羽獵賦曰佽鏌邪而羅者以萬計兵固詭道先聲後實言觀揚聲合於詭道也司馬兵法曰兵者詭道故能而示之不能漢書廣武君謂韓信曰兵固有先聲後實聞之有司以萬爲一言有司疑觀之詐故觀言誅萬有司以之爲一紂之不善我未之必以紂喻觀也言觀雖亥聲而同紂之不善我未以爲必然疑有司抑之太甚也論語子貢曰紂之不善不如是之甚也虛皛胡皎滴奴感德謬彰甲吉其十說文曰皛顯也蒼頡篇曰皛明也孔安國尚書傳曰彰明也滴甲二羌號也德吉其名也言觀虛明誅二羌之功此觀之過也虛皛繆彰其義一耳但交相避東觀漢記曰金城隴西甲滴勒姐種羌反出塞外說文曰滴水出西河美稷縣故羌人因水爲姓漢沖帝時羌滴孤奴歸化是其先也左氏傳曰晉人滅赤狄甲氏杜預注曰甲氏赤狄別種雍門不啓陳汧危逼漢書

右扶風有雍縣陳倉縣汧縣左氏傳曰申息之北門不啓觀遂虎奮感恩輸力王隱
晉書曰孟觀身當大敵功蓋一時左氏傳欒盈曰昔陪臣輸力於王室重圍克解危城載
色晉中興書曰觀從中亭北出何惲領二萬人以繼之雍圍解班固耿恭守疏勒城賦曰日兮月兮阨重圍毛詩
曰載色載笑毛萇曰色温潤也豈曰無過功亦不測其十一過謂虛皛滴德功謂重圍克解毛
詩曰豈曰無衣黃石公記序曰慮若源泉深不可測情固萬端于何不有范曄後漢書鄧
禹曰變故萬端西京賦曰林麓之饒于何不有紛紜齊萬亦孔之醜謂争萬年也王隱晉
書曰初夏侯駿上言斬氏帥齊萬年及孟觀至大戰數十生送萬年紛紜亂貌長楊賦曰紛紜沸渭毛詩曰日有食
之亦孔之醜曰納其降曰梟其首二曰皆語辭也觀曰納降駿曰梟首漢書音義曰懸
首於木上曰梟疇真可掩孰僞可久其十二言誰爲真事而可蔽掩誰行僞事而可
久施乎言真僞之理立即可明觀言爲真駿言爲僞爾雅曰疇孰誰也楚辭曰孰虛僞之可長既徵爾辭既

蔽爾訟謂有司考驗之也左氏傳子犯曰盟徵其辭周禮曰司寇斷獄蔽訟則以五刑之法鄭司農曰蔽斷其獄訟當乃明實否則證空其言當者明示以事實其理否者顯告之狀空鄭玄毛詩箋曰否不通也說文曰證告也好爵既靡顯戮亦從言賞罰之法在乎功過當者既靡之以好爵否者亦從之以顯戮周易曰我有好爵吾與爾靡之尚書王曰不迪有顯戮不見竇林伏尸漢邦其十三此喻駿也東觀漢記曰護羌竇林奉使羌顛岸降詣林林欲以爲功劾奏言大豪後顛岸兄顛吾復詣林林言其第一豪問事狀林對前後兩屈林以誣調詣獄上不忍誅免官後涼州刺史奏林贓罪復收繫羽林監遂死獄中周人之詩寔曰采薇北難玁狁西患昆夷毛詩序曰采薇遣戍役也文王西有昆夷之患北有玁狁之難鄭玄曰昆夷西戎也玁狁今匈奴也晉灼漢書匈奴傳注曰堯曰薰粥周曰玁狁秦曰匈奴舊說踈曰黃帝曰薰粥唐舜曰蠻夏殷曰鬼方周曰匈奴秦曰胡以古況今何足曜威言古弱而患今彊而勝之抑亦常理何足以曜威乎西都賦曰曜威而講武事徒懸

薰漢書注作葷

斯民我心傷悲其十四不足曜威而爲詩者爲愍斯民故言之也毛詩曰王事靡盬我心傷悲斯民如何荼毒于秦毛詩曰生民如何尚書曰不忍荼毒孔安國曰荼毒苦也師旅旣加饑饉是因論語子曰加之以師旅因之以饑饉疫癘淫行荆棘成榛元康七年正月周處死七月雍州疫大旱關中飢米斛萬錢詔骨肉相贖者不禁鄭玄周禮注曰癘疫氣不和之疾也古出夏北門行曰疫癘淫行老子曰師之所處荆棘生焉絳陽之粟浮于渭濱其十五謂運絳陽之粟以賑關中也漢書河東郡有絳縣酈善長水經注曰絳則絳陽也蓋在絳澮之陽左氏傳重耳曰余從狄君以田渭濱明明天子視民如傷明明已見上文左氏傳逢滑曰國之興也視民如傷申命羣司保爾封疆尚書曰申命羲叔韋孟諷諫詩曰明明羣司左氏傳知罃曰而帥偏師以修封疆靡暴于衆無陵于強誡羣司也言無以衆而暴寡無以強而陵弱韓子曰其理國也使強不陵弱衆不暴寡蒼頡篇曰陵侵也惴惴寡弱如熙春

陽其十六謂關中民也羣司既整寡弱免於陵暴心皆慕義如悅春陽毛詩曰惴惴其慄毛萇曰惴惴懼也寡弱巳見上文爾雅曰熙興也說文曰興悅也神農本草曰春爲陽陽溫生萬物惴惴或喣噓

## 公讌

### 公讌詩一首 五言 曹子建

贈荅雜詩子建在仲宣之後而此在前疑誤

公子敬愛客終宴不知疲公子謂文帝時武帝在謂五官中郎也清夜遊西園飛蓋相追隨明月澄清景列宿正參差字書曰澄湛也說文曰景光也楚辭曰宣遊兮列宿秋蘭被長坂朱華冒緑池朱華芙蓉也毛萇詩傳曰冒猶覆也潛魚躍清波好鳥鳴高枝神飇接丹轂輕輦隨風移解嘲曰客徒欲朱丹吾轂飄颻放志意千秋長若斯古詩曰蕩滌放情志戰國策曰犀首爲張儀千秋之祝

公讌詩一首 五言　王仲宣

昊天降豐澤，百卉挺葳蕤。爾雅曰：夏爲昊天。毛詩曰：百卉具腓。字林曰：卉，草揔名也。楚辭曰：上葳蕤以防露。王逸注曰：葳蕤，草木初生貌。涼風撤蒸暑，清雲却炎暉。孔安國論語注曰：撤，去也。蒸，熱氣也。南方爲火而主夏，火性炎上，故謂夏日爲炎暉也。高會君子堂，並坐蔭華榱。漢書曰：漢王置酒高會。毛詩曰：既見君子，並坐鼓瑟。上林賦曰：華榱璧璫。嘉肴充圓方，旨酒盈金罍。毛詩曰：嘉肴脾臄。南都賦曰：珍羞琅玕，充溢圓方。毛詩曰：旨酒思柔。又曰：我姑酌彼金罍。管絃發徽音，曲度清且悲。孔安國尚書傳曰：徽，美也。合坐同所樂，但愬杯行遲。愬與訴同。常聞詩人語，不醉且無歸。毛詩曰：厭厭夜飲，不醉無歸。今日不極懽，含情欲待誰。漢書曰：田蚡卒飲極懽而去。含情，謂含其歡情而不暢也。古樂府歌曰：今日尚不樂，當復待何時。

見眷良不翅翅升豉守分豈能違言上見恩遇不翅過於本望已守常分豈敢違越乎言不敢也家語子曰愛人之謂德教何翅惠哉不翅猶過多也論語摘襄聖承進讖曰徐衍守分身亡古人有遺言君子福所綏左氏傳正常曰夫子有遺言夫子謂魯季桓子毛詩曰樂只君子福履綏之願我賢主人與天享巍巍主人謂太祖也論語子曰巍巍乎惟天爲大惟堯則之杜預左氏傳注曰享受也克符周公業奕世不可追史記召周公旦輔翼武王用事居多奕世已見上文此詩侍曹操讌

公讌詩一首五言

劉公幹魏志曰東平劉楨字公幹少有學太祖辟丞相掾屬太子嘗請諸文學酒酣命甄氏出拜坐中皆伏楨獨平視太祖聞之收楨減死輸作著文賦數十篇卒

永日行遊戲懽樂猶未央永日長日也尚書曰日永星火毛詩曰且以永日毛

萇曰永引也古詩曰遊戲宛與洛蘇武詩曰懽樂殊未央遺思在玄夜相與復翱翔秦嘉贈婦詩曰遺思致款誠毛詩曰河上乎翱翔輦車飛素蓋從者盈路傍古詩曰日出東南行觀者蒲道傍月出照園中珍木鬱蒼蒼新語曰楩梓豫章立則爲衆木之珍風俗通曰太山松鬱鬱蒼蒼清川過石渠流波爲魚防曰以防止水鄭玄曰堰豬畜流水之陂防豬旁隄也芙蓉散其華菡萏溢金塘毛萇詩傳曰菡萏荷華也金塘猶金堤也靈鳥宿水裔仁獸遊飛梁假美名以言之楚辭曰蛟何爲兮水裔思玄賦曰亘螭龍之飛梁華館寄流波豁達來風涼生平未始聞歌之安能詳毛萇詩傳曰詳審也授翰長歎息綺麗不可忘翰筆毫也

侍五官中郎將建章臺集詩一首　五言魏志曰建安十六年

正月天子命公世子丕爲五官中郎將

應德璉魏志曰汝南應瑒字德璉太祖辟爲丞相掾屬後爲五官將文學卒

朝鴈鳴雲中。音響一何哀。以鴈自喻也毛詩曰鴻鴈于飛哀鳴嗸嗸問子遊何鄉。戢翼正徘徊。毛詩曰鴛鴦在梁戢其左翼鄭玄曰戢斂也言我寒門來將就衡陽棲淮南子曰北極之山曰寒門高誘曰積寒所在故曰寒門西京賦曰南翔衡陽北棲鴈門尚書曰荊及衡陽惟荊州往春翔北土今冬客南淮管子曰夫鴻鵠春北而秋南不失時者也遠行蒙霜雪。毛羽日摧頹。東觀漢記曰世祖蒙犯霜雪古臨高臺辭曰我欲負之毛衣摧頹常恐傷肌骨。身隕沈黃泥。簡珠墮沙石。何能中自諧。簡珠喻賢人也沙石喻羣小也淮南子曰周之簡圭產於垢土爾雅曰簡大也又曰諧和也欲因雲雨會。濯翼陵高梯。樂動聲儀

曰風雨感魚龍仁義動君子范曄後漢書鄧騭上䟽曰披雲雨之渥澤高梯喻尊位也賈逵國語注曰梯猶階也

良遇不可値伸眉路何階漢書曰左馮翊薛宣爲書曉高陵令楊湛曰君自圖進退可復伸眉於後公子敬愛客樂飲不知疲漢書曰陳平厚具樂飲太尉和顏既以暢乃肯顧細微鄭玄禮記注曰暢充也鬼谷子曰以細微識贈詩見存慰小子非所宜孔叢子衛君謂子思曰猶步玉趾而慰存之鄭玄周禮注曰存省也毛萇詩傳曰慰猶安存之也爲且極歡情不醉其無歸不醉無歸已見上文凡百敬爾位以副飢渴懷毛詩曰凡百君子各敬爾儀孔叢子子思謂魯穆公曰君若飢渴待賢

## 皇太子宴玄圃宣猷堂有令賦詩一首

四言王隱晉書曰愍懷太子遹字熙祖惠帝即位立爲皇太子楊佺期洛陽記曰東宮之北曰玄圃園

陸士衡

三正迭紹洪聖啓運三正夏殷周也周建子爲正月殷建丑爲正月夏建寅爲正月尚書大傳曰正色三而復者也春秋合誠圖曰赤受天運宋均曰運錄運也自昔哲王先天而順尚書曰在昔殷先哲王周易曰大人者先天而天弗違又曰湯武革命順乎天而應乎人羣辟崇替降及近古國語藍尹亹曰吾聞君子唯獨居思念前世崇替韋昭曰崇終也替廢也班固漢書項羽讚曰近古以來未嘗有也黄暉既渝素靈承祜魏爲土德曰黄晉爲金行曰素干寶搜神記曰魏推五德之運以土承漢又程猗說石圖曰金者晉之行也建安五年初桓帝時有黄星見於楚宋之分野遼東殷馗善天文言後五十歲當有真人起於譙沛之閒其鋒不可當至此凡五十年而公破紹天下莫敵矣晉世祖武皇帝姓司馬名炎字安世受魏陳留王禪以金德王都洛陽金於西方爲白故曰素靈爾雅曰渝變也祜福也乃眷斯顧祚之宅土

讌五臣作謳

毛詩曰乃眷西顧惟此與宅左氏傳衆仲曰胙之以土而命之氏尚書曰降丘宅土三后始基世

武丕承三后謂宣景文也世武世祖武皇帝也國語太子晉曰自后稷始基靜民尚書伊尹曰肆嗣王

丕承基緒協風傍駭天晷仰澄國語曰虞幕能聽協風以成樂生物者也韋昭曰協

和也廣雅曰駭起也說文曰晷日景也言日澄清也謂不薄蝕淳曜六合皇慶攸興

國語史伯對鄭桓公曰夫黎爲高辛氏火正以淳曜敦大光照四海呂氏春秋曰神通乎六合自彼河

汾奄齊七政晉在河汾之陽毛詩曰自彼氐羌尚書曰璿璣玉衡以齊七政孔安國曰七政

日月五星各異政也時文惟晉世篤其聖周禮栗氏量銘曰時文思索鄭玄曰

言是文德之君思求可以爲民立法者尚書曰世篤忠貞毛萇詩傳曰篤厚也欽翼昊天對

揚成命尚書曰欽若昊天毛萇詩傳曰翼敬也毛詩曰對揚王休又曰昊天有成命二后受之九

區克咸讌歌以詠劉騊駼郡太守箴曰大漢遵周化洽九區尚書夔曰戛擊鳴球搏拊

琴瑟以詠祖考來格皇上篹隆經教弘道皇上惠帝也爾雅曰篹繼也經猶理也論語曰人能弘道于化既豐在工載考毛詩曰在宗載考鄭玄曰考成也俯釐庶績仰荒大造尚書曰允釐百工庶績咸熙孔安國曰釐理也毛萇詩傳曰荒大也左氏傳呂相曰我有大造于西也杜預曰造成也儀刑祖宗妥綏天保毛詩曰儀刑文王又曰天保定爾篤生我后克明克秀我后謂太子也機爲洗馬故稱我后毛詩曰篤生武王又曰克明克類體輝重光承規景數尚書曰昔先君文王武王宣重光爾雅曰景大也尚書周公曰王嗣無疆大歷服又舜曰天之歷數在爾躬茂德淵沖天姿玉裕尚書曰有夏先后方懋厥德家語齊大夫子輿見孔子曰今知海淵之爲大字書曰沖虛也桓子新論曰聖人天然之姿所以絶人遠者也應劭漢官儀曰太子有玉質廣唯曰裕容也蕞爾小臣邈彼荒遐左氏傳子產曰諺云蕞爾小國儀禮曰小臣正辭韋孟諷諫詩曰撫寧遐荒弼厥

負擔振纓承華臧榮緒晋書曰楊駿誅徵機爲太子洗馬左氏傳陳公子完曰弛於負擔杜預左氏傳注曰振整也洛陽記曰太子宮在大宮東中有承華門匪願伊始惟命之嘉左氏傳周子曰孤始願不及此爾雅曰嘉善也

大將軍讌會被命作詩一首四言臧榮緒晋書曰成都王穎字章度趙王倫篡位穎與齊王冏誅之進位大將軍

陸士龍王隱晋書曰陸雲字士龍少與兄機齊名號曰二陸爲吴王郎中令出宰浚儀有惠政機被收并收雲

皇皇帝祜誕隆駿命毛詩曰皇皇后帝又曰既受帝祉又曰受天之祜薛君韓詩章句曰誕信也毛詩曰宜監于殷駿命不易毛萇曰駿大也四祖正家天祿保定四祖宣景文武也周易曰正家而天下定尚書曰天祿永終保定即天保定爾已見上文睿哲惟晋世有明聖

極注及別本

尚書曰明作哲睿作聖毛詩曰世有哲王如彼日月萬景攸正其一尚書曰惟我文
考若日月之照臨傅玄歌詩曰日中萬影正夕中萬景傾義與此同巍巍明聖道隆自
天巍巍已見上文禮記子思曰道隆則從而隆毛詩曰有命自天命此文王則明分爽觀象
洞玄孝經曰則天之明孔安國尚書傳曰爽明也周易曰仰則觀象於天又曰天玄而地黃陵風協
紀極絶輝照淵言風教上升協於辰極光炎絶遠下照深淵廣雅曰陵乘也然乘亦升也孝經鉤命
決曰皇德協極注曰極北辰也封禪書曰末光絶炎劇秦美新曰炎光飛響盈塞天淵肅雍往播
福禄來臻其二毛詩曰肅雍顯相杜預左氏傳注曰播揚也毛詩曰福禄攸降爾雅曰臻至也
在昔姦臣稱亂紫微姦臣謂趙王倫也法言曰上失其政姦臣竊國命尚書曰
敢行稱亂紫微喻帝位也春秋合誠圖曰北辰其星七在紫微中又曰紫宮大帝室也神風潛
駭有赫茲威毛詩曰皇矣上帝臨下有赫靈旗樹旆如電斯揮日泉

賦曰樹靈旗楚辭曰靈旗兮電騖韓康伯周易注曰揮者散也致天之屆于河之沂臧榮緒晉書曰成都王穎遣趙驤爲前鋒倫遣孫會等前驅未及溫十餘里大戰孫會先退諸軍相次奔潰穎尋過河入于京師毛詩曰致天之屆毛萇曰屆極也文穎漢書注曰沂水上橋也有命再集皇輿凱歸其三趙王倫廢帝於金墉城既敗倫於溫帝復還故曰再集毛詩曰天監在下有命既集楚辭曰恐皇輿之敗績周禮曰師有功則凱樂頹綱既振品物咸秩說文曰振舉也周易曰品物咸亨神道見素遺華反質周易曰聖人以神道設教素樸素也莊子曰同乎無欲是謂素樸鄭玄禮記注曰凡物無飾曰素華謂采章質謂瀆樸也遺棄也辰晷重光協風應律國語曰次序三辰賈逵曰日月星也漢書倪寬云宣重光張晏曰重光謂日月也協風已見上文應律應律而至也函夏無塵海外有謐其四揚雄河東賦曰函夏之大漢東觀漢記曰祭彤爲遼東太守胡夷皆來內附野無風塵毛詩曰海外有截

爾雅曰謐靜也芒芒宇宙天地交泰左氏傳曰芒芒禹跡淮南子曰虛廓生宇宙宇宙生天地周易曰天地交泰王在華堂式宴嘉會毛詩曰王在靈囿又曰嘉賓式宴以敖周易曰嘉會足以合禮玄暉峻朗翠雲崇靄玄天色也冕弁振纓服藻垂帶其五尚書曰藻火粉米鄭玄孝經注曰大夫服藻火毛詩曰彼都人士垂帶而厲祁祁臣僚有來雍雍祁祁已見上文毛詩曰有來雍雍薄言載考承顏下風毛詩曰薄言采之載考已見上文漢書雋不疑曰乃今承顏接辭孔叢子曰伋願在下風俯覿嘉客仰瞻玉容毛詩曰我有嘉客亦不夷懌曹植罷朝表曰覲玉容而慶焉奉懽宴而慈潤施己唯約于禮斯豐魏文帝典論曰君子謹乎約已弘于接物淮南子曰禮豐不足以效愛天錫難老如嶽之崇其六言賜之難老合壽考也毛詩曰永錫難老又曰如南山之壽

## 晉武帝華林園集詩一首

四言　洛陽圖經曰華林園在城内東北隅魏明帝起名芳林園齊王芳改爲華林干寶晉紀曰泰始四年二月上幸芳林園與羣臣宴賦詩觀志孫盛晉陽秋曰散騎常侍應貞詩最美

應吉甫　文章志曰應貞字吉甫少以才聞能談論晉武帝爲撫軍將軍以貞參軍晉室踐祚遷太子中庶子散騎常侍卒

悠悠太上民之厥初　毛萇詩傳曰悠悠遠貌太上太古也老子曰太上下知有之淮南子曰太上之道生萬物而不有毛詩曰厥初生民　皇極肇建彞倫攸敷　尚書曰建用皇極又曰天乃錫禹洪範九疇彞倫攸敘孔安國曰皇大極中也　五德更運膺籙受符　七略曰鄒子有終始五德言土德從所不勝木德繼之金德次之火德次之水德次之春秋命歷序曰五德之運同徵合符膺籙次相代春秋漢含孳曰天子受符以辛日立號　陶唐既謝天歷在虞　其一

禹貢原文東出於陶丘北

說文解字云陶丘再成也在濟陰夏書曰東至陶丘陶丘有堯城堯嘗居之故號陶唐氏天歷天之歷數也巳見上文虞謂舜也**於時上帝乃顧惟眷**孔安國尚書傳曰時是也毛詩曰皇矣上帝又曰乃眷西顧此惟與宅**光我晉祚應期納禪**魏禪晉巳見魏都賦范曄後漢書伏隆撽張步曰皇天祐漢聖哲應期尚書刑德攷曰河圖帝王終始存亡之期**位以龍飛文以虎變**周易曰飛龍在天利見大人又曰大人虎變其文炳也**玄澤滂流仁風潛扇**玄澤聖恩也曹子建責躬詩曰玄化滂流典引曰仁風翔于海表**區內宅心方隅回面**其二尚書曰宅心知訓孔安國曰常以居心也劇秦美新曰回面內嚮喁喁然**天垂其象地曜其文**周易曰天垂象聖人則之韓詩外傳曰天見其象地見其形聖人則之春秋元命苞曰天質地文**鳳鳴朝陽龍翔景雲**毛詩曰鳳凰鳴矣于彼高岡梧桐生矣于彼朝陽注曰山東曰朝陽孝經援神契曰王者德至山陵則景雲出孫柔之曰一名慶雲文子曰景雲光潤**嘉禾重**

頴蓂莢載芬孝經援神契曰王者德至地則嘉禾生東觀漢記曰濟陽縣嘉禾生一莖
九穗田休于曰堯爲天子蓂莢生于庭爲帝成歷率土咸序人胥悅欣其三胥相也毛
詩曰率土之濱莫非王臣恢恢皇度穆穆聖容老子曰天網恢恢疏而不失禮
記曰天子穆穆言思其順貌思其恭在視斯明在聽斯聰尚書
曰言曰從貌曰恭視曰明聽曰聰注曰是則可從恭嚴恪也明必精審聽必微諦論語曰君子視思明聽思聰貌思
恭言思忠登庸以德明試以功其四尚書帝曰若時登庸又曰明試以功車服以庸
其恭惟何昧旦丕顯左氏傳讒鼎之銘曰昧旦丕顯後世猶怠無理不經
無義不踐行捨其華言去其辯禮記曰理發乎外而衆莫不順鄭玄曰理
謂言行也陸賈新語曰義者德之經履之者聖也老子曰處其實不處其華尚書曰君無以辯言亂舊政辯捷也口
捷給則數爲人所憎故云去其辯游心至虛同規易簡嵇康書曰遊心于寂

寞老子曰致虛極王弼曰言至虛之極也管子曰虛無形謂之道周易曰乾以易知坤以簡能易則易知簡則易從簡易而天下之理得矣六府孔修九有斯靖其五尚書曰四海會同六府孔修毛詩曰奄有九州澤靡不被化罔不加聲教南暨西漸流沙尚書曰東漸于海西被于流沙朔南暨聲教孔安國曰漸入也幽人肆險遠國忘遐毛萇詩傳曰幽遠也長楊賦曰故平不肆險服虔曰肆棄也越裳重譯充我皇家其六尚書大傳曰成王之時越裳重譯而來朝曰道路悠遠山川阻深恐使之不通故重三譯而朝也鄭玄曰欲其轉相曉也何休公羊傳注曰充蕭也典引曰盛哉皇家峩峩列辟赫赫虎臣毛詩曰奉璋峩峩典引曰德臣列辟毛詩曰進厥虎臣內和五品外威四賓尚書帝曰五品不遜孔安國曰五品謂五常也又曰四夷咸賓脩時貢職入覲天人周禮曰施貢分職以任邦國毛詩曰以其介圭入覲于王莊子曰皆原於一不離於宗謂之天人備言錫命羽蓋

射當依五臣作躬御

朱輪其七毛詩曰備言燕私又序曰不能錫命以禮尚書大傳曰古諸侯之於天子有功者天子賜其車服號曰命諸侯鄭玄儀禮注曰命加爵服之名子虛賦曰建羽蓋楊惲書曰乘朱輪者十人貽宴好會不當厥數史記曰秦王告趙王欲為好會數猶禮也左氏傳張趯曰吾得聞此數神心所受不言而喻范曄後漢書鄧騭上疏曰聖策定於神心孟子曰君子所性仁義禮智信根於心施於四體不言而喻於時肄射弓矢斯御呂氏春秋曰天子講武肄射毛詩曰弓矢斯張毛萇曰御進也發彼五的有酒斯飫其八毛詩曰發彼有的以祈爾爵毛萇曰的射質也鄭玄曰發發矢也周禮曰王射三侯五正毛詩曰君子有酒酌言嘗之又曰飲酒之飫杜預左氏傳注曰飫厭也文武之道厥猷未墜論語子貢曰文武之道未墜於地在人也在昔先王射御茲藝示武懼荒過亦為失周易曰弓矢者器也用之過亦為失也凡厥羣后無懈于位其九毛詩曰不懈于位民之攸塈

九日從宋公戲馬臺集送孔令詩一首 五言 蕭子顯齊

書曰宋武帝爲宋公在彭城九日出項羽戲馬臺至今相承以爲舊準沈約宋書曰孔靖字季恭宋臺初建以爲尚書令讓不受辭事東歸高祖餞之戲馬臺百寮咸賦詩以述其美

謝宣遠 宋書七志曰謝瞻字宣遠東郡人也幼能屬文宋黄門郎以弟晦權貴求爲豫章太守卒高祖遊戲馬臺命僚佐賦詩瞻之所作冠于時

風至授寒服霜降休百工 禮記曰孟秋之月涼風至又曰仲秋之月盲風至命有司衣服有量必循其故鄭玄曰盲風疾風也毛詩曰七月流火九月授衣禮記曰季秋之月霜始降則百工休 繁林收陽彩密苑解華叢巢幕無留鷰遵渚有來鴻 左氏傳曰吳公子札聘于上國宿于戚聞孫林父擊鍾曰夫子之在此猶鷰之巢幕上杜預曰

原文密作陋

夫子孫文子也毛詩曰鴻飛遵渚禮記曰九月之節鴻鴈來賓輕霞冠秋日迅商薄

清穹迅商商風之迅疾也楚辭曰商風肅而害之百草育而不長王逸曰商風西風也秋氣起則西風疾又曰薄附也爾雅曰穹蒼蒼天也聖心眷嘉節揚鑾戾行宮孫卿子曰積善德而聖心備焉左氏傳曰錫鑾和鈴爾雅曰戾至也東觀漢記曰濟陽有武帝行過宮四筵霑

芳醴中堂起絲桐儀禮曰旨酒令芳西京賦曰促中堂之容坐史記曰鄒忌以鼓琴見齊威王忌曰夫理國家而彌人倫皆在其中王曰夫理國家又何爲乎絲桐之閒扶光迫西汜歡餘讌有

窮淮南子曰日出暘谷拂于扶桑楚辭曰出自暘谷次于濛汜逝矣將歸客養素

克有終歸客謂靖也嵇康幽憤詩曰養素全真王隱晉書周馥教曰叅軍杜夷優遊養素周易曰謙亨君子有終吉班固漢書述曰疏克有終散金娛老臨流怨莫從歡心歎飛蓬言己牽於時役未果言歸臨流念鄉巴結莫從之怨而以侍宴暫歡之志重歎飛蓬之遠也楚辭曰臨流水而

太息王逸曰念舊鄉也曹植應詔詩曰朝覲莫從列子宋元君曰適值寡人有懽心商君書曰夫飛蓬遇飄風而行千里乘風之勢也

樂遊應詔詩一首 五言丹陽郡圖經曰樂遊苑宮城北三里晉時藥園

范蔚宗 沈約宋書曰范曄字蔚宗順陽人少好學爲高祖相國掾稍遷至太子詹事坐謀反誅

崇盛歸朝闕虛寂在川岑方言曰寂安靜也山梁協孔性黃屋非堯心論語子曰山梁雌雉時哉時哉何晏曰言山梁雌雉得時鄭玄毛詩箋曰梁石絶水之梁也漢書曰紀信乃乘王車黃屋左纛李斐曰天子車以黃繒爲裏堯以位禪務光許由故非堯心所悅郭象注莊子曰徒見聖人載黃屋佩玉璽便謂足以纓紱其心矣軒駕時未肅文囿降照臨

[言末戒軒駕而訪道且降文囿而愛物也莊子曰黃帝將見大隗方明爲御昌寓參乘鄭玄禮記注曰肅戒也孟子齊宣王問曰文王之囿方七十里毛詩曰王在靈囿鄭玄曰文王親至靈囿言愛物也毛詩曰明明上天照臨下土]流雲起行蓋晨風引鑾音原薄信平蔚臺澗備曾深[王逸楚辭注曰草木交曰薄]蘭池清夏氣脩帳含秋陰[三輔黃圖曰蘭池觀在城外漢書成紀曰三輔長無供帳之勞張晏曰帳帷帳也]遵渚攀蒙密隨山上嶇嶔[遵渚已見上文尚書曰隨山濬川洞簫賦曰嶇嶔巋崎]睇目有極覽遊情無近尋[廣雅曰睇視也王弼老子注曰滌除邪飾至于極覽鄭玄禮記注曰極者盡也]聞道雖已積年力互頹侵[莊子南郭子綦問于女偊曰子之年長矣而色若孺子何也曰吾聞道矣偊音禹陸機應嘉賦曰悲來日之苦短恨頹年之方促]採已謝丹巘感事懷長林[毛詩曰赤芾在股毛萇曰諸侯赤芾鄭玄曰芾太古蔽膝之象巘與芾古字通江賦曰感事而出]

注然作蕟亦通其本字則皆宜爲䈘耳蕟別本作笳本字應作䈘耳

九日從宋公戲馬臺集送孔令詩一首 五言

謝靈運

季秋邊朔苦旅鴈違霜雪列子曰禽獸之智違寒就温孔安國尚書傳曰違避也淒淒陽卉腓皎皎寒潭絜韓詩曰秋日淒淒百卉俱腓薛君曰腓變也俱變而黃也腓音肥毛萇曰痱病也今本作腓字非良辰感聖心雲旗興暮節楚辭曰吉日兮良辰東征賦曰撰良辰而將行爾雅曰感動也楚辭曰載雲旗兮逶迤鳴葭(笳)戾朱宮蘭巵獻時哲魏文帝書曰從者鳴笳以啟路傅玄西都賦曰彤彤朱宮漢書曰百末旨酒布蘭生晉灼曰芬芳布列若蘭之生應劭曰巵鄉飲酒禮器也受四升鄭玄毛詩箋曰主人酌賓爲獻餞宴光有孚和樂隆所缺薛君韓詩章句曰送行飲酒曰餞周易曰有孚飲酒無咎毛詩序曰鹿鳴廢則和樂缺矣在宥天下理吹萬羣方悅莊子曰聞在宥天下

不聞在治天下也司馬彪曰在察也宥寬也郭象曰宥使自在則治也莊子南郭子綦曰夫吹萬不同而使其自已也司馬彪曰言天氣吹煦生養萬物形氣不同已止也使各得其性而止**歸客遂海嵎**

**脫冠謝朝列**廣雅曰遂往也尚書曰至于海隅蒼生凡仕則冕弁謝職故曰脫冠閑居賦序曰猥廁朝列**弭棹薄枉渚指景待樂闋**杜預左氏傳注曰弭息也楚辭曰朝發枉渚王逸曰枉曲也指景指曰也已見上文禮記曰有司告以樂闋鄭玄曰闋終也**河流有急瀾浮驂無緩轍**言彼去河有急瀾而不止已旋驂無緩轍而不留言相背之疾也孔安國尚書傳曰浮行也**豈伊川途念宿心愧將別**孔以養素為榮而已以戀位為辱故云愧也周禮曰兩山之間必有川焉大川之間必有塗焉趙壹報羊陟書曰惟君明睿平其宿心嵇康幽憤詩曰內負宿心**彼美丘園道喟焉傷薄劣**毛詩曰彼美孟姜周易曰六五賁于丘園束帛戔戔王肅曰失位無應隱處丘園閑居賦曰信用薄而才劣

## 應詔讌曲水作詩一首

（四言。水經注曰：舊樂遊苑，宋元嘉十一年以其地爲曲水，武帝引流轉酌賦詩。裴子野宋略曰：文帝元嘉十一年三月丙申，禊飲于樂遊苑，且祖道江夏王義恭、衡陽王義季，有詔會者賦詩。）

顏延年

道隱未形，治彰既亂。（老子曰：大象無形。又曰：道隱無名。王弼曰：有形則亦有分，有分者不溫則涼，故象者非大象也。又曰：夫道物以之成，而不見形，故隱而無名也。河上公曰：道潛隱，使人無能名也。太玄經曰：亂不極則治不形。賈逵國語注曰：彰，著也。）帝迹懸衡，皇流共貫。（春秋合誠圖曰：黃帝有迹，必稽功務法。宋均曰：迹，行迹，謂功績也。申子曰：君必有明法正義，若懸權衡以稱輕重，所以一羣臣也。長楊賦曰：逮至孝文，隨風乘流。孔安國尚書傳曰：萬國共貫。）惟王創物，永錫洪筭。（周禮曰：智者創物。毛詩曰：永錫難老。鄭玄儀禮注曰：筭，數也。謂年數。）仁固開周，義高登漢。（其一。毛詩序曰：周家忠厚，仁及草木。漢書曰：五星聚于東井，此高祖受命之符，當以義取天下。）祚融世哲業光列聖爾雅曰融長也毛詩曰世有哲王魏都賦曰列聖之遺塵太上正位天臨海鏡太上謂文帝也漢書薄昭書曰欲以親戚之意望於太上如湻曰太上天子也周易曰女正位于內男正位于外潘岳魯公詩曰如地之載如天之臨孫綽望海賦曰因湛亮以靜鏡俯遊目於淵庭制以化裁樹之形性周易曰化而裁之謂之變莊子曰流動而生物物成生理謂之形形體保神各有儀則謂之性惠浸萌生信及翔泳其二史記文帝詔曰萬物之萌生翔泳謂魚鳥也周易曰豚魚吉信及豚魚薛君韓詩章句曰文王聖德上及飛鳥下及魚鱉崇虛非徵積實莫尚言崇尚虛假諒非有徵積累成實則莫能尚也演連珠曰積實雖微必動於物崇虛雖廣不能移心杜預左氏傳注曰尚亦上也豈伊人和寔靈所貺言化之所感豈止人和平實亦受天貺左氏傳季良曰於是人和而神降曰之福春秋元命苞曰通三靈之貺交錯同端也完其朔月不掩望漢書曰天下太平日不蝕朔月不掩望航琛越水輦

注誤　映出西射堂
詩注不誤

韶　注末及别本

賁諭障。其三言遠夷納貢也毛萇詩傳曰琛寶也孟子曰將有遠行行者必以賁爾雅曰上正章也郭璞曰山上平帝體麗明儀辰作貳言太子附帝故有明德也帝體謂太子也沈約宋書曰文帝立皇子劭爲太子喪服傳曰長子正體於上周易曰黄離元吉鄭玄曰離南方之卦離爲火土託位焉土色黄火之子喻子有明德能附麗於父之道文王之子發旦是也毛萇詩傳曰儀匹也辰北辰也典引曰辰居其位齊王攸太子箴曰尊以弘道固以貳己君彼東朝金昭玉粹東朝東宮也潘岳贈陸機詩曰繾綣東朝高誘呂氏春秋注曰東宮太子所居詩曰東宮之妹又曰金玉其相廣雅曰粹純也德有潤身禮不愆器禮記曾子曰富潤屋德潤身又曰禮器鄭玄曰禮器言禮使人成器如耒邦之爲用也柔中淵映。芳猷蘭祕。其四周易曰其用柔中陸機宣猷堂詩曰茂德淵沖字書曰祕者謂蘭芳之幽密昔在文昭韶今惟武穆言昔者在高祖之子爲王同於文王之昭今帝之子爲王又同武王之穆言其成也左氏傳富辰曰畢原酆郇文之昭也杜預曰皆

文王子也邗晉應韓武之穆也杜預曰皆武王子也漢書韋玄成議曰父爲昭子爲穆孫復爲昭昭穆父子之迭號于祀而一也昝

**於赫王宰方旦居叔**王宰謂王爲宰輔比之周文王諱昭改爲韶旦而亦居叔也沈約宋書曰彭城王義康爲司徒毛詩曰於赫湯孫韓詩外傳周公誡伯禽曰吾成王叔父也

**有睟睿蕃爰履奠牧**謂諸王者蕃也孟子曰仁義禮智根於心其生色也睟然於面二蕃謂江夏衡陽二王也爰履奠牧謂於所履之地能鎮定其郊牧也爾雅曰爰於也左氏傳管仲曰賜我先君履杜預曰履所履之界也諸侯得祀名山大川故曰奠牧尚書曰奠高山大川爾雅曰郊外謂之牧

**寧極和鈞屏京維服**其五和鈞謂王宰也屏京謂蕃封也尚書曰關石和鈞周禮曰三曰禮典以和邦國四曰政典以均萬民又曰凡邦國大小相維以

**朏魄雙交月氣參變**朏魄雙交謂三日也凡朏魄之交皆在月三日之夕今月未夕故以前之文唯止有二故曰雙也孔安國尚書傳曰朏明也月三日明生之名說文曰魄月始生魄然也月氣參變謂三月也月氣每月一變故曰參也周書

原文作細

曰凡四時成歲各有孟仲季以名十有二月月有中氣以著時應 開。榮。灑。澤。舒。虹。爍。電。言時候也禮記曰季春之月桐始華又曰時雨將降又曰虹始見又曰仲春之月始電 化際無間皇情爰眷 言既太平故眷斯嘉節解嘲曰纖者入無間杜預左氏傳注曰間隙也 伊思。鎬。飲。每惟。洛宴。其六楚辭曰伊思兮往古毛詩曰王在在鎬飲酒樂豈東陽無疑齊諧記東晳對武帝曰昔周公卜洛邑因流水以汎酒故逸詩曰羽觴隨流波 郊餞有壇君舉有禮 餞已見上文左氏傳曹劌曰君舉必書 幙帷蘭甸畫流高陛。廣雅曰幙帳也蘭甸蘭生于甸猶蘭皐也畫流分流也 分庭薦樂析錫波浮醴 莊子曰分庭抗禮 豫同。夏。諺。事無。出。濟。其七孟子夏諺曰吾王不豫吾何以助毛詩曰出宿于濟 仰閱豐施降惟微物 閱猶數也微物自謂也薛君韓詩章句曰鳥微物也 三妨儲隸五塵朝黻 沈約宋書曰高祖受命延年補太子舍人徙尚書儀曹郎太子中舍人轉正貟外郎徙貟外常侍出爲始安太守徵中書侍郎轉太子中庶子途泰。命屯。恩充。報屈。泰屯二卦名周易曰泰者通也又曰屯如邅如有悔。可悛。滯瑕。難拂。其入周易曰盱豫有悔位不當也孔安國尚書傳曰悛改也廣雅曰瑕穢也毛萇詩傳曰拂去也拂亦作弗古字通

## 皇太子釋奠會作詩一首

四言裴子野宋略曰文帝元嘉二十年三月皇太子劭釋奠于國學禮記曰凡學春官釋奠于先師秋冬亦如之鄭玄曰官謂禮樂詩書之官周禮曰凡有道者有德者使教焉死則以爲樂祖祭於瞽宗此之謂先師也若漢禮有高堂生樂有制氏詩有毛公書有伏生釋奠者設薦饌酌奠而已無迎尸之事

顏延年

國尚師位家崇儒門漢書元帝詔曰國之將興尊師而重傅鄭玄禮記注曰尊師授道焉不使處臣位也漢書儒林傳曰王嚴彭祖顏安樂各專門教授稟道毓德講藝立言粲

◎據注引新論字作滋



贈文叔良詩曰温温恭人稟道之極周易曰君子以振民毓德西都賦曰講論乎六藝左氏傳范宣子曰其次立言**浚明爽曙達義滋昏**以日喻道也大明之道既以爽曙道達之義於此彌昏也尚書曰夙夜浚明有家馬融曰浚大也魏都賦曰昏情爽曙箴規顯之毛萇詩傳曰爽差也然義與魏都賦微異不以文害意也禮記曰先王修道以達義桓子新論曰學者既多蔽暗而師道又復缺然此所以滋昏也**永瞻先覺顧惟後昆**其一言大義漸乖永瞻先覺之意顧思後昆以正之孟子伊尹曰天生斯人使先覺覺後覺予天人之先覺者也尚書曰垂裕後昆**大人長物繼天接聖**周易曰利見大人君德也尸子曰天地之道莫見其所以長物而物長聖人之道亦然漢書曰庖羲繼天而王為百王先首**時屯必亨運蒙則正**周易曰屯元亨利貞王弼曰剛柔始交是以屯也不交則否故屯乃大亨也運錄運也周易曰蒙亨利貞王弼曰蒙之所利乃利正也**偃閑武術闡揚文令**尚書曰王來自商至于豐乃偃武修文孔安國曰闡修文教賈逵國語注曰偃息也**庶士傾風萬流仰鏡**

其二尚書曰庶邦庶事嵇康高士傳孔子問項橐曰居何在曰萬流屋是也注曰言與萬物同流匹也緯書曰秦失金鏡鄭玄曰金鏡喻明道也**虞庠飾館睿圖炳睟**禮記曰有虞氏養國老於上庠睿圖孔聖之圖畫也炳丹青色也睟已見上文**懷仁憬**九永**集抱智麕**上殞**至**懷抱謂包韞也禮記曰君子有禮故物無不懷仁又曰儒有戴仁而行抱義而處毛詩曰憬彼淮夷毛萇曰憬遠行貌左氏傳蔿啓疆謂楚子曰求諸侯而麕至杜預曰麕群也**踵門陳書躡蹻獻器**莊子曰有孫休者踵門而詫扁子司馬彪曰踵至也陳書謂陳列其書而進之也史記曰虞卿躡蹻擔簦器謂樂也漢書曰河間獻王修學好古或有先祖舊書多奉與獻王來朝獻樂器也**澡身玄淵宅心道祕**其三禮記曰儒有澡身而浴德王逸妍敖蛍曰窮聖人之祕奧測六義之淵玄宅心已見上文**伊昔周儲聿光往記**禮記曰文王之爲世子朝於王季日三雞初鳴而衣服至寢門外問內豎之御者曰今日安否何如內豎曰安文王乃喜及日中又至亦如之及暮又至亦如之其有不安則內豎以告文王文王

色憂行不正履王季復膳然後亦復初漢書疎廣曰太子國儲副君孔安國尚書傳曰聿述也思皇世哲體元作嗣毛詩曰思皇多士東都賦曰體元立制繼天而作鄭玄禮記注曰上嗣君之適長子資此夙知降從經志資猶藉也毛詩曰誰夙知而暮成禮記曰一年視離經辨志遏彼前文規周矩值其四爾雅曰遏遠也尚書大傳曰聖人與聖也猶規之相周矩之相襲值當也正殿虛筵司分簡日正殿前殿也長門賦曰正殿嵬以造天虛筵以待賢也左氏傳鄭子曰玄鳥氏司分者也爾雅曰簡擇也尚席函杖丞疑奉帙漢書音義晉灼曰舊有五尚有尚席禮記曰席間函丈鄭玄曰函容也丞疑疑丞也禮記曰虞夏商有師保有疑丞侍言稱辭惇史秉筆馮衍德誥曰仲尼言語不習則子貢侍禮記曰有善記之爲惇史國語士茁謂襄子曰臣秉筆事君妙識幾音王載有述其五周易曰知幾其神乎尚書曰熙帝之載王肅曰載事也孔叢子曰使談者有述焉爲之奈何肆議芳訊大教克明演連珠曰

塊原文嵬作

肆議芳訊非庸聽所善孔安國尚書傳曰肆陳也鄭玄毛詩箋曰訊言也敬躬祀典告奠聖
靈禮記曰非此族也不在祀典又曰凡人之始立學者先釋奠于先聖先師禮屬觀盥樂
薦歌笙周易曰觀盥而不薦王弼曰可觀者莫盛乎宗廟宗廟之可觀者莫盛於觀盥也儀禮曰
歌南有嘉魚笙崇丘也昭事是肅俎實非馨其六左氏傳曰以昭事神
尚書成王曰黍稷非馨明德惟馨獻終襲吉即宮廣讌獻終祭畢也尚書曰
乃卜三龜一襲吉孔安國曰襲因也禮記孔悝鼎銘曰即宮于宗周堂設象筵庭宿金
懸劉楨瓜賦曰更鋪象牙之席吳都賦曰桃笙象簞周禮曰宿懸於阼階其南鍾然鍾則金也台保
兼徽皇戚比彥春秋漢含孳曰三公在天法三能能與台同保太保也皇戚皇家之戚也爾雅
曰美士爲彥肴乾酒澄端服整弁其七禮記曰酒清人渴而不敢飲肉乾人飢而
不敢食杜預左氏傳曰肴乾而不食淮南子曰酒澄而不飲六官眂命九賓相儀六官

巾卷何焯引宋書禮志國子太學生冠葛巾服單衣以爲朝服執一卷經以代手板此所謂巾卷也

六卿也周禮曰典命掌諸侯之五儀其衣服禮儀各眡其命之數漢書曰羣臣朝十月儀大行設九賓臚向傳

東京賦曰伯夷起而相儀纓笏帀序。巾卷充街。纓笏垂纓秉笏也皆朝臣之服故舉服以明人爾雅曰東西牆謂之序巾巾箱也所以盛書都莊雲動。野馗風馳。爾雅曰六達謂之莊劇秦美新曰雲動風偃韓詩曰施于中馗薛君曰中馗馗中九交之道也四子講德論曰風馳雨集雜襲並至倫周伍漢超哉邈猗其入鄭玄禮記注曰倫比也說文曰伍相參伍也蔡邕胡黃二公頌曰超哉邈猗莫參其二清暉在天。容光必照。清暉喻日喻帝也孟子去日月有明容光必照趙岐曰容光小隙物性其情。理宣其奧。周易曰乾元者始而亨者也利貞者性情也王弼曰不爲乾元何能通物之始不性其情何能久行其正是故始而亨者必乾元也利而貞者必性情也此意性情者正也言人君在上以道被物各存其性僞情矯志不入於心老子曰道者萬物之奧廣雅曰奧藏也妄先國胄側聞邦教沈約宋書曰元嘉中延之遷國

五臣無張字以匯親執為寄問觀之是也並善有張字未可輙改

子祭酒司徒左長史尚書曰命汝典樂教冑子徒愧微賈誼弔屈原曰側聞先生尚書曰司徒掌邦教冥終謝智効其九微冥微賤而闇冥也家語哀公曰寡人愚冥莊子曰智効一官

侍宴樂遊苑送張徐州應詔詩一首五言劉璠梁典曰張諼字公喬齊明帝時爲北徐州刺史諼霜六切

丘希範梁史曰丘遲字希範吳興人八歲能屬文及長辟徐州從事高祖踐祚拜中書郎遷司徒從事中郎卒集題曰兼中書侍郎丘遲上

詰去質旦閶闔開馳道聞鳳吹左氏傳曰詰朝將見杜預曰詰朝平旦也西京賦曰表嶢闕於閶闔薛綜曰紫微宮門曰閶闔漢書曰太子不敢絶馳道應劭曰道天子道也呂氏春秋曰伶倫制十二筩聽鳳鳥之鳴以別十二律蔡邕月令章句曰吹者所以通氣也管簫竽笙塤篪皆以鳴吹者也輕荑承玉輦細草藉龍騎毛詩曰自牧歸荑毛萇曰荑茅始生也藉田賦

曰天子御玉輦服虔漢書注曰藉薦也周禮曰馬八尺以上爲龍風遲山尚響雨息雲

猶積集本作漬巢空初鳥飛荇杏亂新魚戲毛詩曰參差荇菜寔

惟北門重匪親孰爲寄史記齊威王曰吾吏有黔夫者使守徐州則燕人祭北門裴駰曰齊之北門也史記田肯謂上曰非親子弟莫使王齊參差別念舉肅穆恩波被荀悦漢紀曰大會羣臣於長樂宮成禮而罷莫不肅穆

小邑信多幸投生豈酬義左氏傳羊舌職曰諺曰人之多幸國之不幸西征賦曰豈生命之易投

## 應詔樂遊苑餞呂僧珍詩一首

五言梁書曰呂僧珍字元瑜爲左衛將軍天監四年冬大舉北伐

沈休文劉璠梁典曰沈約字休文吳興人少爲蔡興宗所知引爲安西記室梁興稍遷至侍中丹陽尹建昌侯薨謚曰隱

丹浦非樂戰負重切君臨六韜曰堯與有苗戰于丹水之浦高誘呂氏春秋注曰丹水在

南陽浦崖也莊子曰兵革之士樂戰鄧析子曰明君之御人
若履冰而負重孟子曰舜竊負而逃遵海濵而處左氏傳子
囊曰赫赫楚國而君臨之我皇秉至德忘己用堯心穀梁傳曰我君接上下論語曰
周之德可謂至德矣莊子堯謂舜曰吾不敖無告不廢窮民此吾用心也愍茲區宇内魚鳥
失飛沈言失常也東京賦曰區宇乂寧大戴禮曰魚游于水鳥飛于雲推轂二崤岨揚
旆九河陰漢書馮唐曰臣聞上古王者遣將也跪而推轂曰閫以内寡人制之閫以外將軍制之閫外列
切西都賦曰左據函谷二崤之阻籍田賦曰九旗揚旆尚書曰九河既道穀梁傳曰水南曰陰超乘盡三
屬選士皆百金左氏傳曰秦師過周北門超乘者三百乘韋昭國語注曰超乘者跳躍上車也
漢書曰魏氏武卒衣三屬之甲如淳曰上身一髀褌一脛繳一凡三屬也顧野王曰屬猶接也史記曰李牧趙
之良將也匈奴入牧選百金之士五萬擊之漢書音義服虔曰良士直百金言重故也戎車出細
柳餞席樽上林尚書曰武王戎車三百兩漢書曰匈奴大入邊遣内史周亞夫軍細柳餞已見

上文命師誅後服授律綏前禽公羊傳曰何喜于服楚楚有王者則後服無王者則先彊周易曰三用三驅失前禽也函轘方解帶嶢武稍披襟函函谷也轘轘轅也解帶披襟言將降附也漢書音義應劭曰嶢山之關也李奇曰在上洛北文穎曰武關在洛西李尤函谷關銘曰函谷險要襟帶咽喉伐罪芒山曲弔民伊水潯尚書曰奉辭伐罪鄭緣生述征記曰北芒洛陽北芒嶺靡迤長阜自滎陽山連嶺脩亙暨于東垣孟子曰湯始征自葛誅其君弔其民伊水名也許慎淮南子注曰潯涯也將陪告成禮待此未抽簪尚書曰柴望大告武成也謂武王誅紂而還燔柴郊天望祀山川大告以武功成也鍾會遺榮賦曰散髮抽簪永縱一壑通俗文曰幘道曰簪

祖餞崔寔四民月令曰祖道神也黃帝之子好遠遊死道路故祀以爲道神以求道路之福

送應氏詩二首五言　曹子建

步登北芒坂遥望洛陽山北芒已見上文洛陽何寂寞宮室

嘉殘刊葉子本起此首

盡燒焚（說文曰寂無人聲也獻帝紀曰車駕至洛陽宮室盡燒）垣牆皆頓擗（闢）荊棘上參天（漢書伍被曰臣今見宮中生荊棘孟子曰太山之高參天入雲）不見舊耆老但覩新少年側足無行徑荒疇（田）不復田（東觀漢記馬援曰囂囂側足無所立國語曰田疇荒蕪賈逵曰一井為疇）遊子久不歸不識陌與阡中野何蕭條千里無人煙（漢書高祖曰遊子悲故鄉風俗通曰南北曰阡東西曰陌劉歆遂初賦曰野蕭條而寥廓東觀漢記曰北夷作寇千里無煙火）念我平常居氣結不能言（古詩曰悲與親友別氣結不能言）

清時難屢得嘉會不可常（李陵與蘇武書曰策名清時又詩曰嘉會難再遇）天地無終極人命若朝霜（莊子曰天與地無窮人死者有時漢書李陵謂蘇武曰人生如朝露）願得展嬿婉我友之朔方（毛詩曰嬿婉之求又曰我友敬矣又曰城彼朔

原詩鳥作鶴翼作翅

延喜本無

延喜本作楚

此憂亂之詩故有三命以下之文

万親昵並集送置酒此河陽爾雅曰昵近也漢書曰上過沛置酒沛宮中饋豈獨薄賓飲不盡觴周易曰在中饋王弼曰婦人職中饋儀禮有饋食之禮鄭玄周禮注曰進物於尊者曰饋愛至望苦深豈不愧中腸言恩愛至情之極所望悲苦愈深也漢書杜鄴說王音曰愛至者其求詳鄭玄注禮記曰愧謂罪苦也山川阻且遠別促會日長毛詩曰山川悠遠又曰道阻且長願爲比翼鳥施翮起高翔古詩曰願爲雙鳴鳥奮翼起高飛

征西官屬送於陟陽候作詩一首五言

孫子荆臧榮緒晉書曰孫楚字子荆太原人也征西扶風王駿與楚舊好起爲參軍梁令衛軍司馬爲馮翊太守卒

晨風飄岐路零雨被秋草李陵與蘇武詩曰欲因晨風發送子以賤軀毛詩曰

零雨其濛傾城遠追送餞我千里道傾猶盡也三命皆有極咄丁忽嗟安可保養生經黄帝曰上壽百二十中壽百年下壽八十鄭玄禮記注曰司命主督察三命蒼頡篇曰咄啐也說文曰啐驚也倉憒切王弼周易注曰嗟憂歎之辭莫大於殤子彭聃猶為夭莊子南郭子綦曰天下莫大於秋毫之末而太山為小莫壽於殤子而彭祖為夭郭象曰夫以形相對則太山大於秋毫若各據其性分物冥其極則形大未為有餘形小未為不足苟各安其性則秋毫不獨小其小太山不獨大其大矣若以性足為大則天下之足未有過於秋毫也若性不足者非大則雖太山亦可稱小矣故曰莫大於秋毫之末而太山為小太山為小則天下無大矣秋毫為大則天下無小矣無大無小無壽無夭是以蟪蛄不羨大椿而欣然自得斥鷃不貴天池而榮願已足列仙傳曰彭祖殷賢大夫歷夏至商末號年七百史記曰老子字聃列仙傳曰李耳生於殷時為周守藏吏積八十餘年後之流沙莫知所終蓋百六十餘歲或言二百餘歲吉凶如糾纆憂喜相紛繞漢書音義應劭曰禍福相為表裏如

延喜本鑪

下延喜本別行題文選卷之五終

糾纆索相附會也按糾纆索也糾兩股索纆三股索言禍福之相糾如此鵩鳥賦曰禍之與福何異糾纆大曰憂喜聚門吉凶同域神女賦曰紛紛擾擾未知何意天地爲我爐萬物一何小言天地爲爐陶冶萬物居其間一何微小言不足自愛也鵩鳥賦曰天地爲鑪萬物爲銅達人垂大觀誡此苦不早此謂愛生也達人大觀死生若一故戒此愛生苦于不早言能早戒之不以經慮也鶡冠子曰達人大觀乃見其理古詩曰立身苦不早乖離即長衢惆悵盈懷抱楚辭曰惆悵兮私自憐王孫子曰仲叔諫衛靈公曰百姓乖離孰能察其心鑒之以蒼昊齊契在今朝守之與偕老說文曰契大約也毛詩曰君子偕老

金谷集作詩一首五言酈元水經注曰金谷水出河南太白原東南流歷金谷謂之金谷水東南流經石崇故居

潘安仁

王生和鼎實石子鎮海沂石崇金谷詩序曰余以元康六年從太僕卿出爲使持節監青徐諸軍事有別廬在河南縣界金谷澗時征西大將軍祭酒王詡當還長安余與衆賢共送澗中賦詩以叙中懷應劭漢官儀曰太尉司空司徒長史號爲毗佐三台助鼎和味尚書曰海岱惟青州又曰徐州淮沂其乂蔡邕陳琳碑曰遠鎮南裔親友各言邁中心悵有違毛詩曰還車言邁又曰行道遲遲中心有違何以叙離思攜手游郊畿曹子建雜詩曰離思故難任朝發晉京陽夕次金谷湄晉京洛陽也爾雅曰水草交爲湄迴谿縈曲阻峻阪路威夷七發曰依絕區兮臨迴谿韓詩曰周道威夷薛君曰威夷險也綠池汎淡淡青柳何依依東京賦曰淥水澹澹澹與淡同韓詩曰昔我往矣楊柳依依薛君曰依依盛貌濫泉龍鱗瀾激波連珠揮爾雅曰濫泉正出正出湧出也酈元水經注曰允街谷水文成蛟龍允音沿街音牙洞簫賦曰揚素波而揮連珠前庭樹沙棠後園植烏

原文作櫧

原詩作曲度

椑上林賦曰沙棠櫟儲西京雜記曰上林有烏椑沙棠樹靈囿繁若榴茂林列芳

梨毛詩曰王在靈囿廣雅曰石榴若榴也西京雜記曰上林有芳梨飲至臨華沼遷坐

登隆坻毛詩曰舍其坐遷鄭玄詩箋曰坻水中之高地玄醴染朱顏但愬杯行

遲邊讓章華臺賦曰激玄醴於清池楚辭曰美人既醉朱顏酡王仲宣公讌詩曰但愬杯行遲揚桴

撫靈鼓簫管清且悲楚辭曰揚桴兮撫鼓毛詩曰簫管備舉曰仲宣公燕詩曰管絃發徽

音度曲清且悲春榮誰不慕歲寒良獨希春榮喻少歲寒喻老也周易陰符太公曰

春道生萬物榮論語曰歲寒然後知松柏之後凋投分寄石友白首同所歸阮瑀

爲魏武與劉備書曰披懷解帶投分託意分猶志也史記蘇秦謂齊王曰此弃仇讎而得石交者也漢書曰石

建老白首萬石君尚無恙易曰殊途而同歸世說曰孫秀既恨石崇不與綠珠又憾潘岳昔遇之不以禮後秀

爲中書令岳於省內謂秀曰孫令憶疇昔周旋不秀曰中心藏之何日忘之岳於是始知不免後收石崇同日

析 別本

原文几作机

取岳石先送市亦不相知潘後至石謂潘曰安仁卿亦復爾耶潘曰可謂白首同所歸岳金谷集詩乃成其讖王隱晉書曰岳父文德爲琅邪太守孫秀時爲小吏給岳岳於秀不以仁遇也

王撫軍庾西陽集別時爲豫章太守庾被徵還東一首 五言沈約宋書曰王弘爲豫州之西陽新蔡諸軍事撫軍將軍江州刺史庾登之爲西陽太守入爲太子庶子集序曰謝還豫章庾被徵還都王撫軍送至湓口南樓作

謝宣遠 瞻時爲豫章太守

祗召旋北京守官反南服 言庾被召而旋帝京已守官而莅南服也左氏傳仲尼曰守道不如守官南服南方五服也 方舟新舊知對筵曠明牧 爾雅曰大夫方舟郭璞注曰方舟並兩船也揚仲武誄曰惟我與爾對筵接几蒼頡篇曰踈曠也舊知庾也明牧王撫軍也

舉觴矜飲餞指途念出宿 劉琨荅盧諶詩序曰舉觴對膝毛詩曰出宿于濟飲餞子禰陸

士衡贈弟詩曰栢塗悲有餘來晨無定端別晷有成速頹陽照通津夕陰曖平陸楚辭曰日晻晻而下頹榜人理行艫輶軒命歸僕張揖子虛賦注曰月令曰命榜人榜人舡長也說文曰艫船頭也吳都賦曰輶軒蓼擾毛詩曰輶車鑾鑣楊雄荅劉歆書曰甞聞先代輶軒之使分手東城闉因發櫂西江隩說文曰闉城曲重門也爾雅曰隩隈也郭璞曰今江東人呼浦爲隩離會雖相親逝川豈往復言離而復會雖有相親之理但逝川之流豈有往復之義嗟年命之速而會難也呂氏春秋曰離則復合合則復離親或爲雜非也誰謂情可書盡言非尺牘周易曰書不盡言言不盡意杜篤弔比干文曰敬申弔于比干寄長懷於尺牘說文曰牘書版也

鄰里相送方山詩一首五言沈約宋書曰少帝出靈運爲永嘉郡守丹陽郡圖經曰方山在江寧縣東五十里下有湖水舊揚州有四津方山爲東石頭爲

西

謝靈運

祗役出皇邑，相期憩甌越。役所莅之職也。王充論衡曰：充罷州役。曹子建詩曰：清晨發皇邑。毛萇詩傳曰：憩，息也。史記曰：東越王搖都東甌，時俗號東甌王。徐廣曰：今之永寧也。解纜力蹔及流潮，懷舊不能發。吳志曰：更增艤纜。然纜維船索也。西都賦曰：攄懷舊之蓄念。析析就衰林，皎皎明秋月。含情易爲盈，遇物難可歇。王仲宣公讌詩曰：含情欲待誰。古詩曰：所遇無故物。積痾謝生慮，寡欲罕所闕。說文曰：痾，病也。老子曰：少思寡欲。資此永幽棲，豈伊年歲別。郭璞山海經曰：山居爲棲。各勉日新志，音塵慰寂蔑。周易曰：日新其德。陸機思歸賦曰：絶音塵於江介。荀組七哀詩曰：轍兮轍兮何其寂蔑。蔑一作㓕。

新亭渚別范零陵詩一首五言。十洲記曰：丹陽郡新亭在中興里吳

舊亭也梁書曰范雲齊世爲零陵郡内史

謝玄暉蕭子顯齊書曰謝朓字玄暉陳郡人也少有美名文章清麗解褐豫章王行參軍稍遷至尚書吏部郎兼知衛尉事江祐等謀立始安王遥光朓不肯祐白遥光遥光收朓下獄死

洞庭張樂地。瀟湘帝子遊。莊子北門成問於黃帝曰帝張咸池之樂於洞庭之野吾始聞之懼復聞之怠山海經曰洞庭之山帝之二女居之是常遊於江淵澧沅風交瀟湘之川郭璞曰言二女游戲江之淵府則能鼓動五江令風波之氣共相交通言其靈響也楚辭湘君曰帝子降兮北渚王逸曰帝謂堯也娥皇女英隨舜不反死於湘水因爲湘夫人雲去蒼梧野。水還江漢流。歸藏啓筮曰有白雲出自蒼梧入于大梁尚書曰江漢朝宗于海停驂我悵望。輟棹子夷猶。鄭玄毛詩注曰驂兩騑也蔡邕初平詩曰暮宿河南悵望天陰雨雪滂滂楚辭曰君不行兮夷猶王逸曰夷猶猶豫也廣平聽方籍。茂陵將見求。言范同廣平而聲聽方向籍已當居茂陵之下將於彼而見求王隱晉書曰鄭袤字林叔爲中郎散騎常侍會廣平太守缺宣帝謂袤曰賢叔大匠渾垂稱於平陽魏郡蒙惠化且盧子家王子邕繼踵此郡欲使世不乏賢故復相屈在郡先以德化善爲條教百姓愛之鄭玄毛詩箋曰方向也漢書曰司馬相如既病免家居茂陵

心事俱已矣江上徒離憂。楚辭曰思公子兮徒離憂

## 別范安成詩一首

五言　梁書曰范岫字懋賓齊代爲安成内史

沈休文

生平少年日分手易前期。言春秋既富前期非遠分手之際輕而易之言不難也漢書灌夫傳曰生平慕之論語子曰久要不忘平生之言孔安國曰平生少時也賈充上與李夫人書曰每至當別未嘗以爲易

及爾同衰暮非復別離時。言年壽衰暮死日將近交臂相失故曰非時也蜀志曰宋預聘吳孫權捉預手曰今君年長孤亦老恐不復相見也

勿言一樽酒明日

原詩樽作罇將作欲

湯

難重持蘇武詩曰我有一樽酒將以贈遠人夢中不識路何以慰相思繆襲嘉夢賦曰心灼爍其如陽不識道之焉如韓非子曰六國時張敏與高惠二人爲友每相思不能得見敏便於夢中往尋但行至半道即迷不知路遂回如此者三

# 文選卷第二十

六月廿八日 侃誦

廿八日當作廿七日 抑或係抽閱

# 文選卷第二十一

梁昭明太子撰

文林郎守太子右內率府錄事參軍事崇賢館直學士臣李善注上

## 詠史

百一

應休璉百一詩一首

遊仙

何敬祖遊仙詩一首　郭景純遊仙詩七首

詠史

詠史詩一首　五言　王仲宣

自古無殉死，達人共所知。禮記曰：陳乾昔寢疾，屬其子曰：如我死，使吾二婢子夾我。乾昔死，其子曰：殉葬非禮也。杜預左氏傳注曰：以人從葬爲殉。鶡冠子曰：達人大觀。秦穆殺三良，惜哉空爾爲。左氏傳曰：秦伯任好卒，以子車氏三子奄息、仲行、鍼虎爲殉，皆秦之良也。毛萇詩傳曰：三良，三善臣。賈逵國語注曰：惜，痛也。鄭玄禮記注曰：爾，語助也。結髮事明君，受恩良不訾漢書曰霍光以結髮內侍又王生謂蓋寬饒曰用不訾之軀良信也賈逵國語注曰訾量也臨殁要之死焉得不相隨劉德漢書注曰黃鳥之詩刺秦穆公要之從死妻子當門泣兄弟哭路垂臨穴呼蒼天涕下如綆古杏縻美悲切垂邊也毛詩曰臨其穴惴惴其慄彼蒼者天殲我良人鄭玄曰穴謂塚壙也說文曰綆汲井綆也縻牛轡也人生各有志終不爲此移同知埋身劇心亦有所施說文曰劇甚也包咸論語注曰施行也生爲百夫雄死爲壯士規毛詩曰維此奄息百夫之特鄭玄曰百夫之中最雄俊者也漢書頃羽謂樊噲曰壯士也黃鳥作悲詩至今聲不虧毛詩序曰黃鳥哀三良也王逸楚辭注曰虧歇也

## 三良詩一首 五言

曹子建

功名不可爲忠義我所安言功立不由於已故不可爲也呂氏春秋曰功名之立天

也鄭玄禮記注曰名令聞也孝經注曰死君之難爲盡忠謚法曰能制命曰義我謂三良也秦穆先下世三臣皆自殘列女傳柳下惠妻誄曰愷悌君子永能厲兮吁嗟惜哉乃下世兮賈逵國語注曰沒身爲殘生時等榮樂既沒同憂患平聲應劭漢書注曰秦穆與羣臣飲酒酒酣公曰生共此樂死共此哀奄息等許諾及公薨皆從死誰言捐軀易殺身誠獨難說文曰捐棄也攬涕登君墓臨穴仰天歎楚辭曰美人兮攬涕而竚臨穴已見上文說文曰歎太息也長夜何冥冥一往不復還李陵詩曰嚴父潜長夜慈母去中堂東觀漢記鄧太后報鄧閶曰長歸冥冥往而不反黃鳥爲悲鳴哀哉傷肺肝禮記曰親始死惻怛之心傷腎乾肝焦肺古歌曰大憂攢人肺肝心

## 詠史八首 五言

左太沖

弱冠弄柔翰卓犖觀羣書禮記曰人生二十曰弱冠王粲車渠椀賦曰援柔翰

以作賦孔融薦禰衡表曰英才卓躒躒與犖同班固漢書司馬遷贊曰劉向楊雄博極羣書著論準過秦作賦擬子虛賈誼作過秦論司馬相如作子虛賦邊城苦鳴鏑羽檄飛京都長楊賦曰永無邊城之災漢書曰冒頓乃作爲鳴鏑習勒騎射音義曰箭鏑也如今鳴箭也漢書高祖曰吾以羽檄徵天下兵雖非甲冑士疇昔覽穰苴尚書曰善敹乃甲冑左氏傳羊斟曰疇昔之羊子爲政史記曰司馬穰苴者田完之苗裔也齊景公以爲將軍將兵扞燕晉之師其後田和因自立爲齊威王用兵行威大放穰苴之法而諸侯朝齊威王使大夫追論古者司馬法而附穰苴其中因號曰司馬穰苴兵法長嘯激清風志若無東吳楚辭曰臨深水而長嘯王逸楚辭注曰激感也東吳謂孫氏也鉛刀貴一割夢想騁良圖東觀漢記班超上疏曰臣乘聖漢威神與鉛刀一割之用韓君章句曰騁施也左眄澄江湘右盼定羌胡廣雅曰眄視也方言曰澄清也馬融論語注曰盼動目貌功成不受爵長揖歸田廬漢書

沈休文恩倖傳論注引
籍作藉

曰鄘食其長揖不拜毛詩曰中田
有廬漢書疏廣曰吾自有舊田廬
鬱鬱澗底松離離山上苗古詩曰鬱鬱園中柳毛萇詩傳曰離離垂貌以彼
徑寸莖蔭此百尺條史記魏王曰寡人有徑寸之珠七發曰高百尺而無枝世胄
躡高位英俊沈下僚韓詩內傳曰所以爲世子何言世世不絕孔安國尚書傳曰胄長子
也謂卿大夫子弟也廣雅曰躡履也西都賦曰英俊之域爾雅曰僚官也地勢使之然由來
非一朝周書湯曰吾欲因地勢所有而獻之列子俞氏曰病非一朝一夕之故其所由來漸矣金
張籍舊業七葉珥漢貂班固漢書金日磾贊曰夷狄亡國羈虜漢庭七葉內侍何其盛
也七葉自武至平也又張湯傳贊曰張氏之子孫相繼自宣元巳來爲侍中中常侍者凡十餘人功臣之後唯
有金氏張氏親近貴寵比於外戚珥插也董巴輿服志曰侍中中常侍冠武弁貂尾爲飾馮公豈不
偉白首不見招漢書馮唐以孝著爲郎中署長事文帝帝輦過問唐曰父老何自爲郎說文曰偉

原文藩作蕃

奇也荀悅漢紀曰馮唐白首屈於郎署

吾希段干木偃息藩魏君廣雅曰希庶也干木已見魏都賦幽通賦曰干木偃息以藩魏

吾慕魯仲連談笑却秦軍史記曰魯仲連好奇偉俶儻畫策而不肯仕官任職趙孝成王時秦使白起圍趙魏王使將軍新垣衍說趙尊秦昭王爲帝魯連適遊趙謂平原君曰梁客新垣衍安在吾請爲君責而歸之乃見新垣衍垣衍起再拜謝曰吾請出不敢復言秦將聞之爲却五十里

當世貴不羈遭難能解紛功成不受賞高節卓不羣史記曰秦軍引去平原君欲封魯連魯連辭謝終不肯受平原君乃置酒酒酣起前以千金遺魯連魯連笑曰所貴於天下之士者爲人排患釋難解紛而不取也即有取者是商賈之事而連不忍爲也遂辭平原君而去班固說東平王蒼曰光名宣於當世鄒陽上書曰不羈之士與牛驥同皁史記曰魯仲連好持高節遊於趙論語顏回曰如有所立卓爾

臨組不肯緤對珪不肯分說文曰組綬屬也王逸楚辭注曰緤繫也禮稽命徵

原文作陳威憤積

曰諸侯執珪解嘲曰析人之珪連璽燿前庭比之猶浮雲將加之官必授之以印後仲連爲書遺燕將燕將自殺田單欲爵之仲連逃海上再封故言連璽鄭玄周禮注曰璽印也論語子曰不義而富且貴於我如浮雲

濟濟京城內赫赫王侯居毛詩曰濟濟多士毛萇曰濟濟多威儀也吳質書在元城致魏太子曰陳威發憤思入京城毛詩曰赫赫師尹毛萇曰赫赫顯盛貌冠蓋蔭四術朱輪竟長衢西都賦曰冠蓋如雲廣雅曰術道也楊惲書曰乘朱輪者十人古詩曰長衢夾巷朝集金張館

暮宿許史廬漢書蓋寬饒曰上無許史之屬下無金張之託金張已見上文漢書孝宣許皇后元帝母元帝封外祖父廣漢爲平恩侯又曰史良娣宣帝祖母也兄恭宣帝立恭已死封恭長子高爲樂陵侯

南鄰擊鐘磬北里吹笙竽左氏傳曰鄭伯有夜飲酒擊鐘焉呂氏春秋曰帝嚳令人擊磬墨子曰彈琴瑟吹笙竽磬或爲鼓

寂寂楊子宅門無卿相輿說文曰寂寂無

人聲也漢書楊雄自叙曰雄家素貧嗜酒人希至其門

寥寥空宇中所講在玄虛

廣雅曰寥深也空廓也楚辭曰閔空宇之孤子漢書曰雄方草創太玄有以自守老子曰玄之又玄衆妙之門管子曰虛無無形謂之道

言論準宣尼辭賦擬相如

漢書曰時有人問雄者雄常用法應之譔爲十三卷象論語號曰法言又曰先是時蜀有司馬相如作賦甚弘麗温雅雄心壯之每作賦常擬以爲式

悠悠百世後英名擅八區

論語曰其或繼周者雖百世可知也魏志程昱曰劉備有英名說文曰擅專也解嘲曰天下之士咸營於八區

皓天舒白日靈景耀神州

廣雅曰皓明也傅玄三都賦曰白日舒靈景於天地書曰崐崘東南地方五千里名曰神州

列宅紫宮裏飛宇若雲浮

西京賦曰正紫宮於未央桓寬鹽鐵論曰梓匠營宮室上成雲氣下成山林

峩峩高門內藹藹皆王侯

廣雅曰峩峩容也峩與娥同古字通漢書鮑宣曰豈徒欲使臣重高門之地哉毛詩曰藹藹王多吉士廣雅曰

原本作并兼

震注

藹藹盛也自非攀龍客何爲欻來遊揚子法言曰攀龍鱗附鳳翼薛綜西京賦注曰欻者言忽也被褐出閶闔高步追許由家語子路曰有人於此被褐而懷玉何如子曰國無道隱者可也晉宮闕名曰洛陽城閶闔門西向皇甫謐高士傳曰許由武陽城槐里人也隋沖虛學于齧缺許由爲堯所讓由是退隱遯耕於中嶽下振衣千仞岡濯足萬里流王粲七釋曰濯身乎滄浪振衣乎高嶽

荆軻飲燕市酒酣氣益振孔安國尚書傳曰樂酒曰酣毛萇詩傳曰震猶威也哀歌和漸離謂若傍無人史記曰荆軻之燕燕與屠狗及高漸離飲於燕市酒酣以往高漸離擊筑荆軻和而歌於市中相樂也已而相泣旁若無人雖無壯士節與世亦殊倫高眄邈四海豪右何足陳臣瓚漢書注曰邈縣邈也張衡四愁詩序曰豪右兼并之家貴者雖自貴視之若埃塵賤者雖自賤重之若千

文二十一　五

鈞。埃塵言輕，千鈞喻重也。列子楊朱曰：貴非所貴，賤非所賤，齊貴齊賤。漢書曰：十六兩爲一斤，三十斤爲一鈞。

主父宦不達，骨肉還相薄。史記：或說主父偃曰太橫，主父偃曰：臣結髮游學四十年，身不得遂，親不以爲子，昆弟不收。杜預左氏傳注曰：宦，仕也。呂氏春秋曰：父母之於子也，子之於父母也，此之謂骨肉之親。薄，輕鄙之也。史記曰：君薄淮陽邪？

買臣困采樵，伉儷不安宅。漢書曰：朱買臣家貧，常刈薪樵，賣以給食，擔束薪，行且誦書。妻亦負戴相隨，數止買臣無謳歌道中，買臣愈益疾歌，妻羞之，求去。買臣笑曰：我年五十當富貴，今已四十餘矣。汝苦日久，待我富貴報汝功。妻恚怒曰：如公等，終餓死溝中耳，何能富貴！買臣不能留，即聽去。左氏傳曰：施氏之婦怒施氏曰：己不能庇其伉儷。杜預曰：儷，偶也。伉，敵也。

陳平無產業，歸來翳負郭。漢書曰：陳平家貧，好讀書，負郭窮巷，以席爲門，然門外多長者車轍。方言曰：翳，薆也。郭璞曰：謂蔽薆也。音愛。鄭玄禮記注曰：負之言背也。

長卿還成都，壁立何寥廓。史記曰：卓文君奔司馬相如，相與馳歸成都，居徒四壁立。郭璞曰：貧窮也。梵辭

宋玉風賦[illegible]

曰嗟寥廓而無處廣雅曰廓空也四賢豈不偉遺烈光篇籍班固說東平王
著曰遺烈著於無窮漢書曰吳起商鞅垂著篇籍當其未遇時憂在塡溝壑孟子
曰志士不忘在溝壑英雄有屯邅由來自古昔周易曰屯如邅如國語曰古曰在昔
何世無奇才遺之在草澤孫子曰何世之無才何才之無施
習習籠中鳥舉翮觸四隅說文曰習習數飛也鶡冠子曰籠中之鳥空籠不出
鄭玄毛詩箋云隅角也落落窮巷士抱影守空廬落落踈寂貌言士之居窮
巷若鳥之在籠中也風賦曰廓抱影而獨倚出門無通路枳棘塞中塗王仲宣七
哀詩曰出門無所見孔叢子孔子山陵之歌曰枳棘充路陟之無緣計策棄不收塊若枯
池魚東方朔六言曰計策棄捐不收王逸楚辭注曰塊獨處貌外望無寸祿內顧無
斗儲國語叔向曰絳之富商而無尋尺之祿鄭玄毛詩箋曰迴首曰顧古出東門行曰盎中無斗米儲還

視架上無懸衣說文曰儲蓄也謂蓄積以待用也

親戚還相蔑朋友日夜踈鄭玄毛詩箋曰蔑輕也莊子曰親友益踈

蘇秦北遊說李斯西上書俛仰生榮華咄嗟復彫枯史記曰蘇秦乃西至秦說惠王王方誅商鞅疾辯士弗用乃東之趙趙遂說六國蘇秦爲從約長并相六國後去趙之燕陽爲得罪於燕而士自燕之齊齊宣王以爲客卿後齊大夫多與蘇秦爭寵者而使人刺蘇秦又曰李斯西入秦說秦王後秦王以斯爲客卿又曰始皇以斯爲丞相二世下斯吏斯就五刑莊子曰其疾也俛仰之閒文子曰身有榮華心有愁悴蒼頡篇曰咄啐也說文曰啐驚也王弼周易注曰嗟憂歎之辭咄丁忽切啐倉憒切

飲河期滿腹貴足不願餘巢林棲一枝可爲達士模莊子曰鷦鷯巢林不過一枝偃鼠飲河不過滿腹

## 詠史一首 五言

張景陽

臧榮緒晉書曰張協字景陽載弟也兄弟並守道不競以屬詠自娛少辟公府後爲黃門侍郎

因託疾遂絶人事終於家

昔在西京時朝野多歡娛漢書劉向上䟽曰衆賢和於朝萬物和於野孟子曰霸者之民驩虞如也王逸楚辭注曰娛樂也娛與虞古字通用藹藹東都門羣公祖二踈毛詩曰仲山甫出祖鄭玄曰祖者行犯軷之祭也朱軒曜金城供帳臨長衢尚書大傳曰未命爲士不得朱軒鹽鐵論曰秦金城千里供帳見下注長衢已見上文達人知止足遺榮忽如無鍾會有遺榮賦抽簪解朝衣散髮歸海隅鍾會遺榮賦曰散髮抽簪永絶一丘倉頡篇曰簪笄也所以持冠也孟子曰如以朝衣朝冠坐於塗炭也尚書曰至于海隅蒼生行人爲隕涕賢哉此丈夫漢書楊宣上書曰行道之人爲之隕涕毛詩曰心之憂矣涕既隕之揮金樂當年歲暮不留儲韓康伯周易注曰揮散也歲暮喻年老也詩曰蟋蟀在堂歲聿其暮薛君曰暮晚也言君之年歲已晚也顧謂四坐賓多財爲

藝文類聚引作歎此
同玉臺新詠

累愚說文曰顧還視也古詩曰四坐莫不歎漢書曰疏廣字仲翁東海人也明春秋爲太子太傅兄子受字公子亦以賢良爲太子家令廣謂受曰吾聞知足不辱知止不殆今仕至二千石功成名立如此不去懼有後悔豈如父子相隨出關歸老故鄉以壽命終不亦善乎遂上疏乞骸骨上以其年篤老皆許之加賜黃金二十斤皇太子賜五十斤公卿大夫故人邑子爲設祖道供帳東都門外送車數百兩辭訣而去道路觀者曰賢哉二大夫或歎息爲之下泣廣既歸鄉里日令家共具設酒食請族人故舊賓客與相娛樂居歲餘廣子孫竊謂其昆弟老人廣所愛信者曰子孫幾及君時頗立產業基址今日飲食費且盡宜從丈人所勸說君買田宅老人即以閑暇時爲廣言此計廣曰吾豈老誖不念子孫哉賢而多財則損其志愚而多財則益其過金者聖主所以惠養老臣也故樂與鄉黨宗族共饗其賜以盡吾餘日不亦可乎於是族人悅服皆以壽終累猶負也累愚爲愚者之累也

清風激萬代名與天壤俱胡廣書曰建鴻德流清風史記魯仲連與燕將書曰業與三王爭流名與天壤俱弊

咄此蟬冕客君紳宜見書說文曰咄

相謂也蔡邕獨斷曰太尉已下冠惠文侍中加貂蟬論語曰子張問行子曰言忠信行篤敬子張書諸紳

## 覽古一首 五言

盧子諒

徐廣晉紀曰盧諶字子諒范陽人也有才理顯宗徵爲散騎常侍段末波愛其才託以道險終不遣之末波死諶依石季龍冉閔誅石氏諶隨閔軍遇害

趙氏有和璧天下無不傳蔡邕琴操曰楚明光者楚王大夫也昭王得璚氏璧欲以貢於趙王於是遣明光奉璧之趙璚古和字史記秦王曰和氏璧天下共傳寶也秦人來求市厥價徒空言史記曰趙惠王得和氏璧秦昭王聞之使人遺趙王書願以十五城易璧史記漢王曰空言虛語非所守也價或作償與之將見賣不與恐致患簡才備行李圖令國命全史記曰趙王得秦王書與大將軍廉頗諸大臣謀欲與秦璧城恐不可得而見欺欲勿與即患秦兵之來計未定求令報秦者未得毛萇詩傳曰將且也見賣謂將賣已也爾雅曰簡擇也左

氏傳燭之武謂秦伯曰行李之往來供其乏困杜預曰行李使人孫卿子曰人之命在天國之命在禮藺生在下位繆子稱其賢史記曰宦者令繆賢曰臣舍人藺相如可使王召見問藺相如周易曰在下位而不憂家語曰顔回以德行著名孔子稱其賢奉辭馳出境伏軾還入關史記曰趙王遂令相如奉和璧西入秦尚書曰奉辭罰罪鄭玄禮記注曰辭言語也莊子曰宣尼伏軾而歎曰由之難化也秦王御殿坐趙使擁節前史記曰秦王坐章臺見相如相如奉璧奏秦王秦王大喜毛萇詩傳曰御進也鄭玄禮記注曰節所以明信輔君命也令趙使者擁節也揮袂睍金柱身玉要俱捬說文曰揮奮也史記曰相如視秦王無意償趙城乃前曰璧有瑕請指示王王授璧相如相如持璧却立倚柱怒髮上衝冠曰臣觀大王無意償趙王城邑故臣復取璧大王必欲急臣臣頭今與璧俱碎於柱矣相如持其璧睨柱欲以擊柱秦王恐其破璧乃辭謝請以十五都與趙燕丹子曰荆軻拔匕首擿秦王決耳入銅柱火出然銅有金故稱曰金柱連城既僞往荆玉亦眞

還史記曰相如度秦王特以詐僞爲與趙城實不可得乃使從者衣褐褱其璧從徑道亡歸璧于趙秦乃不以城與趙趙亦終不與璧爰在澠池會二主克交歡爾雅曰爰曰也史記曰秦王欲爲好會於澠池趙王遂與秦王會澠池又曰嚴仲子謂聶政曰故進百金者得以交足下懽漢書曰郭解入關賢豪交歡昭襄欲負力相如折其端史記曰秦武王死無子立異母弟是爲昭襄王列子曰不猶愈於負其力乎漢書曰秦王政負力怙威鄭玄周禮注曰負恃也方言曰端緒也眥血下霑衿怒髮上衝冠說文曰眥目眶也列士傳曰朱亥瞋目視虎眥裂血出濺虎髮上衝冠已見上注西缶終雙擊東瑟不隻彈西缶東瑟已見西征賦捨生豈不易處死誠獨難幽通賦曰捨生取誼史記太史公曰非死者難處死者難也稜威章臺顛彊禦亦不干漢書武帝報李廣曰威稜憺于鄰國毛詩曰不畏彊禦孔安國尚書傳曰干犯也屈節邯鄲中俛首忍迴軒史記曰趙王以相如功大拜爲上卿

位在廉頗之右廉頗曰相如素賤人吾羞不忍爲之下我見相如必辱之相如聞不肯與會出望見廉頗相如引車避匿家語子貢曰夫子欲屈節以救父母之國節猶操也

廉公何爲者負荆謝厥諐

史記曰於是舍人相與諫相如曰今君與廉君同列廉君宣惡言而君畏匿且庸人尚羞之相如曰相如雖駑獨畏廉將軍哉顧吾念之彊秦所以不敢加兵於趙者徒以吾兩人在也今兩虎自鬬其勢必不俱生吾所以爲此也以先國家之急而後私讎也廉頗聞之肉袒負荆因賓客至藺相如門謝罪曰鄙賤之人不如將軍寛之至也卒相與歡爲刎頸之交晉灼漢書注曰以辭相告曰謝尚書曰思免厥諐孔安國尚書傳曰諐過也

智勇蓋當代弛張使我歎

史記太史公曰相如其處智勇可謂兼之矣禮記孔子曰一張一弛文武之道也鄭玄曰張弛以弓弩諭人也說文曰歎吟也謂情有所悅吟歎而歌詠

## 張子房詩一首

五言沈約宋書曰姚泓新立關中亂義熙十三年正月公以舟師進討軍頓留項城經張良廟也

興亂即承首二句言興亂自周訖興迭亂于政何焯疑之非也

謝宣遠王儉七志曰高祖遊張良廟並命僚佐賦詩瞻之所造冠于一時

王風哀以思周道蕩無章毛詩序曰關雎麟趾之化王者之風又曰亡國之音哀以思毛詩曰顧瞻周道又序曰厲王無道天下蕩蕩無綱紀文章卜洛易隆替興亂罔不亡尚書曰予朝至于洛師卜惟洛食韋昭國語注曰替廢也漢書婁敬說高祖曰昔成王即位乃營成周都洛以爲此天下中有德則易以王無德則易以亡又劉向上疏曰自古及今未有不亡之國也力政吞九鼎苛慝暴三殤力政謂秦也墨子曰反天意者力政也如淳漢書注曰王室微弱諸侯以力爲政相攻伐也史記曰秦取周九鼎寶器而遷西周禮記曰孔子過泰山側婦人哭於墓者而哀夫子式而聽之使子貢問之曰子之哭也一似重有憂者而曰然昔者吾舅死於虎吾夫又死焉今吾子又死焉夫子曰何不去也曰無苛政夫子曰小子識之苛政猛於虎也苛猶虐也息肩纏民思靈鑒集宋光東京賦曰百姓不能忍是用息肩於漢毛詩曰天鑒在下有命既集曹植離友詩曰靈鑒無私

原賦作暉

賈逵國語注曰瞻金察也南
都賦曰輝朱光於白水
伊人感代工聿來扶興王
伊
人
謂張良也毛詩曰所謂伊人感猶應也尚書咎繇曰無
曠庶官天工人其代之毛詩曰聿來胥宇孔安國尚書
傳曰聿遂也陸機遂志賦曰扶
興王以成命延褒期乎天祿
婉婉幪中畫輝輝天業
昌
婉婉和順貌也漢書高祖曰運籌帷幄之中吾不如
子房易巛靈圖曰攝天之業使之理鄭玄曰天業得
其
理
鴻門消薄蝕垓下殞欃槍
博
漢書曰亞父范增說項羽
急擊沛公項伯素善張良
夜馳見良具告事實良乃與項伯見沛公曰早自來謝
沛公翌日從百餘騎見羽鴻門羽因留沛公飲范增數
目羽擊沛公羽不應有頃公從間道走軍使張良留謝
又曰漢王追羽至陽夏不會謂張良曰諸侯不從柰何
用良計諸侯皆會圍羽垓下薄蝕欃槍皆喻羽也京房
易飛候曰凡日蝕皆於晦朔不於晦朔蝕者名曰薄爾
雅曰彗星
為欃槍
爵仇建蕭宰定都護儲皇
爵仇謂封雍齒
也已見幽通賦
漢書曰良從上出奇計及立蕭相國音義曰何時未為
相國勸高祖立之漢書婁敬說上曰陛下都洛陽不如

入關上問良良因勸上是日車駕西都長安又曰欲廢太子立戚夫人子趙王如意呂后恐不知所爲或謂呂后留侯善畫計呂后乃使建成侯呂澤劫良良曰顧上有所不能致者四人令太子爲書卑辭安車請以爲客令上見之則一助也於是太子迎四人至上破黥布歸愈欲易太子及置酒太子侍四人從上乃驚曰吾求公公逃避我今公何自從吾兒遊乎煩公幸卒調護太子竟不易不易太子者良本招此四人之力也又䟽廣曰太子國儲副君也

肇允契幽叟翻飛指帝鄉

言初即合契幽叟晚乃遊心帝鄉漢書曰良從容步下邳圯上有一老父衣褐至良所曰孺子可教後五日與我可期此良夜半往有頃父亦來喜出一編書曰讀是則爲王者師旦視其書乃太公兵法又曰願棄人閒事欲從赤松子遊耳廼學道欲輕舉莊子曰華封人謂堯曰千歲厭世去而上僊乘彼白雲至于帝鄉毛詩曰肇允彼桃蟲翻飛維鳥鄭玄曰肇始也允信也薛君韓詩章句曰翻飛貌

惠心奮千祀清埃播無疆

周易曰有孚惠心勿問元吉清埃猶清塵也李尤武功歌曰清埃飛連日月毛詩曰惠我無疆

神武睦三正裁

成被八荒神武謂宋高祖也尚書益曰帝德廣運乃聖乃神乃武乃文孔安國尚書傳曰睦和也漢書曰三正子爲天正丑爲地正寅爲人正周易曰后以財成天地之道輔相天地之宜漢書曰監八方被八荒

明兩燭河陰慶霄薄汾陽明兩慶霄皆喻宋高祖燭幽明也薄猶輕易也河陰汾陽堯舜二帝所居也言以高祖譬舜則高祖光明又以方堯則堯可輕薄也周易曰明兩作離大人以繼明照于四方鄭玄曰明兩者取君明上下以明德相承其於天下之事無不見也孟子曰舜避丹朱於南河之南然河南則河陰也慶霄即慶雲也王逸楚辭注曰海内之政見四子藐姑射之山汾水之陽窅然喪其天下也

鑾旍歷頹寢飾像薦嘉嘗宋略曰大軍九月夂彭城鑾旍鑾旗也公羊傳秋祭曰嘗

聖心豈徒甄惟德在無忘大戴禮曰神明自得聖心備矣鄭玄尚書緯注曰甄表也陸機高祖頌曰念功惟德鄭玄毛詩箋曰惟思也

逝者如可作揆予慕周行逝謂死也死者可起之而令仕度子之志亦慕此周行周行喻宋也國語曰趙文子與叔譽遊於九原曰死者若可

此四句謂抑之辭乃与裁止宣明同旨

作也吾誰與歸毛詩曰嗟我懷人寘彼周行毛萇曰行列也周之列位

濟濟屬車士粲粲翰墨場

漢書音義曰大駕屬車八十乘歸田賦曰揮翰墨以奮藻賓戲曰婆娑乎術藝之場項岱曰場圃講經藝之所

瞽夫違盛觀竦踊企一方

瞽夫宣遠自謂也毛萇詩傳曰違離也莊子叔連曰瞽者無以與乎文章之觀說文曰企舉踵也毛詩曰相怨一方

四達雖平直蹇步愧無良

禮記曰周道四達尚書曰王道正直孔安國曰王道平直也說文曰蹇跛也左氏傳曰孟縶之足不良能行毛萇詩傳曰良善也

飡和忘微遠延首詠太康

莊子曰聖人其於人也故或不言而飲人以和郭象曰各自得斯飲和矣豈待言哉微遠亦自謂也阮瑀止欲賦曰飲延首以極視魏明帝野田黃雀行曰四夷重譯貢百姓謳吟詠太康琴操伍子胥歌曰庶此太康皆吾力兮

秋胡詩一首

五言列女傳曰魯秋胡絜婦者魯秋胡子之妻秋胡子既納之五日去而官於陳五年乃歸未至其家見路傍有美婦人方採桑秋胡子悅之下車謂曰今吾

有金願以與夫人婦人曰嘻夫採桑奉二親吾不願人之金秋胡子遂去歸至家奉金遺其母其母使人呼其婦婦至乃向採桑者也秋胡子見之而慙婦曰東髮脩身辭親往仕五年乃得還當見親戚今也乃悅路旁婦人而下子之裝以金與之是忘母不孝也妾不忍見不孝之人遂去而走自投河而死

顔延年

椅梧傾高鳳寒谷待鳴律毛詩曰其桐其椅其實離離又曰鳳皇鳴矣于彼高岡梧桐生矣于彼朝陽司馬紹統贈山濤詩曰昔也植朝陽傾枝俟鸞鷟劉向別録曰鄒衍在燕有谷寒不生五穀鄒子吹律而温至生黍也影響豈不懷自遠每相匹言椅梧佇鳳鳥之來儀寒谷資吹律而成煦類乎影響豈不相思故夫婦之儀自遠相匹尚書曰惠迪吉從逆凶惟影響鶡冠子曰影則隨形響則應聲毛萇詩傳曰懷思也婉彼幽閑女作嬪君子室毛萇詩傳曰婉然美貌又曰窈窕幽閑也爾雅曰嬪婦也峻節貫秋霜明豔侔朝日貫猶連也傅玄

有女篇曰容華既以豔志節擬秋霜鄭玄周禮注曰侔
等也詩曰東方之日彼姝者子在我室兮薛君曰詩人
言所說者顏色盛美如東方之日嘉運既我從欣願自此畢其一陸機從梁陳詩
曰在昔蒙嘉運燕居未及好良人顧有違毛詩曰或燕燕居息又曰妻子好合孟子
曰良人出必厭酒肉劉熙曰婦人稱夫曰良人毛詩曰行道遲遲中心有違鄭玄毛詩箋曰顧念也脫巾
千里外結綬登王畿巾處士所服綬仕者所佩令欲宦於陳故脫巾而結綬也東觀漢記
曰江革養母幅巾屐履漢書蕭育與朱博為友長安諺曰蕭朱結綬言其相薦達也秋胡仕陳而曰王畿詩緯
曰陳王者所起也戒徒在昧旦左右來相依易歸藏曰君子戒車小人戒徒左氏
傳曰讒鼎之銘曰昧旦不顯驅車出郊郭行路正威遲古詩曰驅車策駑馬毛詩
曰四牡騑騑周道倭遲毛萇曰倭遲歷遠貌韓詩曰周道威夷其義同倭於危切存為久離別
沒為長不歸其二蘇武詩曰生當復來歸死當長相思嗟余怨行役三陟窮

晨暮毛詩曰嗟予子行役夙夜無已又曰陟彼崔嵬我馬虺隤又曰陟彼高岡我馬玄黃又曰陟彼砠矣我馬瘏矣嚴駕越風寒解鞍犯霜露楚辭曰嚴車駕兮戲遊鄭玄禮記注曰越臘也漢書李廣令曰下馬解鞍左氏傳太叔曰跋涉山川蒙犯霜露原隰多悲涼迴飆卷高樹宋均春秋緯注曰涼愁也離獸起荒蹊驚鳥縱橫去阮籍詠懷詩曰離獸東南下悲哉遊宦子勞此山川路其三漢書薄昭與淮南王書曰士之諸侯遊宦事人超遙行人遠宛轉年運徂毛詩曰山川悠遠維其勞矣楚辭曰超道遙兮今焉薄又曰愁脩夜而婉轉莊子老聃曰予年運而往矣將何以戒我哉良時爲此別日月方向除李陵詩曰良時不再王離別在須臾毛詩曰昔我往矣日月方除毛萇曰除陳生新曰除鄭玄曰四月爲除廣雅曰方始也孰知寒暑積僶俛見榮枯僶俛猶俯俛也程曉女典曰春榮冬枯自然之理歲暮臨空房涼風起坐隅陸機青青河畔草詩曰空房來悲風

辭 別本

原詩說作託

鵩鳥賦曰止于坐隅寢興日已寒白露生庭蕪其四毛詩曰言念君子載寢載興宋王諷賦曰主人女歌曰歲已暮兮日已寒爾雅曰蕪草也勤役從歸願反路遵山河昔辭秋未素今也歲載華蠶月觀時暇桑野多經過毛詩曰蠶月條桑又曰蜎蜎者蠋烝在桑野阮籍詠懷詩曰趙李相經過佳人從此務窈窕援高柯楚辭曰聞佳人兮召予薛君韓詩章句曰窈窕貞專貌說文曰援引也傾城誰不顧弭節停中阿其五漢書李延年歌曰北方有佳人絕世而獨立一顧傾人城再顧傾人國寧知傾城國佳人不再得楚辭曰吾令羲和弭節兮鄭玄毛詩箋曰中阿阿中也大陵曰阿王逸曰弭安也年往誠思勞事遠闊音形楚辭曰年洋洋而日往曹子建荅楊德祖書曰思子爲勞陸機贈顧彥先詩曰形影曠不接所詠聲與音聲音日夜闊何以慰吾心雖爲五載別相與昧平生廣雅曰昧闇也五載之別雖久論情無容不識直爲先昧平生所以致謬孔安國論語注曰平生猶

言不答也

物色獨後人言光景也

少時也捨車遵往路鳧藻馳目成。周易曰舍車而徒義弗乘也往路所來從之路也李陵詩曰行人懷往路班彪冀州賦曰感鳧藻以進樂兮楚辭曰滿堂兮美人忽獨與予兮目成王逸曰獨與我睨而相親成為親也南金豈不重聊自意所輕。毛詩曰元龜象齒大賂南金鄭玄毛詩箋曰聊且略之辭也義心多苦調密比金玉聲。其六潘岳從姊誄曰義心清尚莫之與鄰調猶歌辭也毛詩曰無金玉爾音商有遐心高節難久淹朅來空復辭列女傳曰齊母乃作詩以砥礪女之心高其節劉向七言曰朅來歸耕永自疏王逸楚辭注曰朅去也

遲遲前塗盡依依造門基上堂拜嘉慶入室問何之閑居賦曰太夫人在堂蘇玄織女詩曰時來嘉慶集室妻之所居女史箴曰正位居室楚辭曰浮雲兮容與導余兮何之曰暮行采歸物色桑榆時。物色桑榆言日晚也東觀漢記光武曰日出之東隅收之桑榆美人望昏至慙歎前相持其七楚辭曰美人皓齒嫮以姱有

嘲當作難　解難文見楊集又見漢書本傳

懷誰能已聊用申苦難毛詩曰有懷于衛靡日不思鄭玄箋曰已止也離居殊年載一別阻河關楚辭曰折踈麻兮瑤華將以遺兮離居史記曰魏王豹至國即絕河關春來無時豫秋至恒早寒爾雅曰豫樂也明發動愁心閨中起長歎毛詩曰明發不寐曹子建美女篇曰中夜起長歎慘悽歲方晏日落遊子顏其入言情之慘悽在乎歲之方晏巳之將落愈思遊子之顏楚辭曰歲既晏兮孰華鄭玄毛詩箋曰方向也漢書高祖曰遊子悲故鄉高張生絕弦聲急由調起高張生於絕弦以喻立節期於效命聲急由乎調起以喻辭切興於恨深楊雄解嘲曰弦者高張急徽物理論曰琴欲高張瑟欲下聲演連珠曰繁會之音生乎絕弦說苑曰應侯與賈子坐聞有琴聲應侯曰今日琴一何悲賈子曰夫張急調下故使悲矣調猶韻也謂音聲之和自昔枉光塵結言固終始繁欽與魏文帝牋曰異事速訖旋侍光塵公羊傳曰結言而退楚辭曰解佩纕以結言周易曰歸妹人之終始也如何久

爲別百行儩諸己孔臧與從弟書曰學者所以飭百行也杜預左氏傳注曰儩失也論語曰君子求諸己君子失明義誰與偕沒齒家語孔子曰淫亂者生於男女男女無別則夫婦失義昏禮聘享者所以別男女明夫婦之義也論語曰沒齒無怨言愧彼行露詩甘之長川汜其九貞女不犯霜露而違禮而我貪生以棄義比之爲劣故有愧焉毛詩曰厭浥行露豈不夙夜謂行多露鄭玄曰豈不知當早夜成婚禮謂道中之露太多故不行耳爾雅曰水決復入河爲汜

## 五君詠五首

五言沈約宋書曰顔延年領步兵好酒疎誕不能斟酌當時劉湛言於彭城王義康出爲永嘉太守延年甚怨憤乃作五君詠以述竹林七賢山濤王戎以貴顯被黜詠嵇康曰鸞翮有時鎩龍性誰能馴詠阮籍曰物故不可論途窮能無慟詠阮咸曰屢薦不入官一麾乃出守詠劉伶曰韜精日沈飲誰知非荒宴此四句蓋自序也

顔延年

阮步兵袁宏竹林名士傳曰阮籍以步兵校尉缺厨中有數斛酒乃求爲校尉大將軍

甚奇愛之

阮公雖淪跡識密鑒亦洞廣雅曰淪沒也識心之別言湛然不動謂之心分別是非

謂之識廣雅曰鑒照也洞深也沈醉似埋照寓辭類託諷臧榮緒晉書曰籍拜東平

相不以政事爲務沈醉日多善屬文論初不苦思率爾便成作五言詩詠懷八十餘篇爲世所重班固漢書述

曰寓言淫麗託諷終始長嘯若懷人越禮自驚衆魏氏春秋曰籍少時常遊

蘇門山有隱者莫知姓名籍從與談太古無爲之道及論五帝三王之義蘇門生蕭然曾不經聽籍乃對之長

嘯清韻響亮蘇門生逌爾而笑籍既降蘇門生亦嘯若鸞鳳之音焉毛詩曰嗟我懷人孫盛晉陽秋曰阮籍嫂

嘗歸家籍相見與別或以禮譏之籍曰禮豈爲我設耶嵇康司馬長卿讚曰長卿慢世越禮自放賈逵國語注

曰越踰也物故不可論途窮能無慟臧榮緒晉書曰阮籍雖放誕不拘禮教發言玄

遠口不評論臧否人物魏氏春秋曰籍時率意獨駕不由徑路車跡所窮輒慟哭而返

嵇中散

中散不偶世本自餐霞人孫盛晉陽秋曰嵇康性不偶俗呂氏春秋曰沈君筮謂孫叔敖曰耦世接俗子不如我飡霞謂仙也楚辭曰漱正陽而含朝霞司馬相如大人賦曰呼吸沆瀣飡朝霞

形解驗默仙吐論知凝神顧凱之嵇康讚曰南海太守鮑靚通靈士也東海徐寧師之寧夜聞靜室有琴聲怪其妙而問焉靚曰嵇叔夜寧曰嵇臨命東市何得在茲靚曰叔夜迹示終而實尸解桓子新論曰聖人皆形解仙去言死示民有終孫綽嵇中散傳曰嵇康作養生論入洛京師謂之神人向子期難之不得屈莊子曰藐姑射之山有神人居焉其神凝郭象曰行若曳枯木心若聚死灰是其神凝也廣雅曰凝定也

立俗迕流議尋山洽隱淪竹林七賢論曰嵇康非湯武薄周孔所以迕世爾雅曰迕逆犯也五故切非有先生論曰欲聞流議神仙傳曰王烈年已二百三十八歲康甚愛之數與共入

山遊戲採藥桓子新論曰天神人五二曰隱淪**鸞翮有時鎩龍性誰能馴**嵇康別傳曰康美音氣好容色龍章鳳姿天質自然淮南子曰飛鳥鎩羽許慎曰鎩殘羽也左氏傳曰劉累學擾龍于豢龍氏服虔漢書注曰擾馴也鎩所例切

**劉參軍**袁宏竹林名士傳曰劉靈爲建威參軍

**劉靈善閉關懷情滅聞見**言道德內充情欲俱閉既無外累故聞見皆滅臧榮緒晉書曰靈潛嘿少言老子曰善閉者無關鍵而不可開王弼曰因物自然不設不施故不用關鍵繩約而不可開解說文曰懷藏也莊子廣成子曰目無所見耳無所聞汝神遊守形形乃長生**鼓鍾不足歡榮色豈能聆**夫鍾鼓以悅耳榮色以悅目今聞見既滅聲色俱喪故鼓鍾不足以爲歡豈榮色之能聆也賈逵國語注曰聆惑也戶徧切**韜精日沈飲誰知非荒宴**廣雅曰韜藏也賈逵國語注曰精明也臧榮緒晉書曰靈常乘鹿車攜一壺酒尚書曰羲和沈湎于酒孔安國曰沈謂醉冥也

毛詩曰好樂無荒鄭玄曰荒廢亂也

**頌酒雖短章深衷自此見**

頌酒即酒德頌也衷謂中心也蒼頡篇曰衷別外之辭也

## 阮始平

袁宏竹林名士傳曰阮咸字仲容籍之兄子也與籍俱爲竹林之遊官止始平太守

**仲容青雲器實禀生民秀**

青雲言高遠也史記太史公曰夫閭巷之人欲砥行立名者非附青雲之士惡能施於後代哉禮記曰人者五行之秀廣雅曰秀美也

**達音何用深識微在金奏**

傳暢晉諸公贊曰中護軍長史阮咸唱議荀勗所造樂聲高則悲亡國之音哀以思今聲不合雅懼非德政中和之善必古今長短之所致後掘地得古銅尺歲久欲腐壞以此尺度於勗今尺短四分時人明咸爲解班固匈奴傳贊曰遠見識微周官曰鍾師掌金奏凡樂事以鍾鼓奏九夏杜預左氏傳注曰擊鍾而奏樂

**郭奕已心醉山公非虛觀**

名士傳曰阮咸哀樂至過絕於人太原郭奕見之心醉不覺歎服列子曰有神巫自齊而來處於鄭命曰季咸列子見之而心醉向秀曰迷惑其道

也山濤啓事曰咸若在官之職必妙絕於時鄭玄毛詩箋曰覲見也屢薦不入官一麾乃出守曹嘉之晉紀曰山濤舉咸爲吏部郎三上武帝不能用也尚書曰學古入官麾指麾也言爲勗所指麾也傅暢諸公讚曰勗性自矜因事左遷咸咸爲始平太守

向常侍

向秀甘淡薄深心託豪素說文曰淡薄味也文賦曰唯豪素之所擬探道好淵玄觀書鄙章句謂注莊子也世說曰初注莊子者數十家莫能究其指要向秀於舊注外爲解義妙析奇致大暢玄風王逸妍蚩曰窮聖人之祕奧測六義之淵玄王逸楚辭注曰鄙恥也漢書曰費直治易長於卦筮無章句交呂既鴻軒攀嵇亦鳳舉向秀別傳曰秀常與嵇康偶鍛於洛邑與呂子灌園於山陽收其餘利以供酒食之費王仲宣贈蔡子篤詩曰歸鴈載軒軒軒飛貌張衡髑髏賦曰星廻日運鳳擧龍驤流連河裏遊惻愴山陽賦漢書班伯曰式号式諱大

此用謝康樂也

史記秦紀集解引韋昭語同

雅所以流連也服虔曰荒樂也魏氏春秋曰康寓居河内之山陽與河内向秀相友善遊於竹林思舊賦曰濟黃河以汎舟經山陽之舊居

## 詠史一首 五言

鮑明遠

五都矜財雄三川養聲利漢書曰王莽於五都立均官更名雒陽邯鄲臨淄宛成都市長皆爲五均司市師鄭玄尚書大傳注曰矜夸也漢書曰班壹當孝惠高后時以財雄邊戰國策云張儀曰爭名於朝爭利於市今三川周室天下之朝市也韋昭曰有河洛伊故曰三川百金不市死明經有高位史記陶朱公曰吾聞千金之子不死於市漢書夏侯勝常謂諸生曰士病不明經經術苟明其取青紫如俛拾地芥京城十二衢飛甍各鱗次西都賦曰立十二之通門吴都賦曰飛甍舛互李尤辟雍賦曰攢羅鱗次仕子彯華纓遊客竦輕轡七啓曰華組之纓楚辭曰竦余駕乎八冥廣雅曰竦上也明星晨未稀軒蓋已雲至毛詩曰明星有

爛鄭玄曰明爛然也說文曰希踈也希與稀通說苑曰
翟璜乘軒車載華蓋曰子方怪而問之對曰吾祿厚得此
軒蓋尚書中候
曰青雲浮至
賓御紛颯沓鞍馬光照地
孔安國尚書
傳曰御侍也
吳質荅東阿王書
曰情踊躍於䇿馬
寒暑在一時繁華及春媚
周易曰日
月運行一
寒一暑應璩與曹長思
書曰春生者繁華也
君平獨寂漠身世兩相棄
言身
棄世
而不仕世棄身而不任漢書曰蜀有嚴君平卜於成都
市日閲數人得百錢足自養則閉肆下簾而授老子楚
辭曰野寂寞其無人莊子曰夫欲勉
爲形者莫如棄世棄世則無累矣

詠霍將軍北伐一首 五言 虞子陽

虞羲集序
曰羲字子
陽會稽人也七歲能屬文後始安王引爲侍郎尋兼
建安征虜府主簿功曹又兼記室參軍事天監中卒
擁旄爲漢將汗馬出長城
班固涿邪山祝文曰伏節擁
旄鉦人伐鼓漢書公孫弘曰
臣愚駑無汗馬之勞史
記曰秦使蒙恬築長城
長城地勢嶮萬里與雲平涼秋

八九月虜騎入幽并宋子候詩曰高秋八九月白露變爲霜飛狐白日晚瀚海愁陰生漢書酈食其曰距飛狐之口臣瓚曰飛狐在代郡西南塞名漢書曰霍去病率師登臨瀚海如淳曰瀚海海名說文曰陰雲覆日羽書時斷絶刀斗晝夜驚羽書即羽檄也楚漢春秋曰黥布反羽書至上大怒漢書曰李廣行無部曲不擊刀斗自衛孟康曰以銅作鐎受一斗晝炊飲食夜擊持行名曰刀斗今在滎陽庫中刀音彫鐎音遥乘墉揮寶劒蔽日引高旍周易曰乘其墉弗克攻杜預左氏傳注曰乘登也廣雅曰揮動也越絶書曰楚王使風湖子歐治子干将作劒曰太阿晋鄭聞而求之不得圍楚之城三年不解於是楚王引太阿之劒登城而麾之三軍爲之破敗史記曰陸賈寳劒直百金楚辭曰旌蔽日兮敵若雲雲屯七萃士魚麗六郡兵晋陸機從軍行曰胡馬如雲屯穆天子傳曰天子賜七萃之士郭璞曰萃聚也亦猶傳有七輿大夫皆衆聚集有智力者爲王爪牙也左氏傳曰王伐鄭鄭原繁爲魚麗之陣漢書曰趙充國以六郡良家子善騎射補羽林服虔

曰金城隴西天水安定北地上郡也胡笳關下思羌笛隴頭鳴李陵書曰牧馬悲鳴胡笳互動沈約宋書有胡漢舊箏笛錄有曲不記所出長笛賦曰近世雙笛從羌起骨都先自讋曰逐次亡精漢書匈奴有骨都侯又曰匈奴讋焉支穎曰恐懼也讋之涉切漢書匈奴有日逐王西京賦曰喪精亡魄玉門罷斥候甲第始修營漢書曰龍勒有玉門關又曰李廣遠斥候未嘗遇害又曰賜霍光甲第一區又曰上爲霍去病治第令視之對曰匈奴未滅臣無以家爲位登萬庾積功立百行成論語曰子華使於齊冉子爲其母請粟子曰與之庾包咸曰十六斗爲庾百行已見上文天長地自久人道有虧盈老子曰天長地久莊子曰天與地無窮人死者有時爾雅曰虧毀也未窮激楚樂已見高臺傾楚辭曰宮庭震驚發激楚王逸曰激楚清聲也言樂衆並會復作激楚之聲也桓子新論琴道雍門周說孟嘗君曰千秋萬歲後高臺既已傾曲池又已平當令麟閣上千載有雄名漢書甘露三年單于始入朝上思股肱之美乃

圖畫其人於麒麟閣
法其形貌叙其姓名

## 百一

### 百一詩一首

五言張方賢楚國先賢傳曰汝南應休璉作百一篇詩譏切時事徧以示在事者咸皆怪愕或以爲應焚棄之何晏獨無怪也然方賢之意以有百一篇故曰百一李充翰林論曰應休璉五言詩百數十篇以風規治道蓋有詩人之旨焉又孫盛晋陽秋曰應璩作五言詩百三十篇言時事頗有補益世多傳之據此二文不得以一百一篇而稱百一也今書七志曰應璩集謂之新詩以百言爲一篇或謂之百一詩然以字名詩義無所取據百一詩序云時謂曹爽曰公今聞周公巍巍之稱安知百慮有一失乎百一之名蓋興於此也

應璩

文章録曰璩字休璉博學好屬文明帝時歷官散騎侍郎曹爽多違法度璩爲詩以諷焉典著作卒文章志曰璩汝南人也詩序曰下流應侯自誨也

下流不可處君子愼厥初論語曰紂之不善不如是之甚也是以君子惡居下流天下之惡皆歸焉尚書仲虺曰愼厥終惟其始名高不宿著易用受侵誣韓子曰說之以名高史記曰灌夫亦得竇嬰通列侯宗室爲名高三略曰侵誣下民國內諠譁前者隳官去有人適我閭高唐賦曰長吏隳官賢士失志田家無所有酌醴焚枯魚漢書楊惲書曰田家作苦蔡邕與袁公書曰酌麥醴燔乾魚欣然樂在其中矣問我何功德三入承明廬璩初爲侍郎又爲常侍又爲侍中故云三入陸機洛陽記曰吾常怪謁帝承明廬問張公張公云魏明帝在建始殿朝會皆由承明門然直廬在承明門側所占於此土是謂仁智居言今所占之土是謂仁智之所居乎亦問者之辭也爾雅曰隱占也郭璞曰隱度之也占之鹽切論語曰智者樂水仁者樂山文章不經國筐篋無尺書典論論文曰文章經國之大業新序孫叔敖曰府庫之藏金玉筐篋之橐簡書說文曰筐篋笥也以類切漢書曰廣武君曰奉咫尺之書以使

祖　據後題及別本

燕用等稱才學，往往見歎譽。平聲言文章既不經國，筐篋又無尺書，乃用何等而稱才學往往而見譽，尚者之辭也。

避席跪自陳，賤子實空虛。孝經曰：曾子避席。漢書曰：王邑請召賓，邑稱賤子。

宋人遇周客，慙愧靡所如。言已妄竊崇班，心常懷恥類宋人之遇周客，慙愧而無所如。闕子曰：宋之愚人得燕石於梧臺之側，藏之以爲大寶。周客聞而觀焉，主人齋七日，端冕玄服以發寶，華匱十重，巾十襲。客見免而掩口，盧胡而笑曰：此特燕石也，其與瓦甓不殊。主人大怒曰：商賈之言，醫匠之心。藏之愈固，守之彌謹。杜預左氏傳曰：如，從也。

## 遊仙

### 遊仙詩一首　五言

何敬宗　祖

臧榮緒晉書曰：何劭字敬宗，陳國人也。博學多聞，善屬篇章。初爲相國掾，稍遷尚書左僕射，薨。

青青陵上松，亭亭高山柏。古詩曰：青青陵上柏。劉公幹贈從弟詩曰：亭亭山上松。亭

亭高貌光色冬夏茂根柢無凋落莊子曰受命於地唯松柏獨在冬夏青青爾雅
曰柢本也焦貢易林曰溫山松柏常茂不凋落吉士懷貞心悟物思遠託揚志
玄雲際流目矚巖石尚書曰庶常吉士七啓曰抗志雲際思玄賦曰流目眺夫衡阿羨
昔王子喬友道發伊洛迢遞陵峻岳連翩御飛鶴列仙傳曰
王喬者周靈王太子晉也好吹笙作鳳鳴遊伊洛之間道人浮丘公接以上嵩高山三十餘年後求之於山上
見桓良曰告我家七月七日待我於緱山頭果乘白鶴駐山頭望之不得到舉手謝時人數日而去立祠緱氏
山下文子曰三皇五帝輕天下細萬物上與道爲友下與化爲人張湛曰上能友於道友或爲友呂氏春秋曰
君子反道以修德思玄賦曰繽連翩兮紛暗曖說文曰御使馬也抗跡遺萬里豈戀生
民樂廣雅曰抗舉也楚辭曰悲申居之抗跡長懷慕仙類聦（眇）然心縣邈王逸
楚辭注曰緜緜細微之思也又曰邈遠也

眇別本

見非前識謂詩品譏其無列仙之趣据此是前識有非議是詩本並景純斯篇本歎詠懷之作聊以攄其憂生憤世之情其於仙道特寄言耳故曰雖欲騰丹谿雲螭非我駕昭仙不求又曰燕昭無靈氣漢武非仙才明求仙皆妄也首章七章俱有山林之文並列游仙特隱遁之别目耳

# 遊仙詩七首 五言

郭景純

凡遊仙之篇皆所以滓穢塵網錙銖纓紱飡霞倒景餌玉玄都而璞之制文多自叙雖志狹中區而辭無俗累見非前識良有以哉

京華遊俠窟。山林隱遯棲。西京賦曰都邑遊俠張趙之倫莊子曰徐無鬼見魏武侯武侯曰先生居山林久矣郭璞山海經注曰山居爲棲又曰遯者退也周易曰龍德而隱遯世無悶朱門何足榮。未若託蓬萊。東方朔十洲記曰臣故捨韜隱而赴王庭藏養生而侍朱門矣史記曰李少君謂武帝曰臣常遊海上見安期生仙者通蓬萊中也臨源挹清波。陵岡掇丹荑。毛萇詩傳曰挹斟也又曰掇拾也都活切本草經曰赤芝一名丹芝食之延年凡草之初生通名曰荑故曰丹荑靈谿可潛盤。安事登雲梯。靈谿谿名也庾仲雍荊州記曰大城西九里有靈谿水雲梯言仙人昇天因雲而上故曰雲梯墨子曰公輸般爲雲梯必取宋張湛列子注曰班輸爲梯

萊當作藜顏延年和謝監詩西門樹蓬藜亦蓬藜連用也

兼

可以陵虛

漆園有傲吏，萊氏有逸妻。史記曰：莊子者，蒙人也，名周，嘗爲蒙漆園吏。楚威王聞莊周賢，使使厚幣迎，許以爲相。莊周笑謂楚使者曰：亟去，無汚我。列女傳曰：萊子逃世，耕於蒙山之陽。或言之楚，楚王遂駕至老萊之門。楚王曰：守國之孤，願變先生。老萊曰：諾。妻曰：妾之居亂世，爲人所制，能免於患乎？妾不能爲人所制。投其畚而去，老萊乃隨而隱。

進則保龍見，退爲觸藩羝。進謂求仙也，退謂處俗也。周易曰：九二，見龍在田。龍德而正中者也。又曰：羝羊觸藩，羸其角，不能退，不能遂，無攸利。

高蹈風塵外，長揖謝夷齊。左氏傳曰：魯人之皐，使我高蹈。莊子曰：孔子彷徨塵垢之外。說文曰：謝，辭別也。史記曰：伯夷、叔齊，孤竹君之子也。父欲立叔齊，及卒，叔齊讓伯夷。伯夷曰：父命也。遂逃去。叔齊亦不肯立而逃。義不食周粟，隱於首陽山。

青谿千餘仞，中有一道士。庾仲雍荊州記曰：臨沮縣有青溪山，山東有泉，泉側有道士精舍。郭景純嘗作臨沮縣，故遊仙詩嗟青溪之美。

雲生梁棟間，風出窻戶裏。借

史記律書閶闔風居西南閶者倡也闔者藏也　西京賦有表嶢闕于閶闔又閶闔之內二語注風字衍六臣注合刻薛綜注閶闔文不云已見可證

問此何誰云是鬼谷子史記曰蘇秦東事師於齊而習於鬼谷先生徐廣曰潁川陽城有鬼谷鬼谷子序曰周時有豪士隱於鬼谷者自號鬼谷子言其自遠也然鬼谷之名隱者通號也翹迹企潁陽臨河思洗耳廣雅曰翹舉也呂氏春秋曰昔堯朝許由於沛澤之中請屬天下於夫子許由遂之潁川之陽琴操曰堯大許由之志禪爲天子由以其言不善乃臨河而洗其耳閶闔西南來潛波渙鱗起閶闔風已見西京賦高誘淮南子注曰兌爲閶闔風周易曰風行水上渙靈妃顧我笑粲然啓玉齒靈妃宓妃也毛詩曰顧我則笑鄭玄曰顧猶視也穀梁傳曰軍人粲然皆笑莊子曰女商謂徐無鬼曰吾所以說君者吾未嘗啓齒司馬彪曰啓齒笑也蹇脩時不存要之將誰使楚辭曰吾令豐隆乘雲兮求宓妃之所在解佩纕以結言兮吾令蹇脩以爲理王逸曰古賢蹇脩而媒理也廣雅曰將欲也翡翠戲蘭苕容色更相鮮言珍禽芳草遞相輝映可悦之甚也蘭苕蘭秀也

原賦作涯

綠蘿結高林，蒙籠蓋一山。陸機毛詩草木疏曰：松蘿蔓松而生，枝正青。毛詩曰：蔦與女蘿，施于松栢。毛萇曰：女蘿，松蘿也。中有冥寂士，靜嘯撫清絃。冥玄默也。放情陵霄外，嚼蘂挹飛泉。楚辭曰：放遊志乎雲中。淮南子曰：大丈夫乘雲陵霄，與造化逍遥。魏文帝典論曰：飢飡瓊蘂，渴飲飛泉。赤松臨上遊，駕鴻乘紫煙。列仙傳曰：赤松子者，神農時雨師也，服水玉，教釋農，能以火不燒，至崐崘山上，常止西王母石室中，隱風雨上下。漢武內傳：王母侍者歌曰：遂乘萬龍椿，馳騁聘九野。嵇康荅難曰：偓佺以栢實方目，赤松以水玉乘煙。古白鴻頌曰：茲亦耿介，矯翩紫煙。左挹浮丘袖，右拍洪崖肩。列仙傳曰：浮丘公接王子喬以上嵩高山。說文曰：拍，拊也。普白切。西京賦曰：洪崖立而指麾。神仙傳曰：衛叔卿與數人博，其子度曰：向與博者為誰？叔卿曰：是洪崖先生。借問蜉蝣輩，寧知龜鶴年。大戴禮夏小正曰：蜉蝣朝生而暮死。養生要論曰：龜鶴壽有千百之數，性壽之物也。道家之言：鶴曲頸而息，龜潛匿而噎，此其所以為壽也。服氣養性者法焉。

○此無仙思也

○向當作反六臣作今亦訛字耳

六龍安可頓運流有代謝楚辭曰貫鴻濛以東揭兮維六龍於扶桑王逸曰結我車轡於扶桑以留日幸得延年壽也莊子黃帝曰陰陽四時運行各得其序淮南子曰二者代謝舛馳高誘曰代更也謝敘也時變感人思巳秋復願夏爾雅曰感動也淮海變微禽吾生獨不化國語趙簡子歎曰雀入于海爲蛤雉入于淮爲蜃黿鼉魚鼈莫不能化唯人不能哀夫雖欲騰丹谿雲螭非我駕魏文帝典論曰夫生之必死成之必敗然而惑者望乘風雲冀與螭龍共駕適不死之國國即丹谿其人浮遊列缺翱翔倒景然死者相襲丘壟相望逝者莫反潛者莫形足以覺也愧無魯陽德迴日向三舍淮南子曰魯陽公與韓遘難戰酣日暮援戈而麾之日爲之反三舍許慎曰二十八宿一宿爲一舍臨川哀年邁撫心獨悲吒論語子在川上曰逝者如斯尚書曰日月逾邁孔安國曰如日月之並過儀禮曰婦人拊心不哭吒歎聲也楚辭曰憂不暇兮寢食吒增歎兮如雷

此傷年暮無知音之辭。離騷曰老冉冉其將至恐脩名之不立。思玄曰既姱麗而鮮雙兮非是時之攸珍。比物此志也。法未憭。

逸翮思拂霄，迅足羨遠遊。逸迅思拂霄及遠遊以喻仙者願輕舉而高蹈。清源無增瀾，安得運吞舟。清源不能行運吞舟之魚以喻塵俗不足容乎仙者。劉公幹贈徐幹詩曰方塘含清源。楚辭曰谿谷嶄巖水增波。韓詩外傳孟子曰夫吞舟之魚不居潛澤度量之士不居汚世。珪璋雖特達，明月難闇投。珪璋明月皆喻仙也言珪璋雖有特達之美而明月皆喻難闇投以喻仙者雖有超俗之譽非無捕影之譏禮記孔子曰珪璋特達德也鄒陽上書曰明月之珠夜光之璧以闇投人於道衆莫不案劒相眄者。潛穎怨青陽，陵苕哀素秋。言世俗不娛求仙而怨天施之偏又歎浮生之促類潛穎怨青陽之晚榛陵苕哀素秋之早至也潛穎在幽潛而結穎也鄒潤甫遊仙詩曰潛穎隱九泉女蘿緣高松義與此同爾雅曰春爲青陽又曰苕陵苕也素秋已見上文。悲來惻丹心，零淚緣纓流。悲俗遷謝故惻心流漣周易曰謂我心惻諸葛亮與李平教曰詳思斯戒明吾丹心淮南子曰雍門子以哭見孟嘗君流涕霑纓

○注

雜縣寓魯門，風煖將爲災。國語曰：海鳥曰爰居，止於魯東門外三日，臧文仲使國人祭之。展禽曰：越哉臧文仲之爲政也。今海鳥至，已不知而祀之，以爲國典，難以言仁且知矣。今茲海其有災乎。夫廣川之鳥獸，常知風而避其災也。是歲也，海多大風，冬煖。文仲曰：信吾過也。賈逵注曰：爰居，雜縣也。吞舟湧海底，高浪駕蓬萊。神仙排雲出，但見金銀臺。吞舟之魚，已見上文。漢書：齊威、宣、燕昭使人入海求蓬萊、方丈、瀛州。此三神山者，仙人及不死之藥皆在焉，而黄金白銀爲宮闕。未至，望之如雲。陵陽挹丹溜，容成揮玉杯。列仙傳曰：陵陽子明者，銍鄉人也。好釣魚於涎溪，釣得白魚，腸中有書，教子明服食之法。子明遂上黄山，採玉石脂服之。三年，龍來迎去。抱朴子曰：流丹者，石芝赤精，蓋石流黄之類也。事見太一玉英。列仙傳曰：容成公者，自稱黄帝師，見於周穆王，能善補導之事。髮白復黒，齒落復生。事老子。亦云老子師。傳謂以手揮之。神仙傳曰：茅君學道於齊，不見使人，金案玉杯自來人前。姮娥揚妙音，洪崖頷其頤。淮南子曰：羿請不死之藥於西王母，常娥

原本初作始

文二十一　三十六

竊而奔月許慎曰常娥羿妻也逃月中蓋虛上夫人是也史記蘇秦曰妙音美人以充後宮洪崖已見上列子曰頷其頤則歌合律廣雅曰頷動也五感切升降隨長煙飄颻戲九垓列仙傳曰甯封子者黃帝時人也積火自燒而隨煙上下淮南子曰盧敖游乎北海至于蒙穀之上見一士焉盧敖仰視之乃與語曰唯敖爲背羣離黨窮觀於六合之外者非敖而已今卒覩夫子於是始可與敖爲交乎士笑曰今子遊始於此而語窮六合豈不亦遠哉然子處矣吾與汗漫期於九垓之上吾不可以久居士舉臂而竦身遂入雲中盧敖視之弗見乃止奇齡邁五龍千歲方嬰孩鄭玄禮記注曰齡年也遁甲開山圖榮氏解曰五龍皇后君也昆弟五人皆人面而龍身長曰角龍木仙也次曰徵龍火仙也次曰商龍金仙也次曰羽龍水仙也次曰宮龍土仙也父與諸子同得仙治在五方孔安國論語注曰方比方也釋文曰人初生曰嬰兒說文曰孩小兒笑也燕昭無靈氣漢武非仙才燕昭使人入海求蓬萊已見上文漢武內傳西王母曰劉徹好道然形慢神穢雖當語之以至道殆恐非仙才也

名

晦朔如循環，月盈已見魄。說文曰：朔，月一日始也。晦，月盡也。尚書大傳曰：三王之統，若循連環。禮記曰：四時和而後月生，是以三五而盈，三五而闕。尚書曰：惟三月哉生魄。孔安國曰：十六日明消而魄生也。

蓐收清西陸，朱羲將由白。禮記曰：孟秋之月，其神蓐收。司馬彪續漢書曰：日行北陸謂之冬，西陸謂之秋。朱羲，日也。楚辭曰：吾令羲和弭節兮。王逸曰：羲和，日御也。河圖曰：日立秋秋分，西從白道。漢書云：月有九行，立秋秋分，西從白道。左傳曰：分同道。謂春分秋分，日月同道也。

寒露拂陵苕，女蘿辭松栢。淮南子曰：斗指辛則寒露。陵苕已見上文。毛詩曰：蔦與女蘿，施于松栢。毛萇曰：蔦，寄生也。女蘿，松蘿也。

蕣榮不終朝，蜉蝣豈見夕。潘岳朝菌賦序曰：朝菌者，時人以爲蕣華，莊生以為朝菌。其物向晨而結，絶日而殞。毛萇詩傳曰：蜉蝣，朝生夕死。

圓丘有奇草，鍾山出靈液。外國圖曰：圓丘有不死樹，食之乃壽。東方朔十州記曰：北海外有鍾山，自生千歲芝及神草。靈液，謂玉膏之屬也。曹植苦寒行曰：靈液飛波，蘭桂參天。

王孫列八珍，安期

鍊五石王孫列八珍以傷生安期鍊五石以延壽言優劣殊也漢書漂母謂韓信曰吾哀王孫而進食周禮曰食醫掌和王八珍之齊列仙傳曰安期生自言千歲抱朴子曰五石者丹砂雄黃白礬石曾青慈石也

長揖當塗人去來山林客當塗即當仕路也漢書武帝制曰守文法以戴翼其世者甚衆山林已見上文孟子曰公孫丑問曰夫子當路於齊管晏之功可復許乎趙岐曰當仕路也

文選卷第二十一

壬戌六月廿七日　侃覽

文選卷第二十二

梁昭明太子撰

文林郎守太子右内率府録事參軍事崇賢館直學士臣李善注上



招隱

左太沖招隱詩二首

陸士衡招隱詩一首

王康琚反招隱詩一首

遊覽

魏文帝芙蓉池作一首

殷仲文南州桓公九井作一首

招隱之名出於淮南之招
隱士然彼文正此中所云
反招隱耳故謂招其
未隱為招隱与此殊為
士衡輩之誤也

徐敬業古意酬到長史溉登琅邪城詩一首

招隱

招隱詩二首 五言韓子曰閑靜安居謂之隱

左太沖 雜詩左居陸後而此在前誤也

杖策招隱士荒塗橫古今 魯連子曰連却秦軍平原君欲封之逆杖策而去說文曰杖持也方言曰木細枝曰策董仲舒士不遇賦曰懼荒塗之難踐鄭玄周禮注曰荒蕪也郭璞山海經注曰橫塞也 巖穴無結構丘中有鳴琴 結構謂交結構架也魯靈光殿賦曰觀其結構尚書大傳子夏曰弟子受書於夫子者不敢忘雖退而巖居河濟之間深山之中作壤室尚彈琴其中以歌先王之風則可以發憤矣 白雪停陰岡丹葩曜陽林 尚書大傳曰相與觀乎南山山陰高誘戰國策注曰山北曰陰爾雅曰山脊曰岡鄭玄周禮注曰陽木生於山南也 石泉漱瓊瑤纖

鱗亦浮沈楚辭曰飲石泉兮蔭松栢漱猶蕩也毛萇詩傳曰瓊瑤美玉也非必絲與竹山水有清音禮記曰絲竹樂之器也何事待嘯歌灌木自悲吟毛詩曰其嘯也歌又曰集于灌木毛萇詩傳曰灌叢也南都賦曰寡婦悲吟秋菊兼糇糧幽蘭間重襟楚辭曰朝飲木蘭之墜露夕餐秋菊之落英毛詩曰乃裹糇糧毛萇曰糇食也楚辭曰紉秋蘭以爲佩佩然蘭可爲佩故以間襟也躊躇足力煩聊欲投吾簪言世務勞促故足力煩殆也韓詩曰搔首躊躇阮嗣宗奏記曰負薪疲病足力不彊鄭玄毛詩箋曰聊且略之辭蒼頡篇曰簪笄也所以持冠也

經始東山廬果下自成榛王隱晉書曰左思徙居洛城東著經始東山廬詩毛詩曰經始靈臺高誘淮南子注曰叢木曰榛小栗小棘曰榛前有寒泉井聊可瑩心神周易曰井洌寒泉廣雅曰瑩磨也峭蒨青葱間竹栢得其真峭蒨鮮明貌孫卿子曰桃

纏字無誤 北

所謂不夷不惠

李蒨粲於一時時至而後殺至於松栢經隆冬而不彫蒙霜雪而不變可謂得其眞矣弱葉棲霜雪飛榮流餘津爵服無常玩好惡有屈伸言爵服之榮理無常玩時有好惡隨之屈伸管子曰將立朝廷者則爵服不可不貴也爵服加於不義則人賤爵服矣家語孔子曰君子之行已也可以屈則屈可以伸則伸東征賦曰行止屈伸與時息兮結綬生纏牽彈冠去埃塵言人出仕非一途或結綬以生纏牽之憂或彈冠而去埃塵之累漢書曰蕭育與陳咸朱博爲友著聞當世往者有王陽貢禹故長安語曰蕭朱結綬王貢彈冠言其相薦達也說文曰纏繞也淮南子曰王喬赤松去塵埃之間離羣物之紛可謂養生矣惠連非吾屈首陽非吾仁論語曰謂柳下惠少連降志辱身矣史記曰伯夷叔齊隱於首陽山論語子貢問曰伯夷叔齊何人也子曰古之賢人也曰怨乎曰求仁而得仁又何怨又子曰我則異於是無可無不可相與觀所尚逍遙撰良辰趙岐孟子章句曰各崇所尚則義不虧矣廣雅曰尚高也謂中心之所高尚也莊子曰逍遙乎無事之業

原注浚作峻而作四

六臣如此是也此本緣注而誤耳
下云哀音類響音皆承山溜而言此處不得離遠
激楚々曲名於上也

東征賦曰撰良辰而將行

## 招隱詩一首 五言　陸士衡

明發心不夷振衣聊躑躅毛詩曰明發不寐楚辭曰心蛩蛩而不夷王逸曰夷悅也新序曰古老振衣而起杜預左氏傳注曰振整也說文曰躊躅住足也躊與躑同躑躅欲安之幽人在浚谷周易曰履道坦坦幽人貞吉幽通賦曰眷浚谷而勿墜朝採南澗藻夕息西山足毛詩曰于以采蘋南澗之濱于以采藻于彼行潦史記伯夷叔齊詩曰登彼西山兮采其薇毛萇詩傳曰麓山足也輕條象雲構密葉成翠幄劉公幹詩曰大夏雲構又齊都賦曰翠幄浮遊杜預左氏傳注曰幄帳也激楚結風佇蘭林回芳薄秀木上林賦曰激楚結風楚辭曰遊蘭皋與蕙林王逸楚辭注曰薄附也廣雅曰秀美也山溜何泠泠飛泉漱鳴玉枚乘上書曰泰山之霤穿石楚辭曰吸飛泉之微液鳴玉亦瓊瑤也見上注哀音附

脫稅二字當乙

靈波頹響起，曾曲至樂非有假，安事澆醇樸。莊子曰：天下有至樂無有哉？老聃曰：夫得是至美至樂也，得至美而遊乎至樂之謂至人。又曰：唐虞始爲天下，澆漓散朴。許慎淮南子注曰：澆，薄也。澆與澆同。富貴苟難圖，稅駕從所欲。論語子曰：富而可求也，雖執鞭之士，吾亦爲之，如不可求，從吾所好。稅駕，喻辭榮也。史記李斯曰：當今人臣之位無居上者，可謂富貴極矣，吾未知所稅駕也。方言曰：舍車曰稅。脫與稅古字通。

## 反招隱詩一首 五言

王康琚 古今詩英華題云：晉王康琚，然爵里未詳也。

小隱隱陵藪，大隱隱朝市。伯夷竄首陽，老聃伏柱史。史記曰：老子名耳，字聃。列仙傳曰：李耳，字伯陽，生於殷時，爲周柱下史。又曰：武王平殷，伯夷叔齊恥之，義不食周粟，隱於首陽山。昔在太平時，亦有巢居子。皇甫謐逸士傳曰：巢父，堯時隱人，常山居。

原文作明盛

不營世利年老以樹爲巢而寢其上故時人號曰巢父今雖盛明世。能無中林士。解嘲曰遭盛明之世毛萇詩傳曰中林林中也班固漢書序曰山林之士往而不能反放神青雲。外絶迹。窮山裏。琴操曰許由云吾志在青雲何乃劣劣爲九州伍長乎莊子曰絶迹易無行地难郭象曰不行則易也王隱晉書李重奏曰陳原絶迹窮山韞櫝道藝鵾雞先。晨鳴。哀風。迎。夜。起。楚辭曰鵾雞嘲哳而悲鳴崔琦七𦇫曰再奏致哀風凝霜。凋。朱。顔。寒泉。傷。王。趾。楚辭曰漱凝霜之雰雰又曰容則秀稚朱顔毛詩曰爰有寒泉左氏傳楚太宰蔿啓疆謂魯侯曰今君若步玉趾辱見寡君周才信衆人。偏智任諸己。以出仕爲周才隱居爲偏智傳子曰君子周才難論語子曰君子求諸巳推分。得天和。矯性。失至理。刘向列子目録曰至於力命篇一推分命莊子曰夫明白於天地之德者此之謂太平大宗與天和者也淮南子曰顔回天死季由菹於衛皆迫性命之情而不得天和者也列子公孫朝曰矯性命以招名弗若死矣又曰均天下之至理張湛曰物事皆均則理無不至郭象莊子注曰至理盡於自得歸來安所期與物齊終始莊子有齊物論又曰萬物一齊孰短孰長又曰遊乎萬物之所始孫卿子曰生人之始也死人之終也

## 遊覽

### 芙蓉池作一首 五言

魏文帝魏志曰文帝諱丕字子桓太祖太子也爲五官中郎將太祖薨嗣位爲丞相魏王受漢禪即皇帝位

乘輦夜行遊逍遙步西園呂氏春秋曰乘輦于宮中毛萇詩傳曰乘升也雙渠相溉灌嘉木繞通川西京賦曰嘉木樹庭上林賦曰通川過於中庭卑枝拂羽蓋脩條摩蒼天子虛賦曰上拂羽蓋東方朔七言曰折羽翼兮摩蒼天驚風扶輪轂飛鳥翔我前張衡羽獵賦曰風翊翊其扶士丹霞夾明月華星出雲間法言

日明星皓皓華藻之力也上天垂光彩五色何鮮壽命非松喬誰能得神仙列仙傳曰赤松子者神農時雨師也喬王子喬即周靈王太子晉也道人浮丘公接以上嵩高山遨遊快心意保己終百年莊子曰聖人其於人也樂物之通而保己焉養生經黃帝曰中壽百年

南州桓公九井作一首五言水經注曰淮南郡之于湖縣南所謂姑孰即南州矣庚仲雍江圖曰姑孰至直瀆十里東道丹陽湖南有銅山一名九井山山有九井井與江通何法盛桓玄錄曰桓玄字敬道出姑孰大築府第

殷仲文檀道鸞晉陽秋曰殷仲文字仲文陳郡人也爲標騎行參軍以桓玄之姊夫玄僭立用爲長史帝反正出爲東陽太守愈益憤怒後照鏡不見其面數日禍及

四運雖鱗次理化各有準莊子黃帝曰陰陽四時運行各得其序李尤辟雍賦曰攢

羅鱗次字書曰準平也獨有清秋日能使高興盡潘安仁有秋興賦鄭玄周禮注曰興者託事於物也景氣多明遠風物自淒緊緊猶實也言欲成也爽籟警幽律哀壑叩虛牝言風之疾也激爽籟而起其幽律行哀壑而叩其虛牝也爾雅曰爽差也簫管非一故云爽焉莊子南郭子綦謂子游曰汝聞地籟子游曰地籟則衆竅是已郭象曰人籟簫也夫簫管參差宮商異律故有長短高下萬殊之声鄭玄禮記注曰警起也孔安國論語注曰叩擊也大戴禮曰丘陵爲牡谿谷爲牝歲寒無早秀浮榮甘夙殞爾雅曰不榮而實謂之秀賈逵國語注曰浮輕也何以標貞脆薄言寄松菌松貞菌脆也松菌殊質故貞脆異性也毛詩曰薄言采之毛萇曰薄辭也論語子曰歲寒然後知松栢之後凋莊子曰朝菌不知晦朔哲匠感蕭晨肅此塵外軫匠謂桓玄也蕭晨言秋晨也言秋晨蕭瑟鄧析子曰聖人逍遙一世之間宰匠萬物之形廣雅曰感傷也鄭玄禮記注曰肅戒也莊子曰孔子彷徨塵垢之外逍遙無爲之業郭象曰所謂塵

阿衡非喻玄也貽匈奴哂說以自喻則阿衡正其反譬矣

垢之外非伏於山林而已鄭玄考工記注曰軫輿後横木也言軫所以明車也廣筵散汎愛。逸爵紆勝引。論語子曰汎愛衆而親仁說文曰紆屈也勝引勝友也引猶進也良友所以進己故通呼曰勝引伊余樂好仁惑祛吝亦泯左氏傳曰族穆子曰請立起也與田蘇遊而曰好仁杜預曰蘇晉賢人也蘇言韓起好仁也范曄後漢書黄叔度傳陳蕃周舉常相謂曰時月之間不見黄生則鄙吝之萌復存乎心薛君韓詩章句曰祛去也爾雅曰泯盡也猥首阿衡朝將貽匈奴哂阿衡喻玄也言己以凡猥妄首朝端匈奴聞之理將見哂許慎淮南子注猥猶凡也尚書曰惟嗣王不惠于阿衡孔安國曰阿倚也衡平也漢書曰車千秋以一言寤意旬月取宰相後漢使至匈奴單于問曰聞漢新拜丞相何用得之使者曰上書言事故單于曰苟如是漢置丞相非用賢也妄一男子上書即得之矣爾雅曰貽遺也馬融論語注曰哂笑也

## 游西池一首 五言

○有來叩以代年字

謝叔源 藏榮緒晉書曰謝混少有美譽善屬文爲尚書左僕射以黨劉毅誅沈約宋書曰混字叔源西池丹陽西池混思與友朋相與爲樂也

悟彼蟋蟀唱信此勞者歌 聲類曰悟心解也毛詩曰蟋蟀在堂歲聿云暮今我不樂日月其除韓詩曰伐木廢朋友之道缺勞者歌其事詩人伐木自苦其事故以爲文

有來豈不疾良遊常蹉跎 陸雲歲暮賦曰年有來而棄予時無筭而非我劉楨黎陽山賦曰良遊未厭白日潛暉楚辭曰驥垂兩耳中坂蹉跎

逍遥越城肆願言屢經過 說文曰越度也鄭玄禮記注曰肆市中陳物處也毛詩曰願言思子阮籍詠懷詩曰趙李相經過

回阡被陵闕高臺眺飛霞 廣雅曰被加也言加大阜而通城闕也

惠風蕩繁囿白雲屯曾阿 邊讓章華臺賦曰惠風春施廣雅曰屯聚也

景昃鳴禽集水木湛清華 蒼頡篇曰湛水不流也

褰裳順蘭沚徙倚引芳柯 毛詩曰褰裳涉溱鄭玄曰揭衣度溱水也

弘字疑衍前引皆稱李軌

潘岳河陽詩曰歸鴈映蘭持沚與詩同楚辭曰步徙倚而遥思美人愆歲月遲暮獨如何楚辭曰惟草木之零落兮恐美人之遲暮王逸曰遲晚也愆謂過期也無爲牽所思南榮誡其多莊子庚桑楚謂南榮趎曰全汝形抱汝生無使汝思慮營營趎處朱切

## 泛湖歸出樓中翫月一首

五言靈運山居賦注曰大小巫湖

謝惠連

日落泛澄瀛星羅游輕橈[鐃]楚辭曰倚沼畦瀛兮遥望博王逸曰楚人名池澤中曰瀛羽獵賦曰漁若天星之羅楚辭曰荃橈兮蘭旌王逸曰橈小楫也憩榭面曲汜臨流對迴潮毛萇詩傳曰憩息也爾雅曰決出復入爲汜韓詩外傳阿谷之女曰阿谷之豫隱曲之汜輟策共駢筵並坐相招要李弘軌法言注曰駢並也哀鴻鳴沙渚悲猨響山椒漢武帝李夫人賦曰釋予馬於山椒孟康曰山椒山陵名廣雅曰土高四墮曰椒丘亭亭映江月瀏瀏出谷飇亭亭迴貌王逸楚辭注曰瀏風疾貌寡婦賦曰風瀏瀏而夙興斐斐

氣冪㟼泫泫露盈條（斐斐輕貌　泫泫垂貌）近矚祛幽蘊遠視盪諠囂（李奇漢書注曰祛開散也王逸楚辭注曰蘊積也鄭玄禮記注曰闐諠囂則人意動作）悟言不知罷從夕至清朝（毛詩曰彼美淑姬可與晤言鄭玄曰晤對也悟與晤同）

從游京口北固應詔一首（五言　水經注曰京口丹徒之西鄉也又曰京城西北有別嶺入江三面臨水高數十丈號曰北固）　謝靈運

玉璽戒誠信黃屋示崇高（言聖人佩玉璽所以儆戒誠信居黃屋所以顯示崇高鄧析子曰爲之符璽以信之蔡邕獨斷曰璽印也信也古者尊卑共之秦以來天子獨以印稱璽又獨以玉也漢書曰紀信乘王車黃屋左纛）事爲名教用道以神理超（言上二事乃爲名教之所用而其至道實神理而超然也文子曰聖人所由曰道所爲曰事三國名臣頌序曰名教束物也周易曰聖人以神道設教而天下服曹植武帝誄曰聰竟神理方言曰超遠也）昔聞汾水游今見塵

外鑣。莊子曰堯見四子藐姑射之山汾水之陽塵外已見上文說文曰鑣馬銜也言鑣以明馬猶軫以表車

鳴笳發春渚。稅鑾登山椒。魏文帝書曰從者鳴笳以啓路稅鑾猶稅駕也山椒已見上文

張組眺倒景。列筵矚歸潮。吳都賦曰張組帷構流蘇遊天台山賦曰或倒景於重溟王彪之遊仙詩曰遠遊絕塵霧輕舉觀滄溟蓬萊陰倒景崐崘罩曾城並以山臨水而影倒謂之倒景

遠巖映蘭薄。白日麗江皐。蘭薄即蘭林也楚辭曰朝騁騖兮蘭薄戶樹瓊木籬些然此意微與王逸注異不可以王義非之楚辭曰朝騁騖兮江皐王逸曰澤曲曰皐

原隰荑綠柳。墟囿散紅桃。大戴禮夏小正曰正月柳稊稊者發孚也桃則華荑與稊音義同廣雅曰墟居也

皇心美陽澤。萬象咸光昭。莊子舜謂堯曰昔者十日並出萬物皆照司馬彪曰言陽光麗天則無不鑒孝經鈎命決曰地以舒形萬物咸載

顧已枉維縶。撫志慙場苗。鄭玄毛詩箋曰顧念也毛詩曰皎皎白駒食我場苗縶之維之以永今朝

工拙各所宜。終

以反林巢呂氏春秋曰至治之世賢不肖各反其質若此則工拙愚智可得而知矣巢已見上文曾是縈舊想覽物奏長謡毛詩曰曾是在位舊想謂隱居之志也歎逝賦曰覽前物而懷之劉琨荅盧諶詩曰引領長謡

晚出西射堂一首五言永嘉郡射堂　謝靈運

步出西城門遥望城西岑劉公幹贈徐幹詩曰步出北寺門遥望西苑園爾雅曰山小而高曰岑連鄣疊巘崿青翠杳深沈爾雅曰山正鄣巘崿崖之別名爾雅曰重巘隒文字集略曰崿崖也王逸楚辭注曰杳深冥也曉霜楓葉丹夕曛嵐氣陰楚辭曰與纁黄而爲期王逸曰黄昏時也夏侯湛山路吟曰道逶迤兮嵐氣清埤蒼曰嵐山風也嵐禄含切節往慼不淺感來念已深羈鴈雌戀舊侶迷鳥懷故林七發曰暮則羈雌迷鳥宿焉毛萇詩傳曰懷思也含情尚勞愛如何離賞心言鳥含情

○二句與首聯句相應謝以自媿不進不退陽〻求祿也

尚知勞愛況乎人而離於賞心也撫鏡華緇鬢攬帶緩促衿孫綽子曰撫明鏡則好醜之貌可見陸機東宮詩曰柔顏收紅藻玄鬢吐素華古詩曰衣帶日已緩安排徒空言幽獨賴鳴琴言安排之事空有斯言幽獨不悶唯賴鳴琴而已莊子曰仲尼謂顏回曰安排而去化乃入於寥天一郭象曰安於推移而與化俱去故乃入於寂寥而與天惟一也楚辭曰幽獨處乎山中琴賦曰處窮獨而不悶者莫近於音聲也

登池上樓一首五言永嘉郡池上樓　謝靈運

潛虯媚幽姿飛鴻響遠音薄霄愧雲浮棲川怍淵沈虯以深潛而保真鴻以高飛而遠害今已嬰俗網故有愧虯鴻也說文曰虯龍有角者淮南子曰蛟龍水居又曰鳥飛於雲穀梁傳孔子曰聽遠音者聞其疾而不聞其舒王逸楚辭注曰泊止也薄與泊同古字通馬融論語注曰怍慚也進德智所拙退耕力不任周易子曰君子進德脩業欲及時也尸子

衾枕昧節候褰開暫窺臨別本此十字必不可挩否則池塘春草亦凡語耳何勞神助乎沈德潛不知池塘二句神理全由褰開句來故云偶然佳句余意沈實未喻此詩而務云佳由乎特無心神助之說在前何也

曰爲令尹而不喜退耕而不憂此孫叔敖之德也徇祿反窮海臥痾對空林趙岐孟子注曰徇從也窮海謂永嘉郡也說文曰痾病也傾耳聆波瀾舉目眺嶇嶔禮記曰傾耳而聽之廣雅曰聆聽也李陵書曰舉目言笑洞簫賦曰嶇嶔巋崎初景革緒風新陽改故陰楚辭曰款秋冬之緒風王逸曰緒餘也神農本草曰春夏爲陽秋冬爲陰池塘生春草園柳變鳴禽祁祁傷豳歌萋萋感楚吟毛詩豳風曰春日遲遲采蘩祁祁楚辭曰王孫遊兮不歸春草生兮萋萋索居易永久離羣難處心禮記子夏曰吾離羣索居亦已久矣詩曰我行永久穀梁傳曰鄭伯之處心積慮成於殺也持操豈獨古無悶徵在今莊子罔兩責景曰曩子坐今子起何其無持操與周易曰遯世無悶

遊南亭一首五言永嘉郡南亭

謝靈運

時竟夕澄霽雲歸日西馳淮南子曰季夏之月大雨時行高誘曰是月有時雨也說

文曰霽雨止也曹子建詩曰朝雲不歸山霖雨成川澤然雨則雲出晴則雲歸也密林含餘清遠峯隱半規呂氏春秋曰冬不用箑清有餘也張載夫歲久詩曰白日隨天迴皦皦負如規久痗昏墊苦旅館眺郊歧毛萇詩傳曰痗病也尚書禹曰洪水滔天下民昏墊孔安國曰言天下民昏瞀墊溺皆困水災也杜預左氏傳注曰旅客會也澤蘭漸被逕芙蓉始發池楚辭曰皐蘭被逕兮斯路漸廣雅曰漸稍也楚辭曰芙蓉始發雜芰荷王逸曰芙蓉蓮華也未厭青春好已覩朱明移楚辭曰青春受謝白日昭爾雅曰夏爲朱明慼慼感物歎星星白髮垂楚辭曰愁鬱鬱之無快居戚戚而不解古長歌行曰感物懷所思左思白髮賦曰星星白髮生於鬢垂藥餌情所止衰疾忽在斯餌藥既止故有衰病蓊頡篇白餌食也逝將候秋水息景偃舊崖毛詩曰逝將去汝莊子罔兩問影曰向也坐而今也起向也行而今也止何也影曰火與日吾屯也陰與夜吾代也彼吾所以有待也而況乎以有待者乎彼

良知當如向解作美友

陰霞與沒言陰晴屢變

來則我與之來彼往則我與之往司馬彪曰屯聚也火日明而影見故曰吾聚也陰闇則影不見故曰吾代也夜代謂使得休息也我志誰與亮賞心惟良知毛萇詩傳曰亮信也尚書曰時惟良顯哉

遊赤石進帆海一首五言靈運遊名山志曰永寧安固二縣中路東南便是赤石又枕海

謝靈運

首夏猶清和芳草亦未歇爾雅曰首始也歸田賦曰仲春令月時和氣清楚辭曰芳以歇而不比杜預左氏傳注曰歇盡也水宿淹晨暮陰霞屢興沒河圖曰崐崘山有五色水赤水之氣上蒸爲霞陰而赫然周覽倦瀛壖況乃陵窮髮登徒子好色賦曰周覽九土史記騶衍曰區中者乃有一州如此者九乃有大瀛海環之漢書曰盡河壖棄地韋昭曰謂

原帖作綃

緣河邊地鄭玄禮記注曰陵蹝也顧啓期婁地記曰浪
山海中南極之觀嶺窮髮之人舉帆揚越以爲標的
川后時安流天吳靜不發洛神賦曰川后静波楚辭曰使江水兮安流山海經曰朝
陽之谷神曰天吳是水伯也其獸也八首八足八尾背黃青揚帆采石華挂席拾海
月臨海志曰石華附石肉可啖又曰海月大如鏡白色揚帆挂席其義一也海賦維長綃挂帆席溟灝
無端倪虛舟有超越莊子曰北溟有魚其名曰鯤海運則圖於南溟李弘範曰廣大窕冥
故以溟爲名謝承後漢書曰陳茂常度漲海莊子孔子
口反覆終始不知端倪音義曰倪音崖莊子曰有虛舟
來觸舟孔安國尚書傳曰越遠也仲連輕齊組子牟眷魏闕言仲連輕齊組而之
海上明海上可悅既悅海上恐有輕朝廷之譏故云子
牟眷魏闕史記曰田單攻聊城不下魯連乃爲書約之
矢以射城中遺燕將燕將得書乃自殺遂屠聊城歸而
言魯仲連欲爵之魯連逃隱於海上呂氏春秋曰中山
公子牟謂詹子曰身在江海之上心居魏闕之下柰何
高誘曰子牟魏公子一說魏象魏也言身在江海之上

心乃在王室也矜名道不足適己物可忽韓子白圭曰宋君少主也而務矜名郭象莊子注曰德之所以流蕩矜名故也史記曰莊子其言汪洋自恣以適己請附任公言終然謝天伐莊子曰孔子圍於陳太公任往弔之曰直木先伐甘泉先竭子其意者飾智以驚愚脩身以明汚昭昭若揭日月而行故不免也孔子曰善乃逃大澤之中入獸不亂羣入鳥不亂行鳥獸不惡而況人乎王逸楚辭注曰謝去也

石壁精舍還湖中作一首五言精舍今讀書齋是也謝靈運遊名山志曰湖三面悉高山枕水渚山溪澗凡有五處南第一谷今在所謂石壁精舍

謝靈運

昏旦變氣候山水含清暉清暉能娛人遊子憺忘歸楚辭曰羌聲色兮娛人觀者憺兮忘歸王逸曰娛樂也憺安也出谷日尚早入舟陽已微

左氏傳趙宣子將朝尚早正歷日日太陽也楚辭曰陽杲杲其朱光鄭玄毛詩箋曰微不明也林壑斂暝色雲霞收夕霏霏雲飛貌芰荷迭映蔚蒲稗相因依杜預左氏傳注曰稗草之似穀者薄懈切阮籍詠懷詩曰寒鳥相因依披拂趨南逕愉悅偃東扉莊子曰雲者風起北方一西一東孰居無事而披拂是爾雅曰悅愉樂也賈逵國語注曰偃息也慮澹物自輕意愜理無違淮南子曰澹然無慮許慎曰澹猶足也孫卿子曰內省則外物輕矣廣雅曰愜可也寄言攝生客試用此道推楚辭曰願寄言於三島老子曰善攝生者不然劉淵林吳都賦注曰攝持也左氏傳劉子曰民受天地之中以生所爲命說文曰推排也爲推排以求也

## 登石門最高頂一首

五言靈運遊名山志曰石門澗六處石門遡水上入兩山口兩邊石壁右邊石巖下臨澗水

謝靈運

基階疑倒

晨策尋絕壁，夕息在山棲。江賦曰：絕岸萬丈，壁立霞駁。郭璞遊仙詩曰：山林隱遯棲。
䟽峯抗高館，對嶺臨迴溪。廣雅曰：䟽，治也。西京賦曰：䟽龍首以抗殿。廣雅曰：抗，舉也。
長林羅戶穴，積石擁基階。連巖覺路塞，密竹使徑迷。來人忘新術，去子惑故蹊。景福殿賦曰：欲反忘術。魏武帝苦寒行曰：迷惑失故路。
活活夕流駛，噭噭夜猨啼。毛詩曰：河水洋洋，北流活活。楚辭曰：聲噭噭以寂寥。廣雅曰：噭，鳴也。
沉冥豈別理，守道自不攜。漢書曰：蜀嚴湛冥，久幽而不改其操。孟康注曰：蜀郡嚴君平沈深玄默，無欲言幽深難測也。尸子曰：守道固窮則輕王公。賈逵國語注曰：攜，離也。
心契九秋榦，目翫三春荑。古樂府有歷九秋妾薄相行。班固終南山賦曰：三春之季，孟夏之初。九秋已見南都賦。
居常以待終，處順故安排。新序榮啓期曰：貧者士之常，死者人之終，居常待終，何憂哉。莊子曰：老聃死，秦失弔之曰：適來，夫子時也；適去，夫子順也。安時而處順，憂樂不能入也。安

排已見上文惜無同懷客共登青雲梯陸機詩曰感念同懷子郭璞遊仙詩曰安事登雲梯張湛列子注曰雲梯可以陵虛

## 於南山往北山經湖中瞻眺一首

五言靈運山居賦曰若乃南北兩居水通陸阻又曰水歸其路迺界北山注曰兩居謂南北兩處南山是開創卜居之處也又曰大小巫湖中隔一山然往北山經巫湖中過

謝靈運

朝旦發陽崖景落憩陰峯尚書大傳曰相與觀于南山之陽舍舟眺迴渚停策倚茂松側逕既窈窕環洲亦玲瓏曹攄贈石荆州詩曰轗軻石行難窈窕山道深甘泉賦曰和氏玲瓏晉灼曰明貌俛視喬木杪仰聆大壑灇毛詩曰南有喬木楚辭曰聽大壑之波聲薛綜西京賦注曰壑坑谷也毛詩曰鳧鷖在潨毛萇曰潨水會

也叢與潨同石橫水分流林密蹊絕蹤解作竟何感升長皆丰容周易曰天地解而雷雨作雷雨作而百果草木皆甲坼爾雅曰感動也周易曰地中有木升丰容悅茂貌郭璞曰丰容也音蜂初篁苞綠籜新蒲含紫茸服虔漢書注曰篁叢竹也籜竹皮也蒼頡篇曰茸草貌然此茸謂蒲華也江賦曰擢紫茸茸海鷗戲春岸天雞弄和風南越志曰江鷗一名海鷗漲海中隨潮上下爾雅曰鵫天雞毛詩曰習習谷風毛萇曰習習和舒貌撫化心無厭覽物眷彌重郭象莊子注曰聖人遊於變化之塗萬物萬化亦與之萬化覽物已見上文眷猶戀也不惜去人遠但恨莫與同言獨在山中無人共遊人謂古人也孤遊非情歎賞廢理誰通言已孤遊非情所歎而賞心若廢茲理誰爲通乎

從斤竹澗越嶺溪行一首五言靈運遊名山志曰神子溪南山與七里山分流去斤竹澗數里

峴當作現注

謝靈運

猨鳴誠知曙谷幽光未顯元康地記云猨與獮猴不共山宿臨旦相呼說文曰曙旦明也巖下雲方合花上露猶泫廣雅曰泫方始也逶迤傍隈隩苕遞陟陘峴說文曰隈山曲也爾雅曰隩隈也郭璞曰今江東呼爲浦隩於到切又於六切爾雅曰山絕曰陘郭璞曰連山中斷曰陘陘胡庭切聲類曰峴山嶺小高也峴與蜆同賢典切過澗既厲急登棧亦陵緬毛詩曰深則厲毛萇曰以衣涉水爲厲通俗文曰板閣曰棧漢書曰張良說漢王燒絕棧道廣雅曰陵乘也韋昭國語注曰緬猶邈也川渚屢逕復乘流翫迴轉楚辭曰川谷逕復流潺湲鵾鳥賦曰乘流則逝蘋萍泛沈深菰蒲冒清淺毛萇詩傳曰蘋大蓱也又曰冒覆也企石挹飛泉攀林擿葉卷說文曰企舉踵也毛萇詩傳曰挹㪺也猶今言酌也飛泉已見上文想見山阿人薜蘿若在眼楚辭曰若有人兮山之阿披薜

漢官儀尚書郎懷香握蘭趨走丹墀

荔兮帶女蘿握蘭勤徒結折麻心莫展靈運南樓中望所知遲客詩曰瑤華未堪
折蘭苕已屢摘路阻莫贈問云何慰離析然握蘭摘苕咸以相贈問也楚辭曰被石蘭兮帶杜衡折芳馨兮遺
所思王逸曰石蘭香草也束據逸民賦曰沐甘露兮餘滋握春蘭兮遺芳楚辭曰折踈麻兮瑤華將以遺兮離
居王逸曰踈麻神麻也司馬彪莊子注曰展申也又漢家侍中握蘭情用賞為美事昧竟
誰辨言事無高既而情之所賞即以為美此理幽昧誰能分別乎觀此遺物慮一悟
得所遺淮南子曰吾獨懷慷慨遺物而與道同出是故有以自得也郭象莊子注曰將大不類莫若無
心既遺是非又遺其所遺遺之以至於無遺然後無所不遺而是非去也

## 應詔觀北湖田收一首

五言丹陽郡圖經曰樂遊苑晉時藥園元嘉中
築隄壅水名為北湖集曰元嘉十年也太祖改景平十二年為元嘉

顏延年

周御窮轍跡，夏載歷山川。左傳右尹子革對楚王曰昔周穆王欲肆其心周行天下將皆有車轍馬跡焉尚書禹曰予乘四載隨山栞木孔安國曰所載者四謂水乘舟陸乘車泥乘輴山乘樏樏力追切蓄軫豈明懋，善遊皆聖仙。蓄軫不行豈是欽明懋德之后善遊天下皆是虞聖神仙之君孔安國尚書傳曰蓄積也范曄後漢書劉安奏曰安皇帝聖德明懋聖謂夏禹仙謂周穆帝

暉膺順動，清蹕巡廣廛。周易曰聖人以順動而民服漢儀注曰皇帝輦動出則傳蹕止人清道漢書曰楊雄有田一廛晉灼曰廛一百畝也樓觀眺豐穎，金駕映松山。孔安國尚書傳曰穎穗也金駕金輅也言上樓看穗也映猶蔽也飛奔互流綴，緹彀代迴環。飛奔車也陸景典語曰飛車策馬橫騰超進越絕書曰車奔馬騰緹彀騎也續漢書曰緹騎一百人屬執金吾吳都賦曰彀騎煒煌神行埒浮景，爭光溢中天。列子黃帝夢遊華胥國其神行而已孟康漢書注曰埒等也張孟陽七哀詩曰浮景忽西沈史記曰與日月爭光可也列子曰穆王築臺號曰

注非

中天之臺開冬眷徂物殘悴盈化先言開冬而視徂落之物雖已殘悴而尚盈於殘悴之先言可觀也開冬猶開春開秋也楚辭曰開春發歲羽獵賦曰玄冬季月萬物徂落於外孔安國尚書傳曰眷視也白虎通曰春萬物始生鄭玄禮記注曰化猶生也陽陸團精氣陰谷曳寒煙吳越春秋越王曰崐崘乃天地之鎮柱也五帝熈其陽陸賈逵國語注曰精明也山北曰陰攢素既森藹積翠亦葱仟廣雅曰攢聚也息饗報嘉歲通急戒無年禮記曰蜡者索也歲十二月合聚萬物而索饗之黃衣黃冠息田夫也又曰國無六年之畜曰急三年耕必有一年之食九年耕必有三年之食以三十年之通雖有凶旱水溢人無菜色周禮曰無年則公旬用一日焉鄭玄曰無歲無贏儲也急要也通百姓之急者預戒於無年之時溫渥浹輿隸和惠屬後筵說文曰溫仁也毛萇詩傳曰渥厚也字書曰浹洽也左氏傳曰人有十等皁臣輿輿臣隸孔安國尚書傳曰屬逮也觀風久有作陳詩愧未妍禮記曰歲二月東巡狩命太師陳詩以觀民風

原注淩作㥄

疲弱謝淩遽。取累非纆牽。言己才疲弱而謝急遽其所取累非由纆牽西京賦曰百禽淩遽戰國策段于越謂新城君曰王良子弟駕千里之馬過京父之弟子曰駕千里之馬而不能取千里何京父弟子曰纆牽長故纆牽於事萬分之一也而難千里之行

車駕幸京口侍遊蒜山作一首　五言劉楨京口記曰蒜山無峯嶺北臨江集曰元嘉二十六年也蒜山在潤州西二里京口在潤州

顏延年

元天高北列日觀臨東溟莊子曰闕弈之隸與殷翼之孫遏氏之子三士相與謀致人於造物共之元天之上元天者其高四見列星司馬彪曰元天山名也漢書儀曰泰山東南曰觀者雞一鳴時見日始欲出長三丈所言日觀者望見長安其高如視浮雲孫綽荅許詢詩曰倒景淪東溟元天山最高在東北日出即見入河起陽峽踐華因削成史記曰秦使蒙恬築長城制險塞起臨洮

原註固作故

至遼東於是虞河據陽山王逸楚辭注曰陿山側峽與陿通過秦論曰踐華爲城山海經曰泰華之山削成四方

巖險去漢宇衿衛徙吳京言巖險之固去彼漢宇衿帶周衛徙此吳京宋都吳地故曰吳京也西京賦曰巖險周固衿帶易守吳都賦曰山川不足以周衛

流池自化造山闕固神營鄭玄周禮注曰能生非類曰化魯靈光殿賦曰神之營之

園縣極方望邑社揔地靈園縣廟園之縣也邑社陵邑之社也漢書元帝詔曰徙人以奉園陵令所爲陵者勿置縣邑然陵傍置園起縣邑也公羊傳曰天子有方望之事無所不通何休曰方望謂郊畤所望祭四方羣神日月星辰及五岳四瀆也廣雅曰揔皆也大戴禮天地祝曰皇皇上天照臨下土集地之靈降甘風雨

宅道炳星緯誕曜應神明孔安國尚書傳曰宅居也道經界也郭璞南郊賦曰宅是星紀奄有衡霍吳都賦曰圅其經略上當星紀誕曜浮曜也禮斗威儀曰君秉水而王辰星揚光尚書曰洪範五行傳曰辰星者北方水精也宋爲水德故云應也

睿思纏故里巡駕而舊坰爾雅曰在介謂

悲反喻也言已幸於周
南留滯之人也
周南留滯一事而分
用与詩与宣尼悲獲
麟二語同
謝惠連秋懷雖好相如
達不同長卿慢二語亦
同

之坰陟峯騰輦路尋雲抗瑶甍薛君韓詩章句曰騰乘也西都賦曰輦路經營喪服傳曰抗極也羊祜請伐吳表曰高山尋雲霓杜預左氏傳注曰甍屋棟也春江壯風濤蘭野茂稊英宣遊弘下濟窮遠凝聖情楚辭曰宣遊兮列宿順極兮彷徨周易曰天道下濟而光明晉中興書孝武詔曰躬儉以弘下濟之惠嶽濵有和會祥習在卜征國語曰齊桓公嶽濵諸侯莫不來服尚書曰新作大邑于東國洛四方人大和會左氏傳鄭太宰石㚟曰先王卜征五年歲卜其祥祥習則行周南悲昔老留滯感遺氓昔老謂司馬談也遺氓自謂也言帝方卜征以登封而已巖耕以謝職不獲預觀盛禮所以悲同昔人漢書曰天子始建漢家之封而太史公留滯周南不得與從事曰今天子接千歲統封泰山而子不得從行是命也如湻曰周南洛陽也空食疲廊肆反稅事巖耕空食猶素餐也王逸楚辭注曰不空食祿而曠官也廊巖廊朝廷所在也文穎漢書注曰巖廊殿下小屋杜預左氏傳注曰肆刻肆也說文曰稅租也楊子法言曰谷口

鄭子真不詘其志耕於巖石之下名震乎京師

車駕幸京口三月三日侍遊曲阿後湖作一首 五言水經注曰晉陵郡之曲阿縣下陳敏引水為湖水周四十里號曰曲阿後湖集曰元嘉二十六年也

顏延年

虞風載帝狩夏諺頌王遊 尚書虞書曰歲二月東巡狩載謂載之於策也孟子夏諺曰吾王不遊吾何以休 春方動辰駕望幸傾五州 禮記曰東方曰春論語子曰為政以德譬如北辰故謂天子為辰也司馬相如封禪文曰太山梁父設壇望幸尚書有十二州宋得其七故謂北境云五州 山祇蹕嶠路水若警滄流 山祇山神也管子曰登山之神有俞兒者長尺人物具焉霸王之君興登山之神見且走馬前導也爾雅曰山銳而高曰嶠楚辭曰使湘靈鼓瑟兮令海若舞王逸曰海若海神名 神御出瑤軫天儀降藻舟 瑤軫玉軫也藻舟畫舟也王符

眄 梁章鉅説

彫 天台山賦無彫字 此注引誤

羽獵賦曰天子乘碧瑶之彫軫建曜天之華旗東觀漢記曰東平王蒼上疏曰賜奉朝請咫尺天顔

萬軸㳘行衞千翼汎飛浮

萬軸謂車也千翼謂舟也越絶書伍子胥水戰兵法内經曰大翼一艘廣一丈五尺二寸長十丈中翼一艘廣一丈三尺五寸長五丈六尺小翼一艘廣一丈二尺長九丈

彫周雲麗琁蓋祥飆被綵斿

天台山賦曰彫雲斐亹以翼櫺桓子新論曰乘車玉爪蓋禮緯曰君政頌平則祥風至斿旌旗之旒也

江南進荆豔河激獻趙謳

呉都賦曰荆豔楚舞列女傳曰趙津女娟者趙河津吏之女也初簡子南擊楚將渡河用楫者少一人娟攘袂操楫而請簡子遣之遂與渡中流爲簡子發河激之歌其辭曰升彼河兮而觀清水揚波兮杳冥冥禱求福兮醉不醒誅將加兮妾心驚罰既釋兮瀆乃清妾持楫兮操其維交龍助兮主將歸呼來櫂兮行勿疑簡子大悦以爲夫人

金練照海浦笳鼓震溟洲

金練金甲組練也蔡邕女㛐詩曰卓衆來東下金甲耀日光左氏傳曰被練三千西京賦曰鼘聲震海浦列子曰北極之北有溟海

藐盼眄覯青崖衍漾

○行藥者服散後行游以宣之也

觀緑疇藐盼窈藐顧盼也衍漾遊衍漂漾也杜預左氏傳注曰並畔爲疇人靈騫都野鱗翰聳淵丘鶱聳皆驚懼之意也都野民靈所居淵丘鱗翰所處也曾子曰陰之精氣爲靈德禮既普洽川嶽徧懷柔尚書曰道洽政治澤潤生民孔安國曰道至普洽其德惠施乃浸潤生民毛詩曰以洽百禮鄭玄曰洽合也毛詩曰懷柔百神及河喬嶽毛萇曰懷來也柔安也喬高也鄭玄曰王行狩來安羣神也

行藥至城東橋一首 五言　鮑明遠

雞鳴關吏起伐鼓早通晨史記曰關法雞鳴出客嚴車臨迥陌延瞰歷城闉楚辭曰嚴車駕兮戲遊神女賦曰望余帷而延視廣雅曰瞰視也毛萇詩傳曰闉城曲也蔓草緣高隅脩楊夾廣津隅城隅也迅風首旦發平路塞飛塵楚辭曰軼迅風於清涼又曰爲余先乎平路擾擾遊宦子營營市井人枚乘

七發曰擾擾若三軍之騰裝漢書薄昭與淮南王書曰遊宦事人列子林類曰吾又安知營營而求生之非惑乎莊子仲尼曰商賈且於市井以求其贏司馬彪曰九夫爲井井有市

**懷金近從利撫劒遠辭親**

范曄後漢書耿弇曰懷金玉者至不生歸抱朴子曰夫程鄭王孫羅裒之徒乗肥衣輕懷金挾玉者爲之倒徙說文曰懷藏也左氏傳曰子朱怒撫劒從之列女傳秋胡子妻謂秋胡曰子辭親往仕

**爭先萬里塗各事百年身**

王羲之荅許詢詩曰争先非吾事靜照在忘求百年已見上文

**開芳及稚節含彩吝驚春**

以草喻人也草之開芳宜及少節既以含彩理惜驚春夫草之驚春花葉必盛盛必有衰固所當惜也陸機桑賦曰豐稚節以夙茂蒙勁風而後凋曹毗冶城賦曰含彩可以寶珍孔安國尚書傳曰吝惜也

**尊賢永照灼孤賤長隱淪**

說苑曰子賤至單父請耆老尊賢與之共治范曄後漢書黄香上䟽曰江淮孤賤愚憃小生隱淪謂幽隱沈淪也

**容華坐消歇端爲誰苦辛**

陸機長歌行曰容華宿夜零無故自消歇古詩曰轗軻長苦辛

生煙之生猶[illegible]生動之生

游東田一首 五言 謝玄暉 朓有莊在鍾山東游還作

慼慼苦無悰攜手共行樂 慼慼已見上文漢書廣陵王胥歌曰出入無悰爲樂亟韋昭曰悰樂也魏文帝折楊柳行曰端居苦無悰駕遊博望山悰裁宗切楊惲報孫會宗書曰人生行樂耳須富貴何時

尋雲陟累榭隨山望菌閣 尋雲已見上文楚辭曰層臺累榭臨高山王逸曰層累皆重也尚書曰隨山刊木楚辭曰菌閣兮蕙樓

遠樹曖仟仟生煙紛漠漠 廣雅曰芊芊盛也仟與芊同

魚戲新荷動鳥散餘花落不對芳春酒還望青山郭 言野外昭曠取樂非一若不對茲春酒還則望彼青山魏武帝短歌行曰對酒當歌陸機悲行曰遊客芳春林毛詩曰爲此春酒

從冠軍建平王登廬山香爐峯一首 五言 沈約 宋書曰建平王景素爲冠軍將軍湘州刺史劉璠梁典曰江淹年二十以五經授宋建平王景素待

原炷作宛
乘依原炷注改

以客禮遠法師廬山記曰山東南有香爐
山孤峯秀起游氣籠其上即氤氳若煙氣

江文通

廣成愛神鼎淮南好丹經神仙傳曰廣成子者古之仙
人也居崆峒之山石室中抱
朴子曰服九轉丹內神鼎中夏至之後暴之神仙傳曰
淮南王劉安者漢高皇之孫也好道術之士於是八公
乃往遂
以丹經授此山具鸞鶴往來盡仙靈張僧鑒豫州記曰
洪井西有鸞崗舊
説云洪崖先生乘鸞所憩處也鸞崗西有鶴嶺云王子
喬控鶴所經處也東方朔十洲記曰崐崘山正東曰天
墉城其比戶出承淵山西王母
之所治真官仙靈之所宗也瑶草正翕赩玉樹信葱
青瑶草玉芝也本草經曰白芝一名玉芝琴
賦曰瑶瑾翕赩甘泉賦曰翠玉樹之青葱絳氣下縈
薄白雲上杳冥王逸楚辭注曰草木交曰薄
楚辭曰杳杳冥冥而薄天中坐瞰蜿
虹俛伏視流星西京賦曰瞰蜿虹之長鬐魯靈
光殿賦曰中坐垂景頫視流星不尋遐

怪極則知耳目驚言未盡尋遐怪則知其至此耳目必驚也鄭玄禮記注曰極盡也日落長沙渚曾陰萬里生曾重也蔡邕月令章句曰陰者密雲也藉蘭素多意臨風默含情多意多佳意也含情情未申也隱顯交處所以未申嘯賦曰藉皋蘭之奇靡楚辭曰臨風怳兮浩歌王仲宣公讌詩曰今日不極歡含情欲待誰臨風已見月賦方學松柏隱羞逐市井名方猶將也言將隱而棄榮利也楚辭曰山中人兮芳杜若飲石泉兮蔭松柏市井已見上文幸承光誦末伏思託後旍光誦猶華篇也後旍猶後乘也

鍾山詩應西陽王教一首五言徐爰釋問略曰建康北十里有鍾山　沈休文

裴子野宋略曰孝武封皇子子尚爲西陽王

靈山紀地德地險資嶽靈說苑齊景公曰天不雨寡人欲祠靈山可乎鄭玄周禮注曰鎮名山安地德者也周易曰地險山川丘陵王隱晉書苟晞曰淮陽之地北阻塗山南抗靈嶽終南

○繒綾注

表秦觀少室邇王城毛詩曰終南何有有條有枚史記曰始皇表南山巔以爲闕南山則終南也爾雅曰觀謂之闕戴延之西征賦曰嵩中嶽也東謂太室西謂少室相去十七里嵩高總名也漢武帝作登仙臺在少室峯下東京賦曰然後以建王城翠鳳翔淮海衿帶繞神坰鳳翔淮海喻宋之興也東京賦曰龍飛白水鳳翔參墟李斯上書曰今陛下建翠鳳之旗然但引翠鳳之文不取旗義也衿帶神坰並見上文北阜何其峻林薄杳葱青其一北阜鍾山也西都賦曰瞰北阜陸機擬古詩曰西山何其峻又赴洛詩曰林薄杳阡眠發地多奇嶺千雲非一狀子虛賦曰其山則交錯糾紛上下青雲合沓共隱天參差互相望謝靈運登廬山詩曰巒隴有合沓楊雄蜀都賦曰蒼山隱天于虛賦曰岑崟參差尚書曰終南惇物至于鳥鼠孔安國注曰三山名言相望也鬱律構丹巘崚嶒起青嶂西京賦曰隱轔鬱律嵂已見上文魯靈光殿賦曰崱繒綾而龍鱗勢隨九疑高氣與三山壯其二楚辭曰道幽谷於九

疑山海經曰南山崐崘其氣魂魂漢書曰蓬萊方丈瀛州此三神山者僊人在焉九疑山在長沙零陵三山在海中即事既多美臨眺殊復奇即事即此山中之事也列子曰周之尹氏有老役夫壹則呻呼即事南瞻儲胥觀西望昆明池儲胥觀昆明池皆在西京此皆假言之山中咸可悅賞遂四時移春光發隴首秋風生桂枝其三

多值息心侶結架山之足大灌頂經曰息心達本源故號爲沙門山足已見上文八解鳴澗流四禪隱巖曲維摩經曰入解之浴池定水湛然滿大品經曰初禪二禪三禪四禪山海經曰和山五曲郭璞曰曲迴也窈冥終不見蕭條無可欲老子曰窈兮冥其中有精王弼曰窈冥深遠貌深遠不可得而見然而萬物由之不可得見以定其真故曰窈兮冥其中有精老子曰不見可欲使心不亂所願從之遊寸心於此足其四家語孔子曰無聲之樂所願志從莊子曰魯有兀者王駘從之遊者與仲尼相若列子文摯謂叔龍曰吾見子之心矣方寸之

（地虚矣）君王挺逸趣，羽旆臨崇基。（說文曰：挺，拔也。旆，旗旟之垂者。於旗以羽爲飾，故云羽旗。陸機樂府詩曰：羽旗棲瓊鸞。崇基，山也。春秋運斗樞曰：山者，地基也。）白雲隨玉趾，青霞雜桂旗。（玉趾已見上文。曹毗臨園賦曰：青霞曳於前阿。楚辭曰：辛夷車兮結桂旗。）淹留訪五藥，顧步佇三芝。（楚辭曰：攀桂枝兮聊淹留。周禮鄭玄曰：五藥，草木蟲石穀也。日出東南隅行曰：顉步咸可懽。著頡篇曰：顉，旋也。王逸楚辭注曰：步，徐行也。抱朴子曰：參成芝、木渠芝、建實芝，此三芝得而服之，白日升天。）於焉仰鑣駕，歲暮以爲期。（其五。歲暮，喻年老也。韓詩曰：蟋蟀在堂，歲聿其暮。薛君曰：暮，晚也。言君之年歲已晚。）

## 宿東園一首　五言

沈休文

陳王鬬雞道，安仁采樵路。（陳思王名都篇曰：鬬雞東郊道，走馬長楸間。潘岳詩曰：東郊歎不得志也。出自東郊，憂心搖搖。遵彼萊田，言采其樵。）東郊豈異昔，聊可閑余

全三國詩原引輝作耀
身體作身體

步七啓曰雉容閑步野徑既盤紆，荒阡亦交互。子虛賦曰其山則盤紆岪鬱
槿籬疎復密，荆扉新且故。謝靈運詩曰插槿當列墉鄭玄禮記注曰華門荆竹織門也殷仲堪誄曰荆門晝掩樹頂鳴風飈，草根積霜露。驚麏去不息，征鳥時相顧。毛詩曰野有死麏今以江東人呼鹿曰麏吕氏春秋曰征鳥厲號高誘曰征猶飛也鄭玄毛詩箋曰迴首曰顧茅棟嘯愁鴟，平岡走寒兎。任預雪詩曰寒鳶嚮雲嘯悲鴻竟夜嗷夕陰帶曾阜，長煙引輕素。飛光忽我遒，寧止歲云暮。古董桃行曰年命冉冉我遒毛詩曰歲聿云暮若蒙西山藥，頹齡儻能度。魏文帝詩曰西山一何高高高殊無極上有兩仙童不飲亦不食與我一丸藥光輝有五色服藥四五日身體生羽翼陞機應詔曰悲來日之苦短悵頹年之方侵

## 遊沈道士館一首 五言 沈休文

原文作竊

秦皇御宇宙，漢帝恢武功。過秦論曰：始皇振長策而御宇內。漢書曰：武帝征討四夷，銳志武功。懽娛人事盡，情性猶未充。何休公羊傳注曰：充，滿也。銳意三山上，託慕九霄中。銳意已見上注。西征賦曰：切託慕於闕庭。潘岳書曰：長自絶於埃塵，超遊身乎九霄。旣表祈年觀，復立望仙宮。廟記曰：祈年宮在城外，秦穆公所造。望仙宮在華陰，漢武帝所造。寧爲心好道，直由意無窮。漢武內傳曰：帝曰余好長生之道。知止足是願，不須豐。老子曰：知足不辱，知止不殆。周易曰：豐，多也。遇可淹留處，便欲息微躬。淹留已見上文。山嶂遠重疊，竹樹近蒙蘢。開衿濯寒水，解帶臨清風。曹子建閑居賦曰：愬寒風而開衿。所累非外物，爲念在玄空。慎子曰：夫德精微而不見，聰明而不發，是故外物不累其內。廣雅曰：玄，道也。然道體無形，故曰空。朋來握石髓，賓至駕輕鴻。袁彥伯竹林名士傳曰：王烈服食養性，嵇

登琅邪城乃到溉之作徐悱詶之自題古意耳然則詩必有戮力神州之意故徐詩亦有壯氣封侯之說非咏琅邪城也日知錄識其不切琅邪失其旨矣

康甚敬信之隨入山烈嘗得石髓柔滑如飴即自服半餘半取以與康皆凝而爲石郭璞遊仙詩曰駕鴻乘紫煙

都令人徑絕唯使雲路通吳都賦曰徑路絕風雲通張昶華山堂闕銘曰必雲霄之路可升而起

一舉陵倒景無事適華嵩漢書谷永曰及言世有仙人服食不終之藥遙興輕舉登遐倒景如淳曰在日月之上日月反從下照故其景倒廣雅曰陵乘也列仙傳曰呼子先者漢中關下卜師也壽百餘年夜有仙人持二竹竿來至呼子先子騎之乃龍也上華陰山又曰王子喬好笙浮丘公接以上嵩山

寄言賞心客歲暮爾來同歲暮已見上文

古意詶到長史溉登琅邪城詩一首五言　何之元梁典曰到溉字茂灌爲司徒長史沈約宋書曰南琅邪郡琅邪國人隨晉元帝過江大興三年立懷德縣隸丹楊無土地成帝咸康元年桓溫領郡鎮江乘縣境立郡鎮輿地圖曰梁武改南琅邪爲琅邪郡在潤州江寧縣西北十八里

樓蘭注用以指戎狄凡詩中地理皆可作如是觀

篁何焯疑作隍

徐敬業何之元梁典曰徐勉第三息悱字敬業晉安内史有學業最知名卒於郡府

甘泉警烽候，上谷拒樓蘭。漢書揚雄上疏曰：孝文時匈奴侵暴北邊，候騎至雍，烽火通甘泉。又曰：上谷郡，秦置。又曰：鄯善國本名樓蘭，王治扜泥城。扜音烏。

此江稱豁險，茲山復鬱盤。蜀都賦曰：豁險吞若巨防。子虛賦曰：其山則盤紆茀鬱。

表裏窮形勝，襟帶盡巖巒。左氏傳咎犯曰：表裏山河，必無害也。漢書田肯賀上曰：秦形勝之國也。衿帶已見上文。說文曰：巒，小山而高。

脩篁壯下屬，危樓峻上干。子虛賦曰：下屬江河。上干已見上注。

登陴起遐望，迴首見長安。左氏傳曰：鄭子產授兵登陴。杜預曰：陴，城上埤睨也。王仲宣七哀詩曰：南登霸陵岸，迴首望長安。

金溝朝灞滻，甬道入鴛鸞。戴延之西征記曰：御溝引金谷水，從閶闔門入。灞、滻，二水名也。雍州圖經曰：金谷水出藍田縣西終南山，西入灞水。小水入大水曰

日出東南隅行乃相逢行之誤

滿原作盈此係漢人避諱改

朝尚書曰江漢朝宗于海甬道閣道也淮南子曰甬道相連淄岳關中記曰未央殿東有鴛鸞殿**鮮車騖華轂汗馬躍銀鞍**范曄後漢書曰蜀地饒富吏民鮮車駕馬以財貨自達漢書劉向上封事曰今王氏一姓乘朱輪華轂者二十三人又公孫弘曰臣愚駑無汗馬之勞辛延年羽林郎詩曰銀鞍何煜爚翠蓋空踟躕**少年負壯氣耿介立衝冠**漢書音義曰負恃也韓子曰耿介之士史記曰藺相如怒髮上衝冠**懷紀燕山石思開函谷丸**范曄後漢書曰竇憲爲車騎將軍與北單于戰于稽落山破之遂登燕然山刻石勒功紀威德又曰隗囂據天水王元說囂曰東收三輔之地案秦舊迹表裏山河元請以一丸泥爲大王東封函谷關此萬世一時也**豈如霸上戲羞取路傍觀**漢書曰匈奴入邊遣宗正劉禮軍霸上帝勞軍直馳入帝曰鄉者霸上軍如兒戲古樂府日出東南隅行曰兄弟兩三人中子侍中郎黄金絡馬頭觀者滿路傍**寄言封侯者數奇良可歎**漢書李廣與望氣王朔語曰自漢擊匈奴廣未嘗不在其中而諸將校尉以軍功取侯者數十人廣

數仍當訓命數

不爲人後然終無尺寸之功以得封邑者何也豈吾相不當侯耶又曰大將軍衛青陰受上旨以爲李廣數奇孟康曰奇隻不耦也如淳曰數爲匈奴所敗數所具切奇居宜切

# 文選卷第二十二

六月廿七日日中　保閲

文選卷第二十三

梁昭明太子撰

文林郎守太子右内率府録事參軍事崇賢館直學士臣李善注上







詠懷



哀傷

贈答

詠懷

詠懷詩十七首　五言　顔延年曰說者阮籍在晉文代常慮禍患故發此詠耳

阮嗣宗　臧榮緒晉書曰阮籍字嗣宗陳留尉氏人也容貌瓌傑志氣宏放蔣濟辟爲掾後謝病去爲尚書郎遷步兵校尉卒

顔延年沈約等注

夜中不能寐起坐彈鳴琴薄帷鑑明月清風吹我衿廣雅

六臣注作外傳

曰鑑照也孤鴻號外野朔鳥鳴北林廣雅曰號鳴也徘徊將何見憂思獨傷心嗣宗身仕亂朝常恐罹謗遇禍因茲發詠故每有憂生之嗟雖志在刺譏而文多隱避百代之下難以情測故粗明大意略其幽旨也

二妃遊江濱逍遙順風翔交甫懷環珮婉孌有芬芳猗靡情歡愛千載不相忘列仙傳曰江妃二女出游江濱交甫遇之餘與韓詩內傳同已見南都賦王逸楚辭注曰在衣曰懷毛萇詩傳曰婉孌少好皃子虛賦曰扶輿猗靡傾城迷下蔡容好結中腸漢書李延年歌曰一顧傾人城登徒子好色賦曰臣東家之子嫣然一笑惑陽城迷下蔡感激生憂思諼草樹蘭房膏沐為誰施其雨怨朝陽趙岐孟子章指曰千載聞之猶有感激毛詩曰焉得諼草言樹之背又曰豈無膏沐誰適為容又曰其雨其雨杲杲出日鄭玄曰人言其雨其雨杲杲然日復出猶我言伯且來伯且來則復不來也伯且君子字如

何金石交一旦更離傷沈約曰婉孌則千載不忘金石之交一旦輕絕未見好德如好色善曰漢書曰楚王使武涉說韓信曰足下雖自以爲與漢王爲金石交然今爲漢王所禽矣

嘉樹下成蹊東園桃與李顏延年曰左傳季孫氏有嘉樹善曰班固漢書李廣贊曰諺曰桃李不言下自成蹊秋風吹飛藿零落從此始沈約曰風吹飛藿之時蓋桃李零落之日華實既盡柯葉又彫無復一毫可悅善曰說文曰藿豆之葉也楚辭曰惟草木之零落繁華有憔悴堂上生荊杞言無常也文子曰有榮華者必有愁悴班固荅賓戲曰朝爲榮華夕爲憔悴山海經曰雩夕之山下爲荊杞郭璞曰杞枸杞

驅馬舍之去去上西山趾西山夷齊所居言欲從之以避世禍一身不自保何況戀妻子沈約曰榮悴去就此人本無保身之術況復妻子者乎凝霜被野草歲暮亦云已沈約曰歲暮風霜之時徒然而已耳善曰繁霜已凝歲亦暮止野草殘悴身亦當然楚辭曰漱凝霜之紛紛字書曰凝冰堅也毛詩

曰歲聿云暮蒼頡篇曰巳畢也

昔日繁華子安陵與龍陽史記華陽夫人姊說夫人曰不以繁華時樹本說苑曰安陵君纏得寵於楚恭王江乙謂纏曰吾聞以財事人者財盡則交絕以色事人者華落則愛衰子安得長被幸乎會王出獵江渚有火若雲蜺兕從南方來正觸王驂善射者射之兕死於車下王謂纏曰萬歲後子將誰與樂纏泣下沾衣曰大王萬歲後臣將殉恭王乃封纏車下三百户故江乙善謀安陵善知時龍陽君釣十餘魚而弃因泣下王曰有所不安乎對曰無王曰然則何爲涕出對曰臣始得魚甚喜後得益多而又欲弃前之所得也今以臣兇惡而得拂枕席今爵至人君走人於庭避人於塗四海之內其美人甚多矣聞臣之得幸於王畢褰裳而趨王臣亦曩之所得魚也亦將弃矣安得無涕出乎王乃布令敢言美人者族夭夭桃李花灼灼有輝光毛詩曰桃之夭夭灼灼其華悅懌若九春磬折似秋霜春秋元命苞曰陽氣數成於三故時別三月陽數極於九故三月一時九十日宋衷曰四時皆象此類不唯春也

謝玄暉和王主簿怨情詩注引衣裳作衾裳

女外曲阪

記
別本與沈注相應
此注引礼記注乃誤字耳

尚書大傳曰諸侯來受命周公莫不磬折流盼發姿媚言笑吐芬芳神女賦曰陳嘉辭而云對吐芬芳其若蘭攜手等歡愛宿昔同衣裳廣雅曰宿夜也願爲雙飛鳥比翼共翱翔建安中無名詩曰中有雙飛鳥自名爲鴛鴦丹青著明誓永世不相忘以財助人者財盡則交絶以色助人者色盡則愛弛是以嬖女不弊席嬖男不弊輿安陵君所以悲魚也亦豈能丹青著誓永代不忘者哉蓋以俗衰教薄方直道喪攜手笑言代之所重者乃足傳之永代非止恥會一時故託二子以見其意不在分桃斷袖愛嬖之懽丹青不渝故以方誓善曰東觀漢記光武詔曰明設丹青之信廣開束手之路

天馬出西北由來從東道漢書曰天馬來從西極涉流沙九夷服天馬來歷無草經千里循東道張晏曰馬從西而來東也沈約云由西北來東道也春秋非有託富貴焉常保沈約曰春秋相代若環之無端天道常也譬如天馬本出西北忽由東道況富之與貧貴之與賤易

訖

朝爲二句應上二句

李公則悲東門，蘇子則志兩周，所謂怨毒善多也。求仁得仁者，寧復有此哉。

李公蘇子雖身取夷滅，然與稷契皋夔同歸于盡，寧有區分哉。

仁得仁所以無恨也。

細按此四句，實當分作兩截。求仁得仁則起下，不屬李蘇兩言，言李蘇

至乎善曰鄭玄禮記注曰訖止也清露被皐蘭凝霜霑野草迅疾也楚辭曰皐蘭被徑兮斯露漸凝霜已見上文古詩曰白露沾野草朝爲媚少年夕暮成醜老自非王子晉誰能常美好王子晉已見上文登高臨四野北望青山阿應劭風俗通曰葬於郭北北首求諸幽之道松栢翳岡岑飛鳥鳴相過仲長子昌言曰古之葬植松栢梧桐以識其墳感慨懷辛酸怨毒常苦多蒼頡篇曰懷抱也史記太史公曰怨毒之於人甚矣哉廣雅曰毒痛也李公悲東門蘇子狹三河求仁自得仁豈復歎咨嗟沈約曰河南河東河北秦之三川郡古人呼水皆爲河耳蘇子以兩周之狹小不足逞其志力故去佩六國相印也云二子豈不知進趨之近禍敗哉常以交利貨賒禍故冒而行之所謂求仁得仁也松栢岡岑丘墓所在也古有皆死之義莫有免者焉達者安小大之涯各遂分內之欒委天任命以至於俱爲一丘之土夫何異哉故因此鑒

榮枯非求仁者所嚣尚也

原文作候

山阿而發此句明徂謝之理雖同天逝之途則異也感慨之來誠逝者所不免至於顛沛逆天怨毒求生蘇子李斯張本也善曰李斯已見西征賦蘇秦已見左太沖詠史詩漢書東方朔曰漢興去三河之地止霸產以西論語子貢曰伯夷叔齊何人也子曰古之賢人曰怨乎曰求仁而得仁又何怨

開秋兆涼氣蟋蟀鳴牀帷開秋秋初開也楚辭曰開春發歲兮四子講德論曰蟋蟀候秋吟毛詩曰十月蟋蟀入我牀下感物懷殷憂悄悄令心悲古詩曰感物懷所思韓詩曰耿耿不寐如有殷憂毛詩曰憂心悄悄慍于羣小多言焉所告繁辭將訴誰沈約曰重言之猶云懷哉懷哉善曰論衡曰甘議繁辭綏不見信微風吹羅袂明月耀清暉晨雞鳴高樹命駕起旋歸樂録曰雞鳴高樹顛古辭孔叢子孔子歌曰巾車命駕將適唐都毛詩曰薄言旋歸

平生少年時輕薄好絃歌論語曰久要不忘平生之言范曄後漢書曰光武曰孝孫

楊慎以漢書谷永傳外戚傳之趙李說之顔宋武亦並於相經過三字仍不切而又舊注之妄盡此不過以趙李譬歌舞不謂其入宮掖與之綢繆也

李注蜀都即引趙李侍中皆引滿舉白事而評注從之偏欲傲李以所不知一何可笑

素謹輕薄兒誤之孝孫劉嘉字西遊咸陽中趙李相經過顔延年曰趙漢成帝趙后飛燕也李武帝李夫人也並以善歌妙舞幸於二帝也善曰史記曰秦作咸陽徙都也娛樂未終極白日忽蹉跎驅馬復來歸反顧望三河黃金百溢盡資用常苦多北臨太行道失路將如何少年之日志好絃歌及乎歲晚旋歸路失財盡同乎太行之子當如之何乎戰國策曰魏王欲攻邯鄲季梁聞之中道而反衣焦不信頭塵不浴往見王曰今者臣來見人於太行乃北面而持其駕告臣曰我欲之楚臣曰之楚將奚為北面曰吾馬良臣曰雖良此非楚之道也曰吾用多臣曰雖多此非之楚之路也曰吾善御此數者逾善而離楚逾遠耳今王動欲成霸王舉欲信於天下恃王國之大兵之精銳而欲攻邯鄲以廣地尊名王之動逾數而離王逾遠耳猶至楚而北行也高誘曰面向也駕馬也之至也用資也賈逵國語注曰一溢二十四兩昔聞東陵瓜近在青門外連軫距阡陌子母相拘帶五

此兩更端下二句乃與篇首相應

色曜朝日，嘉賓四面會。軟當爲畛。宋衷太玄經注曰：畛，界也。說文曰：畛，井田閒陌也。孔安國尚書傳曰：距，至也。子母五色，俱謂瓜也。史記曰：邵平者，故秦東陵侯。秦破，爲布衣，貧，種瓜於長安城東，瓜美，故時俗謂之東陵瓜，從邵平始也。漢書曰：霸城門，民閒所謂青門也。毛詩曰：我有嘉賓。膏火自煎熬，多財爲患害。布衣可終身，寵祿豈足賴。沈約曰：當東陵侯侯服之時，多財爵貴；及種瓜青門，匹夫耳。寔由善於其事，故以味美見稱。連軫距陌，五色相照，非唯周身贍己，乃亦坐致嘉賓。夫得固易失，榮難久恃。膏以明自煎，人以財興累。布衣可以終身，豈寵祿之足賴哉。善曰：莊子曰：山木自寇也，膏火自煎也。漢書踈廣曰：愚而多財，則益其過。左氏傳曰：石碏曰：四者之來，寵祿過也。又宋華元曰：不能治官，敢賴寵乎。

步出上東門，北望首陽岑。河南郡圖經曰：東有三門，最北頭曰上東門。河南郡境界簿曰：城東北十里首陽山上有首陽祠一所。下有采薇士，上有嘉樹林。沈約曰：夷遊字不可破，商聲卽承鳴鴈鶗鴂音而言，言鴈鴂之悲，是其素質，後感於商聲，而中心悲益甚矣。

齊尚不食周粟況取之以不義者乎善曰史記曰武王平殷伯夷叔齊耻之義不食周粟隱於首陽山采薇而食之顏延之曰史記龜策傳曰無蟲曰嘉林良辰在何許凝霜霑衣襟寒風振山岡玄雲起重陰沈約曰良辰何許言世路險薄非良辰也風霜交至凋殞非一玄雲重陰多所擁蔽是以寄言夷齊望首陽而嘆息善曰東征賦曰撰良辰而將行王仲宣詩曰白露沾衣鳴鴈飛南征鶗鴂發哀音沈約曰此鳥鳴則芳歇也芬芳歇矣所存者臭腐耳善曰楚辭曰鴈邕邕而南遊又曰恐鶗鴂之先鳴使夫百草爲之不芳素質遊商聲悽愴傷我心沈約曰致此彫素之質由於商聲用事秋時也遊字應作由古人字類無定也善曰禮記曰孟秋之月其音商鄭玄曰秋氣和則音聲調

昔年十四五志尚好書詩論語子曰吾十有五而志于學杜預左氏傳注曰尚上之耳被褐懷珠玉顏閔相與期家語子路問於孔子曰有人於此被褐而懷玉何如

悞注及別本

何云羨門以遭暴秦之亂詭託於神仙

子曰國無道可也國有道則袞冕而執玉也顏回巳見幽通賦史記曰閔損字子騫開軒臨四野登高望所思丘墓蔽山岡萬代同一時方言曰冢大者爲丘王逸楚辭注曰小曰丘千秋萬歲後榮名安所之乃悞羨門子噭噭今自蚩沈約曰自我以前徂謝者非一雖或税駕參差同爲今日之一丘夫豈異哉故云萬代同一時也若夫被褐懷玉託好詩書開軒四野昇高永望志事不同徂没理一追悟羨門之輕舉方自笑耳善曰戰國策曰楚王謂安陵君曰寡人萬歲千秋之後誰與樂此矣淮南子曰死有遺業生有榮名薛綜西京賦注曰安焉也史記曰始皇使燕人盧生求羨門韋昭曰古仙人也説文云蚩笑也蚩與嗤同徘徊蓬池上還顧望大梁漢書地理志曰河南開封縣東北有蓬池或曰即宋蓬澤也又陳留郡有浚儀縣故大梁也緑水揚洪波曠野莽茫茫毛詩曰率彼曠野楚辭曰莽茫茫之無涯毛萇曰茫茫廣大貌走獸交横馳飛鳥相隨翔是時鶉

火中日月正相望左氏傳曰晉侯伐虢公問卜偃曰吾其濟乎對曰克之其九月十月之交乎鶉火中必是時也杜預曰夏之九月十月也尚書曰惟二月既望孔安國曰十五日日月相望也朔風厲嚴寒陰氣下微霜爾雅曰朔北方也杜預左氏傳注曰厲猛也曾子曰陰氣騰則凝爲霜羈旅無疇匹俛仰懷哀傷左氏傳曰陳敬仲曰羈旅之臣也小人計其功君子道其常豈惜終憔悴詠言著斯章沈約曰豈惜終憔悴蓋由不應憔悴而致憔悴君子失其道也小人計其功而通君子道其常而塞故致憔悴也因乎眺望多懷兼以羈旅無匹而發此詠善曰孫卿子曰天有常道君子有常體君子道其常小人計其功

炎暑惟茲夏三句將欲移南方爲火而主夏火性炎上故謂夏月爲炎暑也薛君韓詩章句曰惟辭也鄭玄毛詩箋曰炎熱氣也芳樹垂綠葉清雲自逶迤淮南子曰志厲清雲楚辭曰載雲旗之逶迤四時更代謝日月遞差馳孫卿子曰日月遞昭

譽五臣作與。音

四時代御徘徊空堂上忉怛莫我知毛詩曰勞心忉忉又曰勞心怛怛楚辭曰國無人兮莫我知願覩卒歡好不見悲別離言四時代移日月遞運年壽將盡而人莫己知恐被讒邪橫遭擯斥故云願卒歡好不見離別灼灼西隤日餘光照我衣楚辭曰日杳杳而西頹迴風吹四壁寒鳥相因依周周尚銜羽蛩蛩亦念飢韓子曰鳥有周周者首重而屈尾將欲飲於河則必顛乃銜羽而飲今人之所有飢不足者不可以不索其羽矣爾雅曰西方有比肩獸焉與卭卭岠虛比爲卭卭岠虛齧甘草即有難卭卭岠虛負而走其名謂之蟨郭璞曰蟨音厥如何當路子磬折忘所歸豈爲夸譽名憔悴使心悲沈約曰天寒即飛鳥走獸尚知相依周周銜羽以免顛仆蛩蛩負蟨以美草而當路者知進趍不念暮歸所安爲者惟夸譽名故致憔悴而心悲也善曰孟子公孫丑問曰夫子當路於齊管晏之功可復許乎綦毋邃曰當仕路也磬折已見上文呂氏春

秋曰古之人有不肯富貴者由重生故也非夸以名也爲其實也司馬彪莊子注曰夸虛名也鄭玄禮記注曰名令聞也寧與鷰雀翔不隨黃鵠飛黃鵠遊四海中路將安歸沈約曰若斯人者不念己之短翮不隨燕雀爲侶而欲與黃鵠比遊黃鵠一舉冲天翱翔四海短翮追而不逮將安歸乎爲其計者宜與燕雀相隨不宜與黃鵠齊舉善曰漢書息夫躬絶命辭曰玄雲泱鬱將安歸

獨坐空堂上誰可與歡者出門臨永路不見行車馬登高望九州悠悠分曠野孤鳥西北飛離獸東南下日暮思親友晤言用自寫毛詩曰彼美淑姬可與晤言鄭玄曰晤對也

北里多奇舞濮上有微音史記曰紂使師涓作新聲北里之舞禮記曰桑間濮上之音亡國之音也輕薄閑遊子俯仰乍浮沈捷徑從狹路僶俛趣荒淫輕薄之輩隨俗浮沈棄彼大道好從狹路不尊恬淡競赴荒淫言可悲甚也漢司馬遷書曰從俗浮

沈與時俯仰焉見王子喬乘雲翔鄧林獨有延年術可以慰我心子喬離俗以輕舉全性以保真其人已逺故云焉見其法不滅故云可慰心楚辭云譬若王喬之乘雲兮載赤雲而陵太清山海經曰夸父與日競逐而渴死其杖化爲鄧林楚辭曰延年不死兮壽何所止方言曰延長也毛詩曰仲山父永懐以慰其心毛萇曰慰安也

湛湛長江水上有楓樹林楚辭曰湛湛江水兮上有楓樹皐蘭被徑路青驪逝駸駸皐蘭已見上文楚辭曰青驪結駟齊千乘毛詩曰駕彼駟牡載驟騤騤毛萇曰駸駸驟貌駸七林切遠望令人悲春氣感我心三楚多秀士朝雲進荒淫孟康漢書注曰舊名江陵爲南楚吴爲東楚彭城爲西楚呂氏春秋曰舜耕於歴山秀士從之高唐賦曰妾旦爲朝雲朱華振芬芳高蔡相追尋一爲黄雀哀淚下誰能禁戰國策曰劇辛諫楚王曰郢必危矣王獨不見黄雀俯啄白粒仰栖茂樹鼓翅奮翼自以爲與

無志意非由於嬰憂患言早也或譏其無志則謬矣

人無爭不知夫公子王孫左挾彈右攝丸以其頸爲的晝遊茂樹夕調酸醎耳黃雀其小者也蔡聖侯因是已南遊高陂北陵巫山飲茹溪之流食湘波之魚左抱幼妾右擁嬖女與之馳騁乎高蔡之中而不以國家爲事不知夫子發受命于宣王繫已以朱絲而見之也蔡聖侯之事其小者也君王自因是已左州侯從鄢陵與壽陵君飯封禄之粟載方府之金與之馳乎雲夢之中而不以天下國家爲事不知夫穰侯方謀受命乎秦王塡黽池之塞内投已黽池塞之外襄王聞顔色變四體戰慄於是乃執珪中授之封以爲陽陵君延叔堅戰國策論曰因是已因事已復有是也茹谿流所沃者美好也孔叢子賈子陽謂子思曰吾念周室將滅涕泣不禁禁止也

## 秋懷一首 五言

謝惠連

平生無志意少小嬰憂患平生已見上文說文曰嬰繞也如何乘苦心矧復值秋晏古詩曰晨風懷苦心淮南子曰秋士哀也皎皎天月明奕奕河

顏延年侍遊蒜山作周
南二句亦其例

宿爛古詩曰明月何皎皎薛君韓詩章句曰弈弈盛貌毛詩曰子興視夜明星有爛蕭瑟含風
蟬寥唳度雲鴈楚辭曰秋之爲氣也蕭瑟兮草木搖落而變衰寒商動清閨孤
燈曖幽幔寒商秋風也楚辭曰商風肅而害之百草育而不長王逸楚辭注曰曖曖闇昧貌耿
介繁慮積展轉長宵半楚辭曰獨耿介而不隨毛詩曰展轉反側夷險難豫
謀倚伏昧前筭夷險謂道以喻時也演連珠曰才經夷險不爲世屈淮南子曰接徑歷遠直道
夷險鶡冠子曰禍兮福之所倚福兮禍之所伏雖好相如達不同長卿慢達謂通達
不拘禮也嵇康高士傳司馬長卿讚曰長卿慢世越禮自放犢鼻居市不耻其狀託疾避患蔑比卿相乃至仕
人超然莫尚頗悅鄭生偃無取白衣宦偃謂偃仰不仕也范曄後漢書曰鄭均字
仲虞東平任城人也公車特徵再遷尚書後病乞骸骨拜議郎告歸因稱病篤帝東巡過任城乃幸均舍勑賜
尚書祿以終其身故人號爲白衣尚書未知古人心且從性所翫賞至可

命觴朋來當染翰 秋興賦序曰染翰操紙慨然而賦 高臺驟登踐清淺時陵亂 爾雅曰水正絶流曰亂 頹魄不再圓傾羲無兩旦 魄月魄也羲羲和謂日也 金石終消毀丹青暫彫煥 張綱集曰書功金石圖形丹青 各勉玄鬢歡無貽白首歎 阮籍詠懷詩曰玄鬢發朱顔睇眄有光華嵇康有白首賦 因歌遂成賦聊用布親串 爾雅曰串習也古患切

臨終詩一首 五言

歐陽堅石 王隱晉書曰石崇外生歐陽建渤海人也爲馮翊太守趙王倫之爲征西撓亂關中建每匡正不從私欲由是有隙及乎倫簒立勸淮南王允誅倫未行事覺倫收崇建及母妻無少長皆行斬刑孫盛晉陽秋曰建字堅石臨刑作

伯陽適西戎孑欲居九蠻 列仙傳曰老子西遊尹喜見之與老子俱之流沙之西

武飲馬長城窟行曰四時隱南山子欲適西戎論語曰子欲居九夷苟懷四方志所在可
遊盤左氏傳姜氏謂晉公子曰子有四方之志尚書曰乃盤遊無度況乃遭屯蹇顛沛遇
災患平聲周易曰屯如邅如又曰往蹇來連孔叢子歌曰遂邅不復自嬰屯蹇論語子曰顛沛必於是
古人達機兆策馬遊近關周易曰機者動之微吉之先見者也左氏傳蘧伯玉曰瑗
不得聞君之出敢聞其入遂行從近關出也浴余沖且暗抱責守微官孔安國尚
書傳曰沖童也賈逵國語注曰暗不明也孟子曰吾聞有官守者不得其職則去有言責者不得其言則去
潛圖密已構成此禍福端爾雅曰圖謀也莊子曰而子身若槁木之枝而心若死灰
若是禍亦不至福亦不來禍福無有惡有人災校叔上吴王書曰福生有基禍生有胎傅子曰福生有兆禍來
無端方言曰端緒也恢恢六合間四海一何寬天網布紘綱投足
不獲安老子曰天網恢恢疎而不失山海經曰地之所載六合之間許慎淮南子注曰紘維也解嘲曰

原文作步

欲行者擬足而投迹松栢隆冬悴然後知歲寒孫卿子曰松栢經冬而不凋論語子曰歲寒然後知松栢之後彫不涉太行險誰知斯路難淮南子曰何爲九山曰太行羊腸高誘曰太行今上黨太行河内野王縣眞僞因事顯人情難豫觀窮達有定分慷慨復何歎平聲孟子曰窮則獨善其身達則兼善天下呂氏春秋曰百里奚處虞而虞亡處秦而秦霸有其本也其本也者定分之謂也上負慈母恩痛酷摧心肝說文曰負受貸不償然受恩不報亦謂之負也方言曰傳云慈母怒子折葼以笞之下顧所憐女惻惻中心酸鄭玄毛詩箋曰顧念也二子棄若遺念皆遘凶殘毛詩曰將安將樂棄余如遺不惜一身死惟此如循環薛君韓詩章句曰惟念也尚書大傳曰三王之統若循連環周則復始也執紙五情塞揮筆涕汍瀾文子曰昔者中黃子曰色有五色文章人有五情漢書息夫躬絕命辭曰涕泣流兮萑蘭瓚曰萑蘭涕泣闌干萑與汍同

## 哀傷

### 幽憤詩一首

四言魏氏春秋曰康及呂安事爲詩自責呂安事已見思舊賦班固史遷述曰幽而發憤乃思乃精

嵇叔夜

嗟余薄祜少遭不造蔡邕書曰邕薄祜早喪二親毛詩曰閔予小子遭家不造鄭玄曰造成也不造言家道未成也哀煢靡識越在繈緥左氏傳后成叔曰閔君越在他境淮南子曰成王幼在繈緥之中張華博物志曰繈織縷爲之廣八寸長丈二以約小兒於背上韋昭漢書注曰緥若今時小兒腹衣李奇曰緥小兒大藉也母兄鞠育有慈無威嵇氏譜曰康兄喜字公穆歷徐揚州刺史太僕宗正卿母孫氏毛萇詩傳曰鞠養也毛詩曰父兮生我母兮鞠我恃愛肆姐不訓不師賈逵國語注曰肆恣也說文曰姐嬌也嬌與姐同耳姐子豫切爰及冠帶馮寵自放抗心希古任其所尚廣雅曰希庶也趙岐孟子章句曰尚崇所尚則義不虧矣說文曰尚庶幾也託好

謂呂巽也注謬　仲悌心曠而放非不可交之人

老莊賤物。貴身。嵇喜謂康長好老莊之業恬静無欲淮南子曰原道者欲一言之而寤則尊天而保真欲再言之而通則賤物而貴身也莊子曰真者精誠之志志在守樸養素全真老子曰見素抱樸少私寡欲河上公曰抱守也薛綜東京賦注曰樸質也莊子盜跖謂孔子曰子之道非可以全真者也又曰真者精誠之志也曰余不敏好善闇人謂與呂安交也孝經曰參不敏何足以知之左傳曰吳公子札來聘見叔孫穆子曰子好善而不能擇人也子玉之敗屢增惟塵。子玉楚大夫也左氏傳曰楚子將圍宋使子文治兵於睽終朝而畢不戮一人子玉復治兵於蔿終日而畢鞭七人貫三人耳國老皆賀子文子文飲之酒蔿賈尚幼後至不賀子文問之對曰不知所賀子之傳政於子玉子玉之敗子之舉也舉以敗國將何賀焉毛詩曰無將大車維塵冥冥鄭玄曰喻大夫進舉小人適自作憂患也大人。含弘藏垢懷恥。周易曰含弘光大品物咸亨左氏傳伯宗謂晉侯曰國君含垢說文曰懷藏也杜預曰忍垢恥也民之多僻政不由己。毛詩曰民之多僻無自立辟鄭玄曰民行多邪

顯明臧否即傷物矣

僻者汝君臣之過無自謂得法度論語曰爲仁由已**惟此褊心顯明臧否**褊心康自謂也郭璞爾雅注曰惟發論辭也毛詩曰惟是褊心是以爲刺又曰於乎小子未知臧否**感悟思愆怛若創痏**西京賦曰所惡成創痏蒼頡篇曰痏毆傷也方言曰怛痛也說文曰痏瘢也漢書音義曰以杖毆擊人剥其皮膚起青黒無創者謂疻痏**欲寡其過謗議沸騰**論語曰蘧伯玉使人於孔子孔子問焉曰夫子何爲對曰夫子欲寡其過而未能也漢賈山曰古者庶人謗於道商旅議於市毛詩曰百川沸騰**性不傷物頻致怨憎**莊子仲尼謂顏回曰聖人處物不傷物者物亦不能傷也**昔慙柳惠今愧孫登**柳下惠已見西征賦魏氏春秋曰初康采藥於中山北見隱者孫登康欲與之言登默然不對踰年將去康曰先生竟無言乎登乃曰子才多識寡難乎免於今之世也**内負宿心外恧良朋**鄭玄禮記注曰負之言背也趙壹報羊陟書曰惟君明叡平其宿心爾雅曰恧慙也毛詩曰每有良朋**仰慕嚴鄭樂道閑居**漢書曰谷口有鄭子眞蜀有嚴君平皆脩

免作冤極是音之同
時不我与亦言司馬昭
鍾會耳

身保性成帝時元舅王鳳以禮聘子眞子眞遂不詘而終君平卜筮於成都市以爲卜筮賤業而可以惠衆日閱數人得百錢足以自養則閉肆下簾而授老子年九十餘遂以其業終論語子曰貧而樂漢書曰司馬相如稱疾閑居與世無營神氣晏如蔡邕釋誨曰安貧樂賤與世無營淮南子曰古人神氣不蕩於外漢書曰楊雄室士儋石之儲猶晏如也咨予不淑嬰累多虞毛萇詩傳曰咨嗟也毛詩曰之子不淑云如之何左氏傳趙孟曰以晉國之多虞匪降自天寔由頑踈毛詩曰下民爲孽匪降自天噂嗒背憎職競由人理弊患結卒致囹圄杜預左氏傳注曰弊壞也禮記曰仲春省囹圄鄭玄曰所以守禁繫者秦曰囹圄漢曰獄對荅鄙訊縶此幽阻言己對荅之辭鄙於見訊也張晏漢書注曰訊者三日復問知之與前辭同不也杜預左氏傳注曰縶拘執也鄙俚也訊問也實恥訟免時不我與論語曰陽貨曰日月逝矣歲不我與文雖出此而意微殊亦不以文害意也免或爲寃非也雖曰義直神辱志沮毛萇詩傳曰沮壞也才與切

濯身滄浪，豈云能補。孟子孺子歌曰：滄浪之水清可以濯吾纓，滄浪之水濁可以濯吾足。孔子曰：小子聽之，清斯濯纓，濁斯濯足，自取之也。劉歆荅父書曰：誠思拾遺與以云補。

嗈嗈鳴鴈，奮翼北遊。順時而動，得意忘憂。毛詩曰：雝雝鳴鴈。管子桓公曰：夫鴻鵠有時而南，有時而北。又曰：鴻鵠秋南而不失時。

嗟我憤歎，曾莫能儔。毛詩曰：嗟我懷人。說文曰：曾，辭之舒也。儔，等也。

事與願違，遘茲淹留。淹留，謂因縶而留也。爾雅曰：淹留，久也。

窮達有命，亦又何求。王命論曰：窮達有命，吉凶由人。毛詩曰：謂我何求。

古人有言，善莫近名。莊子曰：為善莫近名，為惡莫近刑。司馬彪曰：勿脩名也。被褐懷玉，穢惡其身，以無陋於形也。郭象曰：忘善惡而居中，任萬物之自為也。

奉時恭默，咎悔不生。尚書曰：恭默思道。周易曰：悔吝者，憂虞之象也。曾子曰：懽欣忠信，咎故不生，可為孝矣。

萬石周慎，安親保榮。漢書曰：萬石君奮長子建為郎中令，建老白首，萬石君尚無恙，每五日洗沐歸謁親。建為郎中令，奏事事下

原注擢作濯五臣作以

性受二字原文作壽

建自讀之驚恐曰書馬者與尾而五今迺四不足一獲譴死矣其爲謹愼雖他皆如此論語摘輔像讖曰曾子未嘗不問安親之道也孔安國尚書注曰周至也**世務紛紜祇攪予情**漢書曰嚴安徐樂上書言世務毛詩曰祇攪我心攪亂也祇過也**安樂必誡乃終利貞**家語金人銘曰安樂必戒無行所悔王肅曰雖處安樂必警戒也周易曰乾元亨利貞**煌煌靈芝一年三秀**西京賦曰擢靈芝之朱柯楚辭曰采三秀於山間王逸曰三秀謂芝草也**予獨何爲有志不就**楚辭曰云有志而無謗爾雅曰就成也**懲難思復心焉內疚**潘元茂九錫文曰懲難念功毛詩曰既往既來我心永疚疚病也**庶勗將來無馨無臭**爾雅曰勗勉也毛詩曰上天之載無聲無臭**采薇山阿散髮巖岫**采薇已見上文琴操許由曰散髮優遊所以安已不懼也范曄後漢書曰孝閎散髮絕世**永嘯長吟頤性養壽**杜篤連珠曰能離光明之顯長吟永嘯爾雅曰頤養也東方朔非有先生論曰故養性受命之士莫肯進禮記曰百年曰期頤

鄭玄曰頤猶養也

七哀詩一首　五言　曹子建

贈荅子建在仲宣之後而此在前誤也

明月照高樓，流光正徘徊。夫皎月流輝輪無虧照以其餘光未沒似若徘徊前覺以爲文外傍情斯言當矣。上有愁思婦，悲歎有餘哀。古詩曰慷慨有餘哀。借問歎者誰，言是客子妻。君行踰十年，孤妾常獨棲。君若清路塵，妾若濁水泥。漢書民歌曰涇水一石其泥數斗。浮沈各異勢，會合何時諧。爾雅曰諧和也。願爲西南風，長逝入君懷。古詩曰從風入君懷四坐莫不嘆。君懷良不開，賤妾當何依。史記驪姫曰以賤妾之故廢嫡立庶。

七哀詩二首　五言　王仲宣

西京亂無象豺虎方遘患左氏傳晉侯問於士弱曰吾聞之宋災於是乎知有天道可必乎對曰國亂無象不可知也班固漢書張耳陳餘述曰據國爭權還爲豺虎遘與構同古字通也道經曰執大象天下往河上公注曰執守也象道也聖人守大道則天下萬民移心歸往也復棄中國去遠身適荆蠻荆蠻已見登樓賦毛詩曰蠢爾蠻荆毛萇曰蠻荆荆州之蠻也親戚對我悲朋友相追攀出門無所見白骨蔽平原路有飢婦人抱子棄草間顧聞號泣聲揮涕獨不還言迴顧雖聞其子號泣之聲但知揮涕獨去不復還視也家語曰文伯卒敬姜曰二三婦無揮涕王肅曰揮涕不哭揮涕以手揮之也未知身死處何能兩相完此婦人之辭也說文曰完全也驅馬棄之去不忍聽此言南登霸陵岸迴首望長安漢書曰文帝葬霸陵悟彼下泉人喟然傷心肝毛詩序曰下泉思治也曹人思明王賢伯也

荆蠻非我鄉何爲久滯淫國語曰底著滯淫賈逵曰淫久也方舟溯大江日暮愁我心爾雅曰大夫方舟郭璞曰併兩舡也爾雅曰逆流而上曰溯流山崗有餘暎巖阿增重陰通俗文曰日陰曰暎狐狸馳赴穴飛鳥翔故林皆言不忘本也文子曰鳥飛之鄉依其所生也楚辭曰鳥飛之故鄉狐死必首丘流波激清響猴猨臨岸吟迅風拂裳袂白露霑衣衿楚辭曰擊迅風於清涼禮記曰孟秋之月白露降說苑曰孺子不覺露之沾衣獨夜不能寐攝衣起撫琴漢書曰沛公起攝衣延酈食其也韓子曰師涓靜坐撫琴絲桐感人情爲我發悲音史記曰騶忌以鼓琴見齊威王王曰夫治國家何爲絲桐之間也羇旅無終極憂思壯難任羇旅已見上文

## 七哀詩二首　五言

王元長永明九年策秀才文注引作季葉

張孟陽臧榮緒晉書曰張載字孟陽武邑人也有才華起家拜著作佐郎稍遷領著作遂稱疾抽簪告歸卒於家

北芒何壘壘平聲高陵有四五廣雅曰壘重也古樂府詩曰還望故鄉鬱何壘壘北芒山名也壘壘塚相次之皃

魏文帝善哉行

借問誰家墳皆云漢世主恭文遙相望原陵鬱膴膴范曄後漢書曰葬孝安皇帝于恭陵又曰葬靈帝于文陵又曰葬光武皇帝于原陵毛萇曰膴膴肥美也

季世喪亂起賊盜如豺虎左氏傳曰叔向曰齊其何如晏子曰此季世也韋昭國語注曰季末也豺虎已見上文

毀壞過一抔便房啓幽戶一抔喻少也漢書張釋之曰假令愚人取長陵一抔土何如漢書注曰便房冢壙中室也

珠柙離玉體珎寶見剽虜魏文帝典論曰喪亂以來漢氏諸陵無不發掘至乃燒取玉柙金鏤體骨并盡西京雜記曰漢帝及王侯送死皆珠襦玉匣玉匣形如鎧甲連以金鏤校乗七發曰太子玉體不安說文曰剽劫人也又

漢書高祖紀毋得鹵掠注師古曰鹵與虜同此滷注見吳王濞傳

虜獲也漢書注曰虜與鹵同如淳曰鹵鈔掠也園寢化爲墟周墉無遺堵漢書曰自高祖下至宣帝各自居陵傍立廟又園中各有寢便殿又曰自貢禹建迭毀之議遂毀惠景廟及太上寢園廢而爲墟爾雅曰牆謂之墉毛萇詩傳曰一丈爲板五板爲堵蒙籠荆棘生蹊逕登童豎狐兎窟其中蕪穢不復掃關中記曰漢諸陵守衛掃除廣雅曰掃除也餘見下注掃蘇老切頹隴並墾發萌隸營農圃蒼頡篇曰墾耕也毛詩曰俊發爾私鄭玄曰俊疾也發伐也疾耕發其私田也司馬相如上林賦曰地可墾闢悉爲農郊以贍萌隸昔爲萬乘君今爲丘山土漢書曰天子畿方千里兵車萬乘故稱萬乘之主方言曰冢大者爲丘淮南子曰吾死也有一棺之土感彼雍門言悽愴哀往古桓子新論曰雍門周以琴見孟嘗君曰臣竊悲千秋萬歲後墳墓生荆棘狐兎穴其中樵兒牧豎躑躅而歌其上行人見之悽愴孟嘗君之尊貴如何成此乎孟嘗君喟然嘆息淚下承睫

秋風吐商氣蕭瑟掃前林王逸楚辭注曰商風西風也秋氣起則西風急疾鸝鵾賦
曰凉風蕭瑟陽鳥收和響寒蟬無餘音陽鳥春鳥也禮記曰孟秋寒蟬應陰而鳴
鳴則天凉故謂之寒蟬楚辭曰蟬寂寞而無聲白露中夜結木落柯條森呂氏春秋
曰秋氣至則草木落朱光馳北陸浮景忽西沈朱光日也楚辭曰陽杲杲其朱光續
漢書云日行北陸謂之冬杜預左氏傳注曰陸道也孔安國尚書注曰浮行也說文曰景日光也顧望
無所見惟覩松栢陰松栢丘墓已見上文肅肅高桐枝翩翩栖孤
禽禮記曰草木皆肅肅鄭玄曰肅謂枝葉縮栗也仰聽離鴻鳴俯聞蜻蛚吟易通
卦驗曰立秋蜻蛚鳴蔡邕月令章句曰蟋蟀亜名俗謂之蜻蛚蟋蟀吟已見上文注蜻音精蛚皆列哀
人易感傷觸物增悲心秦嘉荅婦詩曰哀人易感傷丘隴日已遠纏
綿彌思深古詩曰相去日已遠張升與任彥堅書曰纏綿恩好庶蹈高蹤憂來令髮白

原缺作孰

誰云愁可任古詩曰座中何人誰不懷憂令我白頭登樓賦曰誰憂思之可任徘徊向

長風淚下霑衣衿楚辭曰覬長風以徘徊又曰向長風而舒情又曰泣歔欷而沾襟

悼亡詩三首五言風俗通曰慎終悼亡鄭玄詩箋曰悼傷也

潘安仁

荏苒冬春謝寒暑忽流易荏苒猶漸也冉冉歲月流貌也王逸楚辭注曰謝去也列子曰寒暑易節之子歸窮泉重壤永幽隔之子謂妻也毛詩曰之子于歸百兩御之琴賦曰披重壤以誕載私懷誰克從淹留亦何益神女賦曰情獨私懷誰者可語說文曰懷念思也楚辭曰倚躊躇以淹留僶俛恭朝命迴心反初役毛詩曰僶俛從事不敢告勞役謂所任也王充論衡曰充罷州役望廬思其人入室想所歷家語孔子曰思其人愛其樹說文曰歷過也幃屏無髣髴翰墨有餘跡廣雅曰帷

原文作歇

乃愈見其疵也

帳也聲類作幃說文曰彷彿相似見不諦也歸田賦曰揮翰墨以奮藻流芳未及歇遺挂
猶在壁洛神賦曰步蘅薄而流芳廣雅曰挂懸也悵怳如或存周遑忡驚惕
王逸楚辭注曰怳失意也如彼翰林鳥雙栖一朝隻曹植善哉行曰如彼翰鳥或飛
戾天王弼周易注曰翰鳥飛也曹植種葛篇曰下有交頸獸即雙栖禽也如彼遊川魚比目
中路析爾雅曰東方有比目魚焉不比不行春風緣隟來晨霤承檐滴說文
曰霤屋承水也寢息何時忘沈憂日盈積宋玉笛賦曰武毅發沈憂結庶幾
有時衰莊缶猶可擊郭璞爾雅注曰庶幾微幸也莊子妻死惠子弔之方箕踞鼓盆而歌惠子
曰與人居長子老身死不哭亦足矣又鼓盆而歌不已甚乎莊子曰不然是其始死也我獨何能無槩察其始
而本無生非徒無生而本無形非徒無形而本無氣人見偃然寢於巨室而我噭噭隨而哭之自以爲不通乎
命故止

原詩作凜

皎皎窻中月照我室南端室南端室之南正門清商應秋至溽暑
隨節闌秋風爲商已見上文禮記曰季夏土潤溽暑文穎漢書注曰闌希也說文曰溽濕暑也凜
凜涼風升始覺夏衾單古詩曰涼歲云暮毛萇詩傳曰衾被也豈曰無
重纊誰與同歲寒毛詩曰豈曰無衣與子同袍孔安國尚書傳曰纊細綿也歲寒無
與同朗月何朧朧毛詩曰叔兮伯兮靡所與同埤蒼曰朣朧欲明也展轉眄枕
席長簟竟牀空展轉已見上文牀空委清塵室虛來悲風莊子曰空
穴來風司馬彪曰門戶孔空風善從之古詩曰白楊多悲風獨無李氏靈髣髴覩爾
容桓子新論曰武帝所幸李夫人死方士李少君言能致其神乃夜設燭張幄令帝居他帳遙見好女似夫
人之狀還帳坐也撫衿長歎息不覺涕霑胷漢書公孫玃曰累撫衿魏武帝苦寒、
行曰延勁長歎息魏文帝歌行曰不覺淚下霑衣裳霑胷安能已悲懷從中起

此自嘲解之詞愈覺悽深無極

不

史記曰文帝意慘悽悲懷魏武帝短歌行曰憂從中來**寢興目存形遺音猶在耳**毛詩曰言念君子載寢載興禮記曰色不忘乎目楊脩傷夭賦曰悲體貌之潛翳兮目常存乎遺形左氏傳晉穆嬴曰今君雖終言猶在耳**上慙東門吳下愧蒙莊子**列子曰魏有東門吳者死子而不憂莊子蒙人故云蒙莊子**賦詩欲言志此志難具紀**尚書曰詩言志賈逵國語注曰紀猶錄也**命也可奈何長戚自令鄙**魚豢典略趙岐卒歌曰有志無時命也奈何論語曰小人長戚戚長笛賦曰長戚之士能閑居**曜靈運天機四節代遷逝**楚辭曰角宿未旦曜靈焉藏廣雅曰曜靈日也陳琳柳賦曰天機之運旋夫何逝之速也莊子天運篇曰天其運乎郭子玄曰不運而自行也**淒淒朝露凝烈烈夕風厲**毛詩曰秋日淒淒又曰冬日烈烈飄風發發**奈何悼淑儷儀容永潛翳**左氏傳施氏之婦曰已不能庇其伉儷杜預曰儷偶也魏太祖祭橋玄文曰幽靈潛翳邈哉緬矣**念此如昨日誰知已**

卒歲。（蒼頡篇曰晬匝日也毛詩曰無衣無褐何以卒歲）改服從朝政，哀心寄私制。茵幬張故房，朔望臨爾祭。（鄭玄禮記注曰茵褥也毛詩箋曰幬床帳也）爾祭詎幾時，朔望忽復盡。衾裳一毀撤，千載不復引。（爾雅曰引陳也）亹亹朞月周，戚戚彌相愍。（楚辭曰時亹亹而過中又曰居戚戚而不解）悲懷感物來，泣涕應情隕。（感物已見上文毛詩曰涕既隕之）駕言陟東阜，望墳思紆軫。（毛詩曰駕言出遊又楚辭曰鬱結紆軫兮離愍而長鞠）徘徊墟墓間，欲去復不忍。（禮記周豐曰墟墓之間未施哀於民而民哀）徘徊不忍去，徙倚步踟躕。（毛詩序曰彷徨不忍去楚辭曰步徙倚而遙思）落葉委埏側，枯荄帶墳隅。（聲類曰埏墓隧也方言曰荄根也）孤魂獨煢煢，安知靈與無。（曹子建贈白馬王彪詩曰孤魂翔故城楚辭曰魂煢煢兮不遑寐）投心遵朝命，揮涕強就車。（揮涕已見）

上文誰謂帝宮遠路極悲有餘毛詩曰誰謂宋遠莊子曰
知反帝宮禮記子路曰吾
聞諸夫子喪禮與其哀不足而禮
有餘也不若禮不足而哀有餘也

廬陵王墓下作一首五言宋武帝子義真封
廬陵王未之藩而高祖崩
廬陵聰敏好文常與靈運周旋屬少帝失德
朝廷謀廢立之事次在廬陵言廬陵輕訬不
任主社稷因其與少帝不協徐羨之等奏廢
廬陵爲庶人徙新安郡羨之使使殺廬陵也
後有讒靈運欲立廬陵王遂遷出之後知其
無罪追還至曲阿過丹陽文帝問曰自南行
來何所制作對曰過
廬陵王墓下作一篇

謝靈運

曉月發雲陽落日次朱方越絕書曰曲阿爲雲陽縣左
氏傳曰吳伐楚以報朱方之
役杜預曰朱方吳也吳地
記曰吳改朱方曰丹徒
含悽泛廣川灑淚眺連崗史記
曰夵
小君曰廣川大水山林谿谷楚辭曰還顧高丘泣
如灑青烏子相冢書曰天子葬高山諸侯葬連崗
眷言

懷君子沈痛結中腸毛詩曰眷言顧之阮藉詠懷詩曰容好結中腸道消結憤懣運開申悲涼道消少帝之日運開文帝之初也沈約宋書曰少帝諱義符武帝長子即位爲邢安泰所害周易否卦曰小人道長君子道消白虎通曰天子崩赴諸侯何緣臣子哀痛憤懣無能不告諸侯者也春秋說題辭曰天子崩黎庶殞涕海內悲涼宋均曰涼愁也神期恒若在德音初不忘家語曰今之言五帝三王者威靈若存王肅曰其威與明靈常若存也毛詩曰彼美孟姜德音不忘徂謝易永久松柏森已行尚書曰帝乃徂落毛詩曰我行永久曹植寡婦詩曰高墳鬱兮巍巍松柏森兮成行延州協心許楚老惜蘭芳新序曰延陵季子將西聘晉帶寶劒以過徐君徐君不言而色欲之季子爲有上國之事未獻也然心許之矣使於晉顧反則徐君死於是以劒帶徐君墓樹而去漢書曰龔勝者楚人也字君賓勝卒有一老父來吊其哭甚哀既而曰嗟乎薰以香自燒膏以明自銷龔先生竟天天年非吾徒也遂趍而出莫知其誰徐州先賢傳曰楚老者彭城之隱人也解

緲竟何及撫墳徒自傷解緲已見上注潘岳虞茂春誄曰姨撫墳兮告辭皆莫能兮仰視顧愷之拜宣武墓詩曰遠念羨昔存撫墳哀今士平生疑若人通蔽互相妨若人謂延州及楚老也令德高遠足通也解緲撫墳是蔽也論語子謂子賤曰君子哉若人桓子新論曰漢高祖建立鴻基侔功湯武及身病得良醫弗用專委婦人歸之天命亦以誤矣此必通人而蔽者也理感深情慟定非識所將言己往日疑彼三人迨乎今辰己亦復耳斯則理感既深情便悲慟定非心識之所能行也王隱晉書曰荀粲與傳嘏善夏侯玄亦親常謂嘏玄曰子等在丗業間功名玄必勝我識減我耳嘏難曰能成功名者識也天下孰有本不足而末有餘者粲曰功名爲之所獎然則志自一物耳固非識之所獨齊我以能役子等爲貴未能齊子所爲也毛萇詩傳曰將行也脆促良可哀夭枉特兼常莊子曰其生也柔脆其死也枯槁趙岐孟子章句曰良甚一隨往化滅安用空名揚莊子曰已化而生又化而死孝經曰揚名於後丗舉聲泣已灑長歎不

成章。孟子曰君子之志於道也不成章不達

拜陵廟作一首 五言沈約宋書曰漢儀上陵歲以爲常魏無定制江左元帝崩後諸侯始有謁陵辭陵事蓋率情而舉非京洛之舊自元嘉已來每正月輿駕必謁初寧陵復漢儀

顏延年

周德恭明祀漢道尊光靈周書曰各助王恭明祀東觀漢記上賜東平王蒼書曰今送光烈皇后衣一篋令魯國孔氏尚有仲尼車輿冠履明德盛者光靈遠也哀敬隆祖廟崇樹加園塋漢書房中歌曰乃立祖廟敬明尊親如淳漢書注曰塋墓田也逮事休命始投迹階王庭休命始高祖之初也禮記曰逮事父母尚書曰陳于商郊俟天休命莊子曰多物將往投迹者衆周易曰夬揚于王庭陪厠迴天顧朝讌流聖情毛詩曰不明爾德時無背無側爾德不明時無陪無卿鄭玄毛詩箋曰迴首曰顧早服身義重晚達生戒

輕。服服事也早服恩淺也故以存身之義爲重也達官達也晚達恩厚故以養生之戒爲輕也王逸晉書曰孔坦上表曰士死知遇恩令命輕否來王澤竭泰往人悔形否來泰往少帝之時也否泰易二卦名也言王之德澤既竭人之悔吝形見班固西都賦序曰王澤竭而詩不作周易曰悔吝者憂虞之象也列子曰公孫朝不知世道之安危入理之悔吝周易曰否之匪人不利君子貞又曰泰君子道長小人道消勑躬。慙。積。素。復與。昌。運。升。孝經鉤命決曰勑躬未濟汲汲孳孳者四子講德論曰非有積素累舊之權春秋孔演圖曰帝當會昌成封岱宗宋均曰應會之期耳恩合非漸漬榮會在逢迎論語糾滑讖曰漸漬以道廢消乃行戰國策曰田光造燕太子跪而逢迎却行爲道夙御嚴清制朝駕守禁城東紳入西寢伏軫出東坰紳大帶也論語子曰赤也束帶立於朝西寢廟在西也莊子曰宣尼伏軫而嘆東坰陵所在也衣冠。終。冥。漢陵。邑。轉。葱。青。漢書曰自高祖已下各自君陵傍立廟月一遊衣冠吊魏武文曰悼繐帳之冥

駐　別本

漢漢書景帝紀曰作陽陵張晏曰景帝作壽陵起邑南都賦曰章陵鬱以青蔥松風遵路急山
烟冒壟生說文曰冒覆也方言曰秦晉之間冢謂之壟皇心憑容物民思被歌
聲皇心謂文帝也司馬彪續漢書曰根車旋載容衣被歌聲班固漢書贊曰元帝自度曲被歌應劭曰持新
曲以爲歌聲也然此言人之思慕被在歌謳之聲萬紀載絃吹千載託旒旌漢書
詔曰制禮作樂各有由歌者所以發德也又曰聖王已沒鍾鼓管絃之聲未衰儀禮士喪禮曰爲銘各以其物
鄭玄曰銘明旌也以死者不可別故以其旗識之以別貴賤故云表德也天子各有建也未殊帝世
遠已同淪化萌言帝澤被天下威靈若存故未殊其遠而已質雖存其神已謝故同乎淪化之
萌也幼牡(壯)困孤介末暮謝幽貞漢書音義臣瓚曰介特也周易曰幽人貞吉發
軌喪夷易歸軿(亦)慎崎(奇)傾(頂)以車之行喻己之仕也發軌弱冠也王武子荅何劭詩曰計終
收遐致發軌將尤起封禪書曰軌迹夷易易遵也歸軿暮年也楚辭曰覩軿上兮崎傾

同謝諮議銅雀臺詩一首 五言集曰謝諮議璟魏志曰建安十五年冬作銅雀臺魏武遺令曰吾伎人皆著銅爵臺於臺上施六尺床繐帳朝晡上脯糒之屬月朝十五日輒向帳作伎汝等時時登銅爵臺望吾西陵墓田

謝玄暉

繐幃飄井幹罇酒若平生 鄭玄禮記注曰凡布細而疏者謂之繐今南陽有鄧繐淮南子曰大構架興宮室有雞棲井幹許慎曰皆屋構飾也司馬彪莊子注曰幹井欄然井幹臺之通稱也鬱鬱西陵樹詎聞歌吹聲 不敢指斥故以樹言之也芳襟染淚迹嬋媛空復情 楚辭云心嬋媛而傷懷兮王逸曰嬋媛牽引也玉座猶寂漠況迺妾身輕 易是謀類曰假咸出坐玉床鄭玄曰坐玉床處天之位也寡婦賦曰懼身輕而施重

出郡傳舍哭范僕射一首 五言劉璠梁典曰天監二年僕射范

雲卒任昉與義興貽沈約書曰永念平生忽爲疇昔然此郡謂義興也劉熙釋名曰傳舍也使人所止息而去後人復來轉相傳也風俗通曰諸有傳信乃得舍於傳也

任彦昇 劉璠梁典曰任昉字彦昇樂安人年四歲誦古詩數十篇十六舉秀才第一辭章之美冠絶當時爲寧朔將軍新安太守卒

平生禮數絶式瞻在國楨 國楨謂范雲也左氏傳曰名瞻清懿毛詩曰思皇多士生此王國王國克生惟周之楨毛萇詩傳曰楨幹也

一朝萬化盡猶我故人情 莊子曰若人之形者萬化而未始有極也史記范雎謂須賈曰戀戀有故人之意

待時屬興運王佐俟民英 易曰君子藏器於身待時而動班固漢書曰劉向稱董仲舒有王佐之才也袁子正書曰立德蹈禮謂之英子産季札人之英也

結懽三十載生死一交情 左氏傳曰楚子使椒舉如晉曰寡君願結懽於二三君史記太史公云下邽翟公曰一死一生

乃知交情携手遁衰孽接景事休明衰孽齊東昏侯也休明梁武帝也班固漢
書述曰携手遯于秦鄭玄毛詩箋曰孽支庶也抱朴子曰携手而遊接景而處左氏傳曰王孫滿曰德之休明
運阻衡言革時泰玉階平曾子曰天下有道則君子訢然以交同天下無道則衡言
不革孔安國尚書傳曰衡平也言平常之言也彼言不革此言革言亂之甚也長楊賦曰玉衡正而泰階平濬
沖得茂彥夫子值狂生傅暢讚曰王戎字濬沖戎爲選官時江夏李重字茂曾汝南李
毅字茂彥重以清尚毅淹而通二人操異俱處要職戎以識會待之各得其用夫子謂范雲狂生昉自謂也梁
典曰范雲爲吏部尚書又曰昉爲吏部侍郎淮南子曰臺無所鑒謂之狂生高誘曰臺持也所鑒者玄德故爲
狂生臺古握字也漢書曰酈食其人皆謂之狂生伊人有涇渭非余揚濁清伊人
謂范雲也綜核人物涇渭殊流非余狂生能揚清激濁也毛詩曰涇以渭濁湜湜其沚孫綽曰涇渭殊流雅鄭
異調曹子建贈丁儀詩曰涇渭揚濁清將乖不忍別欲以遣離情言將乖之初不

言不忍別者一辰之意今則千齡永別令人萬恨俱生也

忍便訣欲留少選之頃以遣離曠之情也不忍一辰意千齡萬恨生言昔日將乖不忍一辰之意況今千齡永隔萬恨俱生者乎毛萇詩傳曰辰時也應璩與許子後書曰前別倉卒情意不悉追懷萬恨已矣平生事詠歌盈篋笥新序孫叔敖曰筐篋之橐橐簡書說文曰篋笥也復相嘲謔常與虛舟俱蒼頡篇曰嘲調也字書曰嘲亦啁也毛詩曰善戲謔兮莊子曰方舟而濟於河有虛舟來觸舟雖有褊心之人不怒也何時見范侯還敘平生意與子別幾辰經塗不盈旬左氏傳曰日月之會是謂辰以子丑配甲乙也經猶歷也弗覩朱顏改徒想平生人楚辭曰美人既醉朱顏酡又曰容則秀雅稚朱顏寧知安歌日非君撤瑟晨楚辭曰猶憤積而哀娛兮翔江州而安歌王逸曰安意歌今自寛慰也儀禮曰有疾病者齊撤瑟琴已矣余何歎輟春哀國均史記趙良謂商鞅曰五羖大夫死秦國男女流涕春者不相杵毛詩曰尹氏太師維周之氐秉國之均四方是維毛萇曰均平也

衡 别本及藝文類聚

原鈔作之

贈荅上

## 贈蔡子篤詩一首 四言晉官名曰蔡睦字子篤爲尚書

王仲宣

翼翼飛鸞載飛載東翼翼飛貌也鸞喻子篤也楚辭曰高翔翔之翼翼毛詩曰載飛載鳴我友云徂言戾舊邦蔡氏譜曰睦濟陽人毛詩曰我友敬矣又曰周雖舊邦舫舟翩翩以泝大江楚辭曰將舫舟而下流揚與方同蔚矣荒塗時行靡通董仲舒士不遇賦曰懼荒塗而難踐慨我懷慕君子所同毛詩曰慨我寤歎封禪書曰懷而慕思也悠悠世路亂離多阻毛詩曰悠悠南行又曰亂離瘼矣濟岱江衍邈焉異處濟岱近兗州子篤所往江行近荊州仲宣所居也風流雲散一別如雨鸚鵡賦曰何今日以雨絕陳琳檄吴將校曰雨絕于天然諸人同有此言未詳其始人生實難

○風与下不韵疑此有誤也

○法及進劉本

願其弗與。張奐與崔子書曰人生實難所務非此瞻望遐路，允企伊佇。毛詩
曰瞻望弗及佇立以泣又曰跂予望之鄭玄曰跂足可以望見之跂與企同烈烈冬日，肅肅
淒風。毛詩曰冬日烈烈左氏傳申豐曰春無淒風潛鱗在淵，歸鴈載軒。魚鴈言時
候也毛詩曰魚潛在淵鄭玄曰寒則逃於淵史記曰楚人有好以弱弓微繳加歸鴈之上軒飛貌苟非
鴻鵰，孰能飛飜。飛因所見而言之毛詩曰匪鶉匪鳶翰飛戾天毛萇注曰鶉鵰也雖則追
慕，予思罔宣。法言曰夫進也者進於道慕於德尚書曰予思日孜孜瞻望東路，慘
愴增歎。率彼江流，爰逝靡期。毛詩曰率彼淮浦君子信誓，不遷
于時。毛詩曰言笑晏晏信誓旦旦及子同寮，生死固之。左氏傳曰先蔑之使也荀
林父止之曰同官爲寮吾嘗同寮敢不盡心乎何以贈行，言授斯詩。晏子春秋曰曾子將
行晏子送曰嬰聞贈人以財不若以言請以言乎夫蘭本三年成而湛之以酒則君子不近湛之麋醢貨以匹

馬願子尅求所湛中心孔悼涕淚漣洏毛詩曰中心是悼周易曰泣血漣如杜預左氏傳注曰而語助也嗟爾君子如何勿思毛詩曰君子行役如之何勿思

贈士孫文始一首四言三輔決録趙岐注曰士孫孺子名萌字文始少有才學年十五能屬文初董卓之誅也父瑞知王允必敗京師不可居乃命萌將家屬至荆州依劉表去無幾果爲李傕等所殺及天子都許昌追論誅董卓之功封萌爲澹津亭侯與山陽王粲善萌當就國粲等各作詩以贈萌于今詩猶存也

王仲宣

天降喪亂靡國不夷毛詩曰天降喪亂滅我立王又曰亂生不夷靡國不泯廣雅曰夷滅也我暨我友自彼京師爾雅曰暨與也毛詩曰自彼氐羌宗守盪失越用遁違杜預左氏傳注曰越遠也鄭玄禮記注曰遁逃也孔安國尚書傳注曰違避也遷于荆

楚在漳之湄山海經曰荆山漳水出焉毛詩曰居河之湄在漳之湄亦尅宴處劉歆七略曰宴處從容觀詩書和通篪塤比德車輔毛詩曰伯氏吹塤仲氏吹篪毛萇云土曰塤竹曰篪鄭玄曰其相應和如塤篪左氏傳曰宮之奇曰諺所謂輔車相依脣亡齒寒其虞虢之謂乎

既度禮義卒獲笑語毛詩曰獻酬交錯禮儀卒度笑語卒獲庶茲永日無斁厥緒毛詩曰且以喜樂且以永日尚書曰荒墜厥緒雖曰無斁時不我已鄭玄毛詩箋曰已與也同心離事乃有逝止張衡怨詩曰同心離居絕我中腸横此大江淹彼南汜楚辭曰横大江兮揚靈王逸曰横度大江揚己精誠也毛詩曰江有汜之子歸不我已我思弗及載坐載起毛詩曰瞻望弗及張衡怨詩曰我聞其聲載坐載起惟彼南汜君子居之論語曰君子居之何陋之有悠悠我心薄言慕之毛詩曰青青子衿悠悠我心又曰采采芣苢薄言采之人亦有言靡日不思毛詩

曰人亦有言靡哲不愚又曰有懷于衛靡日不思矧伊嬿婉胡不悽而毛詩曰矧伊人叒又曰人無兄弟胡不比焉晨風夕逝託與之期毛萇詩傳注曰晨風鸇也楚辭曰因歸鳥而致詞羌迅高而難當瞻仰王室慨其永歎毛詩曰瞻仰昊天尚書曰以蕃王室毛詩曰慨其歎矣又曰我思肥泉茲之永歎良人在外誰佐天官毛詩曰維此良人弗求弗迪尚書曰天工人其代之孔安國曰人代天理官不以天官私非其材四國方阻俾爾歸蕃爾之歸蕃作式下國毛詩曰四國于蕃又曰俾爾多益尚書曰世世享德萬邦作式鄭玄毛詩箋曰式法也毛詩曰命于下國無曰蠻裔不虔汝德賈逵國語注曰虔敬也慎爾所主率由嘉則毛詩曰慎爾出話又曰不愆不忘率由舊章又曰仲山甫之德柔嘉維則龍雖勿用志亦靡忒周易曰潛龍勿用陽在下也鄭玄毛詩箋云忒差也悠悠澹澧澧鬱彼唐林荊州圖曰漢壽縣城南一百步有澹水出縣西陽山又曰澧陽縣蓋即澧水爲

湯球輯臧榮緒晉書無此條姑附臧注

名也在郡西南接澧水晉書曰天門有零陽縣南平郡有作唐縣盛弘之荊州記曰零陵東接作唐然此三縣連延相接唐林即唐地之林也雖則同域邈其迴深爾雅曰迴遠也白駒遠志古人所箴允矣君子不遐厥心既往既來無密爾音毛詩曰皎皎白駒在彼空谷生芻一束其人如玉無金玉爾音而有遐心又曰允矣君子展也大成

贈文叔良一首四言干寶搜神記曰文穎字叔良南陽人繁欽集又云爲荊州從事文叔良作移零陵文而粲集又有贈叔良詩獻帝初平中王粲依荊州劉表然叔良之爲從事蓋事劉表也詳其詩意似聘蜀結好劉璋也

王仲宣

翩翩者鴻率彼江濱毛詩曰翩翩者鵻說文曰翩翩飛疾貌君子于征爰聘西鄰毛詩曰之子于征西鄰謂蜀也臨此洪渚伊思梁岷楚辭曰伊思兮往古爾往孔邈如何勿勤君子敬始慎爾所主老子曰慎終如始則無敗事孟子曰吾聞之觀近臣以其

所爲主觀遠臣以其所主趙岐曰近臣當爲遠方來賢者爲主遠臣而至主於在朝臣之賢者也謀言必賢錯說申輔鄭玄禮記注曰賢善也所言說當申相輔也中或爲東非也延陵有作僑肹是與公孫僑子產也羊舌肹叔向也左氏傳曰吳公子札聘于鄭見子產如舊相識與之縞帶子產獻紵衣適晉說叔向將行謂叔向曰吾子勉之君侈而多良大夫皆富政將在家吾子直必思自免於難也先民遺跡來世之矩毛詩曰先民有作温恭朝夕尚書曰弓恐來世以台爲口實既慎爾主亦過知幾探情以華觀著知微華喻貌越絕書子胥曰聖人見微知著覩始知已視明聽聰靡事不惟論語孔子曰君子有九思視思明聽思聰字林曰惟思也董褐荷名胡寧不師國語曰吳晉爭長未成吳王昬乃戒令秣馬食士於是晉師大駭乃令董褐請事曰兩君偃兵接好日中爲期今大國越境而造於弊邑之軍壘敢請辭故吳王親對之曰天子有令周室既卑約貢獻莫入上帝鬼神而不可以之告孤用視聽命於藩離之外董褐既致命乃告趙鞅曰觀吳王之色類有大

憂小則嬖妾嫡子死不則國有大難大則越入吳將毒不可與戰主其許之然而不可徒許也趙孟許諾晉乃令董褐復命曰曩君之言周室既卑諸侯失禮於天子今君奄王東海以淫名聞於天下有短垣而自踰之況蠻荆則何有於周室夫諸侯無二君而周無二王君若卑天子以干其不祥而曰吳公孤敢不順從君命長弟吳王許諾及退就幕而會吳公先歃晉侯亞之韋昭曰董褐晉大夫司馬寅也毛詩曰胡寧忍予

衆不可盡，無尚我言。

家語金人銘曰君子知天下之不可蓋也故下之廣雅曰尚高也我叔良也

梧宮致辯，齊楚構患。

說苑曰楚使使者聘於齊齊王饗之於梧宮使者曰大哉梧乎王曰江海之魚必吞舟大國之樹必巨圍使者何惟焉使者曰然昔者燕攻齊齊焚雍門飲馬于淄澠定獲於琅邪王與太后奔莒逃於成陽之山敢問當此之時梧之大小何如王命陳先生對之陳子曰臣不如貂勃貂勃對曰使者爲問植梧之始耶昔楚無道殺子胥之父子胥奔吳吳以爲相後將兵伐楚以復父讎楚王奔隨吳王入郢子胥親射宮門鞭平王之墳當此之時梧始生之年也齊楚於是構怨遂舉兵相伐也

成功有要在

衆思歡尚書帝曰成允成功惟汝賢又曰有倫有要人之多忌掩之實難左氏傳秦伯謂公孫枝曰夷吾其定乎對曰今其言多忌克難哉瞻彼黑水滔滔其流尚書曰華陽黑水惟梁州毛詩曰滔滔江漢南國之紀江漢有卷允來厥休言彼二國席卷而來信汝之美也言江漢之君有席卷之志信服而來自是美非汝之功也漢書劉敬說高祖曰今陛下徑往卷蜀漢定三秦二邦若否職汝之由言彼二國若懷不順此汝之由毛詩曰邦國若否仲山甫明之毛萇詩傳曰若順也否猶臧否也謂善惡也左氏傳范宣子數諸戎曰言語漏泄則職汝之由也緬彼行人鮮克弗留少能不留言多淹留也賈逵國語注曰緬思貌也左氏傳曰行人言使人也毛詩曰靡不有初鮮克有終尚哉君子于異他仇左氏傳楚子木語晉范武子之德王曰尚矣哉能歆神人杜預曰尚者上也毛萇詩傳注曰仇匹也人誰不勤無厚我憂楚辭曰惟天地之無窮哀生民之長勤我粲自謂也惟詩作贈敢詠在舟言爲詩以贈者

良注删

前二首一時作後二首各異時作

有在舟之義憂患同也鄧析子
曰同舟渡海中流遇風救患若一

## 贈五官中郎將四首 五言　劉公幹

昔我從元后整駕至南鄉元后謂曹操也至南鄉謂征劉表也尚書曰衆非元后何戴張衡思玄賦曰爰整駕而亟行毛詩曰維汝荆楚居國南鄉過彼豐沛都與君共翺翔豐沛漢高祖所居以喻譙也君謂五官也毛詩曰將翺將翔四節相推斥季冬風且涼四節已見潘安仁悼亡詩周易曰寒暑相推而歲成焉廣雅曰斥推也衆賓會廣坐明鐙熺炎光史記侯嬴曰公子自是迎嬴羣衆廣坐之中楚辭曰蘭膏明燭華鐙錯鐙與燈音義同廣雅曰熺熾也熺大明貌火其切清歌製妙聲萬舞在中堂毛詩曰公庭萬舞鄭玄曰萬舞干舞也金罍含甘醴羽觴行無方毛詩曰我姑酌彼金罍楚辭曰瑤漿蜜勺實羽觴長夜忘歸來聊且為大康毛詩曰無已大康職志其居四牡向路

馳歎恍誠未央四牡謂驪駒也漢書王式曰聞之於師客歌驪駒主人歌無庸歸音義曰逸詩篇名也

余嬰沈痼疾竄身清漳濱禮記曰身有痼疾說文曰痼久也漢書曰魏郡武始縣漳水至邯鄲入漳山海經曰少山清漳水出焉東流于濁漳之水自夏涉玄冬彌曠十餘旬揚雄羽獵賦曰玄冬季月天地隆烈杜預左氏傳注曰彌遠也蒼頡篇曰曠疎曠也常恐遊岱宗不復見故人援神契曰太山天帝孫也主召人魂尚書曰至于岱宗太山為四岳宗也所親一何篤步趾慰我身左氏傳蔿啓強曰今君親步玉趾清談同日夕情眄敘憂勤毛詩曰躬久思念至於憂勤也便復為別辭遊車歸西鄰西鄰鄴都素葉隨風起廣路揚埃塵逝者如流水哀此遂離分論語曰子在川上曰逝者如期夫不捨晝夜追問何時會要我以陽春楚辭

曰無衣裘以御冬恐死不得見平陽春望慕結不解貽爾新詩文蔡邕瞽師賦曰詠新詩以悲歌勉哉脩令德北面自寵珍左氏傳曰忠爲令德北面臣位也禮記曰君之南鄉荅陽之義也臣之北面荅君之義也秋日多悲懷感慨以長歎毛萇詩傳曰秋士悲也終夜不遑寐敘意於濡翰毛詩曰不遑假寐楚辭曰魂煢煢兮不遑寐韋昭漢書注曰翰筆也明鐙曜閨中清風淒已寒白露塗前庭應門重其關楚辭曰白露紛以塗毛詩曰乃立應門爾雅曰正門謂之應門四節相推斥歲月忽欲殫禮記曰歲既殫矣壯士遠出征戎事將獨難壯士謂五官也漢書高祖曰壯士行何畏出征謂在孟津也魏志曰建安十六年文帝立爲五官中郎將典略曰建安二十二年魏郡大疫徐幹劉楨等俱逝然其間唯有鎮孟津及黎陽而無所征伐故疑出征謂在孟津也以在鄴故曰出征以有兵衛故曰戎事也涕泣

鐙 据前音改

灑衣裳能不懷所歡洟泣幹曰謂也

涼風吹沙礫霜氣何皚皚易通卦驗曰巽氣不至則大風揚沙礫小石也說文曰皚皚霜雪貌劉歆遂初賦曰漂積雪之皚皚牛哀切

明月照緹幕華燈散炎輝緹丹色也華燈已見上文

賦詩連篇章極夜不知歸論衡曰興論立說結連篇章者文人鴻儒也

君侯多壯思文雅縱橫飛漢儀注曰列侯爲丞相稱君侯大戴禮曰天子不知文雅之辭少師之任

小臣信頑鹵僶俛安能追儀禮曰小臣正辭李尤東觀賦曰臣雖頑鹵慕小雅斯于歎詠之美僶俛已見上文論語曰參也魯孔安國曰魯鈍也魯與鹵同

## 贈徐幹一首 五言

劉公幹

誰謂相去遠隔此西掖垣毛詩曰誰謂宋遠跂予望之洛陽故宮銘曰洛陽宮有東掖門西掖門

拘限清切禁中情無由宣史記曰景帝居禁中禁中者門戶有禁非

侍御不得入楚辭曰抒中情而爲詩思子沈心曲長歎不能言毛詩曰在其板屋亂我心曲古詩曰氣結不能言起坐失次第一日三四遷步出北寺門風俗通曰尚書侍御史謁者所止皆曰寺也遥望西苑園細柳夾道生方塘含清源思玄賦曰旦余沐於清源輕葉隨風轉飛鳥何翻翻楚辭曰漂翻翻其上下乖人易感動涕下與衿連仰視白日光皦皦高且懸毛詩曰謂余不信有如皦日毛萇曰皦白也楚辭曰睎白日兮皎皎兼燭八紘內物類無頗偏韓子曰朱儒對衛靈公曰夫日兼燭天下一物不能當也揚雄解嘲云日月之經不千里則不能燭六合耀八紘音義曰八方之綱維也尚書曰無偏無陂遵王之誼我獨抱深感不得與比焉

## 贈從弟三首　五言　劉公幹

悽注
羅即罹古字

汎汎東流水磷磷水中石呂氏春秋曰水泉東流日夜不休毛詩曰揚之水白石磷磷毛萇傳曰清徹也蘋藻生其涯華紛何擾弱采之薦宗廟可以羞嘉客蘋藻以喻從弟也左氏傳君子曰苟有明信澗谿沼沚之毛蘋蘩蘊藻之菜可薦於鬼神可羞於王公毛詩曰所謂伊人於焉嘉客豈無園中葵懿此出深澤古詩曰青青園中葵朝露待日晞爾雅曰懿美也

亭亭山上松瑟瑟谷中風風聲一何盛松枝一何勁冰霜正慘愴終歲常端正楚辭曰霜露憯悽而交下豈不羅凝寒松栢有本性凝嚴也莊子曰天寒既至雪霜將降吾是以知松栢之茂也

鳳凰集南嶽徘徊孤竹根鳳生丹穴故曰南嶽鄭玄毛詩箋曰鳳凰之性非竹實不食亦喻從弟也於心有不厭奮翅凌紫氛豈不常勤苦羞與

羅即罹古字

黄雀羣黄雀喻俗士也何時當來儀將須聖明君尚書曰鳳凰來儀孔安國曰聖人受命則鳳凰至

# 文選卷第二十三

六月廿七日盱　侃誦

# 文選卷第二十四

梁昭明太子撰

文林郎守太子右内率府録事參軍事崇賢館直學士臣李善注上



贈荅二

陸士衡贈馮文羆遷斥丘令一首

荅賈謐一首并序　於承明作與士龍一首

贈尚書郎顧彥先二首

贈交阯太守顧公眞一首

贈從兄車騎一首　荅張士然一首

爲顧彥先贈婦二首　贈馮文羆一首

又贈弟士龍一首

潘安仁爲賈謐贈陸機一首

潘正叔贈陸機出爲吴王郎中令一首

贈河陽一首　贈侍御史王元貺一首

贈徐幹一首　五言　曹子建

驚風飄白日，忽然歸西山。夫日麗於天，風生平地，而言飄者，夫浮景駿奔，倏焉西邁，餘光杳杳，似若飄然。古步出夏門行曰：行行復行行，白日薄西山。圓景光未滿，衆星粲以繁。圓景，月也。論衡曰：日月之體，狀如正圓。鄭玄毛詩箋曰：景，明也。釋名曰：望，月滿之名也。論語曰：衆星共之。廣雅曰：粲，明也。志士營世業，小人亦不閑。論語子曰：志士仁人，無求生以害人。孔叢子曰：仲尼大聖，自茲以降，世業不替。聊且夜行遊，遊彼雙闕間。文昌鬱雲興，迎風高中天。劉淵林魏都賦注曰：文昌，正殿名也。廣雅曰：鬱，出也。爾雅曰：興，起也。地理書曰：迎風觀在鄴。列子曰：周穆王築臺，號曰中天之臺。春鳩鳴飛棟，流猋激櫺軒。爾雅曰：扶搖謂之飆。郭璞曰：暴風從上下者。猋與飆同，古字通。說文曰：櫺，楯間子也。徐幹齊都賦曰：窻櫺參差，景納陽軒。長廊之有窻也。顧念蓬室士，貧賤誠足憐。蓬室士，謂徐幹也。蒼頡篇曰：顧，旋也。列子

蓬室士注指北謂偉長偉長豈學人憐其哉

曰北宮子庇其蓬室若廣廈之蔭薇藿弗充虛皮褐猶不全墨子曰古之人其爲
食也足以增氣充虛而已鄭玄周禮注曰充足也淮南子曰貧人冬則羊裘短褐不掩形也忼慨有
悲心興文自成篇說文曰忼慨壯士不得志於心也鄭玄考工記注曰興發也寶棄怨
何人和氏有其德寶以喻幹和氏喻知己也韓子曰楚人和氏得璞玉於楚山之中奉而獻
之武王武王使玉人相之玉人曰石也跀和氏左足武王薨成王即位和又獻之玉人又曰石也跀其右足成
王薨文王即位和乃抱璞而哭於楚山之下王使玉人理其璞而得寶焉遂名曰和氏之璧跀音刖孔安國尚
書傳曰愆過也彈冠俟知己知己誰不然言欲彈冠以俟知己知己誰不同於棄寶
而能相萬乎漢書曰蕭育與朱博友往者有王陽貢公故長安語曰蕭朱結綬王貢彈冠晏子春秋越石父曰
士者申乎知己良田無晚歲膏澤多豐年良田膏澤喻有德也無晚歲多豐年喻必
榮也漢書曰翟義請陂下良田國語子餘曰君若膏澤之使能成嘉穀毛詩曰豐年穰穰亮懷璵璠

原校除作階 塗作除

美積久德逾宣爾雅曰亮信也蒼頡篇曰懷抱也左氏傳曰季平子行東野還未至卒于房陽虎將以璵璠斂杜預曰璵璠美玉君所佩也璵音餘璠音煩親交義在敦申章復何言莊子曰親交益疏孔安國尚書傳曰敦厚也又曰申重也

贈丁儀一首五言集云與都亭侯丁翼今云儀誤也魏略曰丁儀字正禮太祖辟儀爲掾

曹子建

初秋涼氣發庭樹微銷落漢書孝武傷李夫人賦曰桂枝落而銷亡凝霜依玉除清風飄飛閣楚辭曰淑凝霜之紛紛字書曰凝冰堅也玉除階也說文曰除殿階也西都賦曰玉除彤庭又曰脩塗飛閣朝雲不歸山霖雨成川澤廣雅曰八月浮雲不歸左氏傳曰凡雨自三日已往爲霖黍稷委疇隴農夫安所獲王逸楚辭注曰委棄也說文曰疇耕治之田也毛詩曰帥時農夫在貴多忘賤爲恩誰能博言俗之常

情也狐白足禦冬焉念無衣客言服狐白者不念無衣以喻處尊貴者多忘貧賤也晏子春秋曰景公之時雨雪三日公被狐白之裘坐於堂側謂晏子曰雨雪三日天下不寒何也晏子曰賢君飽知人飢溫知人寒楚辭曰無衣裘以禦冬毛詩曰無衣無褐何以卒歲思慕延陵子寶劍非所惜言延陵不欺於死而況其生者乎故已思慕之與異於俗也新序曰延陵季子將西聘晉帶寶劍以過徐君徐君不言而色欲之季爲有上國之事未獻也然心許之矣致使於晉顧反則徐君死於是以劍帶徐君墓樹而去廣雅曰惜愛也子其寧爾心親交義不薄

贈王粲一首 五言

曹子建

端坐苦愁思攬衣起西遊古詩曰攬衣起徘徊樹木發春華清池激長流中有孤鴛鴦哀鳴求匹儔鴛鴦喻粲也毛萇詩傳曰鴛鴦匹鳥也楚辭曰覽可與兮匹儔我願執此鳥惜哉無輕舟言願執鳥而無輕舟以喻己之思粲

而無良會也賈逵國語注曰惜痛也戰國策蘇代曰水浮輕舟欲歸忘故道顧望但懷愁傅毅七激曰無物可樂顧望懷愁鄭玄毛詩箋曰迴首曰顧悲風鳴我側羲和逝不留楚詞曰哀江介之悲風又曰吾令羲和弭節兮王逸曰羲和日御也墨子曰時不可及日不可留重陰潤萬物何懼澤不周重陰以喻太祖蔡邕月令章句曰陰者密雲也誰令君多念自使懷百憂毛詩曰我生之後逢此百憂

又贈丁儀王粲一首五言集云荅丁敬禮王仲宣翼字敬禮今云儀誤也

曹子建

從軍度函谷驅馬過西京魏志曰建安二十年公西征張魯漢書弘農縣故秦函谷關毛詩曰驅馬悠悠山岑高無極涇渭揚濁清毛萇詩傳曰涇渭相入而清濁異壯哉帝王居佳麗殊百城漢書曰高祖南過曲逆曰壯哉縣高誘戰國策注曰佳大

原鈔作以

臺

也麗美也謝承後漢書曰黃琬拜豫州威邁百城負闕出浮雲承露槩泰清西京賦曰圓闕竦以造天淮南子曰魏闕之高上際青雲西都賦曰抗仙掌與承露廣雅曰抗摩也槩與抗同古字通鶡冠子曰上及泰清下及太寧皇佐揚天惠四海無交兵皇佐太祖也邊讓章華賦曰建皇佐之高勳飛仁聲之顯赫左氏傳箴尹克黃曰君天也不語孔子曰君惠臣忠楚漢春秋吳廣說陳涉曰王引兵西擊則野無交兵權家雖愛勝全國為令名權家兵家也史記曰呂尚其事多兵權與奇計孫子兵法曰用兵法全國為上破國次之左氏傳子產曰令名德之輿也鄭玄禮記注曰名令聞也君子在末位不能歌德聲君子謂丁王也琴操曰古者君子在位役不踰時德聲謂太祖令德之聲也丁生怨在朝王子歡自營歡怨非貞則中和誠可經言歡怨雖殊俱非忠貞之則惟有中和樂職誠可謂經也漢書王襃使王襃作中和樂職宣布詩如淳曰言王政中和在官者樂其職鄭玄周禮注曰經法也

到洛　毎

贈白馬王彪一首 五言魏志曰楚王彪字朱虎武帝子也初封白馬王後徙封楚集曰於圈城作又曰黃初四年五月白馬王任城王與余俱朝京師會節氣日不陽任城王薨至七月與白馬王還國後有司以二王歸藩道路宜異宿止意毒恨之蓋以大别在數日是用自剖與王辭焉憤而成篇

曹子建

謁帝承明廬逝將歸舊疆陸機洛陽記曰承明門後宫出入之門吾常怪謁帝承明廬問張公云魏明帝作建始殿朝會皆由承明門毛詩曰逝將去汝舊疆鄄城也時植雖封雍丘仍居鄄城清晨發皇邑日夕過首陽陸機洛陽記曰首陽山在洛陽東北去洛二十里伊洛廣且深欲濟川無梁楚詞曰道壅塞而不達江河廣而無梁汎舟越洪濤怨彼東路長國語曰秦汎舟于河西京賦曰起洪濤而揚波顧瞻戀城闕引領情内傷其一毛詩曰顧瞻周道又曰在城闕兮朱氏傳穆叔謂晋侯曰引領西望曰庶幾乎楚詞曰永

別本及三國志注引何晏魏氏春秋

懷兮内傷太谷何寥廓山樹鬱蕭蒼蒼薛綜東京賦注曰太谷在洛陽西南風俗通曰泰山松樹鬱鬱蒼蒼霖雨泥我塗流潦浩縱橫魏志曰黃初四年七月大雨伊洛溢流毛萇詩傳曰行潦流潦也中逵絶無軌改轍登高岡毛詩曰肅肅兎罝施於中逵廣雅曰軌迹也脩坂造雲日我馬玄以黃其二毛詩曰陟彼高岡我馬玄黃毛萇曰玄馬病則黃玄黃猶能進我思鬱以紆楚詞曰顛假簧以舒憂志紆鬱其難釋王逸曰紆屈也鬱愁也鬱紆將難進親愛在離居楚詞曰將以遺兮離居圖相與偕中更不克俱毛萇詩傳曰借俱也鴟梟鳴衡扼豺狼當路衢鴟梟豺狼以喻小人也毛詩曰懿厥哲婦爲梟爲鴟漢書杜文謂孫寶曰豺狼當路不宜復問狐狸公羊傳曰楚莊王伐鄭放乎路衢何休注曰路衢郭内衢也蒼蠅間白黑讒巧令親踈毛詩曰營營青蠅止於樊鄭玄曰蠅之爲蟲汙白使黑汙黑使白喻侫人變亂善惡也廣雅曰間毁也

欲還絶無蹊。攬轡止踟躕。其三 楚辭曰攬騑轡而下節毛詩曰搔首踟蹰踟躕

亦何留相思無終極漢素息夫躬絶命詞曰嗟若是欲何留也秋風發微涼。

寒蟬鳴我側。蔡邕月令章句曰寒蟬應陰而鳴鳴則天涼故謂之寒蟬也原野何蕭

條白日忽西匿。楚辭曰山蕭條而無獸又曰日杳杳而西頽歸鳥赴喬林翩

翩厲羽翼。毛詩曰翩翩者雛厲疾貌孤獸走索群。銜草不遑食。尚書曰不

遑暇食感物傷我懷。撫心長太息。其四廣雅曰感傷也古詩曰感物懷所思列子

曰師襄乃撫心高蹈楚辭曰長太息以掩涕太息將何爲。天命與我違。鄭玄周易

注曰命所受天命也楚辭曰屬天命而委之咸池王逸曰咸池天神也古詩曰同袍與我違毛萇詩傳曰違離

也謂不耦也奈何念同生。一往形不歸。魏志曰武皇帝卞皇后生任城王彰陳思

王植左氏傳曰鄭罕駟豐同生杜預曰罕子皮駟子皙豐公孫段也三家本同母兄弟也漢書武帝詔曰梁王

親慈同生願以邑分弟孤魂翔故城一云翔古坊魏志城作域靈柩寄京師漢書貢禹上書曰骸骨棄捐孤魂不歸存者忽復過亡沒身自衰人生處一世去若朝露晞漢書李陵謂蘇武曰人生如朝露何久自苦如此薤露歌曰薤上零露何易晞毛萇詩傳曰晞乾也年在桑榆間影響不能追日在桑榆以喻人之將老東觀漢記光武曰失之東隅收之桑榆仲長子昌言曰捷疾馳影響人間也自顧非金石咄唶令心悲其五鄭玄毛詩箋曰顧念也古詩曰人生非金石豈能長壽考說文曰咄叱也丁兀切聲類曰唶大呼也子夜切言人命叱呼之間或至夭喪也心悲動我神棄置莫復陳丈夫志四海萬里猶比隣恩愛苟不虧在遠分日親鄧析子曰遠而親者志相應也分猶志也何必同衾幬然後展慇懃毛詩曰抱衾與裯毛萇曰衾被也鄭玄曰裯床帳也幬與裯古字同憂思成疾疢無乃兒女仁毛詩曰心之憂矣疢如疾首史記曰呂公謂呂

媪曰非兒女之所知又韓信謂漢祖曰項王所謂婦人之仁也倉卒骨肉情能不懷苦
辛其六李陵書曰前書倉卒骨肉謂兄弟也蘇子卿詩云骨肉緣枝葉古詩又曰轗軻長苦辛苦辛
何慮思天命信可疑虛無求列仙松子久吾欺班固楚辭序曰
帝閽宓妃虛無之語論衡曰傳稱赤松王喬好道爲仙度世不死是又虛也魏武帝善哉行曰痛哉世人見欺
神仙變故在斯須百年誰能持漢書谷永曰三郡所奏皆有變故鄭玄周禮注曰故
災也禮記君子曰禮樂不可斯須去身鄭玄曰斯須猶須臾也古詩曰生年不滿百呂氏春秋曰人之壽久不
過百離別永無會執手將何時蔡琰詩曰念別無會期毛詩曰執子之手與子偕老
王其愛玉體俱享黃髮期七發曰太子玉體不安東觀漢記太子報桓榮書曰君
慎疾加飡重愛玉體杜預左氏傳注曰享受也尚書曰詢茲黃髮收淚即長路援筆從
此辭其七韓詩外傳曰孫叔敖治楚三年而楚國霸楚史援筆而書於策蘇武詩曰去去從此辭

吹

## 贈丁翼二首 五言文士傳曰：翼字敬禮，儀之弟也，爲黄門侍郎。

曹子建

嘉賓塡城闕，豐膳出中廚。鄭玄禮記注曰：塡，滿也。毛詩曰：我有嘉賓。城闕已見上文。吾與二三子，曲宴此城隅。論語子曰：二三子以我爲隱乎？吾無隱乎爾。毛詩曰：俟我於城隅。秦筝發西氣，齊瑟揚東謳。楚辭曰：挾秦筝而彈徵。歌録有美女篇齊瑟行。史記蘇秦說秦王曰：臨菑甚富，其民無不吹竽鼓瑟。說文曰：謳，齊歌也。肴來不虛歸，觴至反無餘。我豈狎異人，朋友與我俱。毛詩曰：豈伊異人，兄弟匪他。爾雅曰：狎，習也。毛詩序曰：伐木，燕朋友故舊也。大國多良材，譬海出明珠。禮斗威儀曰：其君乘金而王，則江海出大貝明珠。君子義休偫，小人德無儲。言君子之義，美而且具；小人之德，寡而無儲也。說文曰：偫，待也。一曰具也。儲謂蓄積之以待無也。積善有餘慶，榮枯立

李文作襲穆

別本　盻即眄字

可湏周易曰積善之家必有餘慶孔安國尚書傳曰湏待也滔蕩固大節世俗多所拘淮南子曰使神滔蕩而不失其充又曰曲士不可與語至道拘於俗而束於教君子通大道無顧爲世儒論衡曰説經者爲世儒

贈秀才入軍五首四言集云兄秀才公穆入軍贈詩劉義慶集林曰嵇憙字公穆舉秀才　嵇叔夜

良馬既閑麗服有暉毛詩曰良馬四之又曰君子之馬既閑且馳鄭玄曰閑習也廣雅曰麗好也揚雄反騷曰素初眄厥麗服兮左攬繁弱右接忘歸新序曰楚王載繁弱之弓忘歸之矢以射兕於雲夢風馳電逝躡景追飛四子講德論曰風馳雨集雜襲並至孫該琵琶賦曰飄風電逝舒疾無方七啓曰忽躡景而輕騖凌厲中原顧眄生姿劉歆遂初賦曰登句注以凌厲廣雅曰凌馳也厲上也風俗通曰顏色厚所顧眄若以親密也攜我好仇載

我輕車毛詩曰君子好仇南凌長阜北厲清渠廣雅曰凌乘也王逸楚辭注曰厲度也仰落驚鴻俯引淵魚盤于遊田其樂只且西京賦曰盤于游畋其樂只且

輕車迅邁息彼長林春木載榮布葉垂陰習習谷風吹我素琴毛詩曰習習谷風秦嘉婦徐氏書曰芳香既珍素琴又好咬咬黃鳥顧疇弄音毛詩曰交交黃鳥古歌曰黃鳥鳴相追咬咬弄好音感悟馳情思我所欽古詩曰馳情整中帶心之憂矣永嘯長吟毛詩曰心之憂矣我歌且謡杜篤連珠曰能離光明之顯長吟永嘯

浩浩洪流帶我邦畿毛萇詩傳曰畿疆也萋萋綠林奮榮揚暉魚龍瀺灂山鳥羣飛樂動聲儀曰風雨動魚龍仁義動君子上林賦曰瀺灂霣墜劉向七言曰

顧愷之每重嵇康四言詩因爲之圖恒云手揮五絃易目送歸鴻難　見世說晉書

山鳥羣鳴我心懷駕言出游日夕忘歸毛詩曰駕言出遊楚辭曰日將暮兮悵忘歸思我良朋如渴如飢毛詩曰每有良朋曹植責躬詩曰遲奉聖顔如渴如飢願言不獲愴矣其悲張衡詩曰願言不獲終然永思曹植責躬詩曰心之云慕愴矣其悲息徒蘭圃秣馬華山蘭圃蕙圃也毛詩曰之子于歸言秣其馬毛萇詩傳曰秣養也華山山有光華也流磻平皐垂綸長川說文曰磻以石著弋繳也鄭玄毛詩箋曰釣者以絲爲之綸目送歸鴻手揮五絃漢書曰周亞夫趨出上以目送之歸田賦曰彈五絃於妙指俯仰自得游心泰玄楚辭曰漠虛靜以恬愉兮澹無爲而自得泰玄謂道也淮南子曰自得者全其身者也全其身則與道爲一矣嘉彼釣叟得魚忘筌莊子曰莊子釣於濮水之上又曰筌者所以得魚也得魚而忘筌蹄者所以在兎也得兎而忘蹄言者所以在意也得意而忘言吾焉得夫忘言之人而與之言哉郢人逝矣誰與盡言莊子曰莊子送葬過惠子之墓顧謂

原作之

從者曰郢人堊漫其鼻端若蠅翼使匠石斲之匠石運斤成風聲而斲之盡堊而鼻不傷郢人立不失容宋元君聞之召匠石曰嘗試爲寡人爲之匠石曰臣則嘗能斲之雖然臣質死久矣自夫子之死也吾無以爲質矣吾無與言之矣

閑夜肅清朗月照軒舞賦曰夫何皦皦之閑夜明月列以施光軒已見曹子建贈徐幹詩注微風動袿組帳高褰方言曰袿謂之裾音圭袿或爲幃周禮曰幕人掌帷幕幄帟綬之事鄭司農曰帟平帷也綬組綬所以繫帷也王逸楚詞注曰以幕組結束玉璜爲帷帳也旨酒盈樽莫與交歡毛詩曰旨酒欣欣漢書曰郭解入關賢豪爭交歡鳴琴在御誰與鼓彈毛詩曰琴瑟在御莫不靜好仰慕同趣其馨若蘭六韜曰同好相趣薛綜西京賦注曰趣猶意也易曰同心之言其臭如蘭佳人不在能不永歎楚辭曰聞佳人兮召予毛詩曰假寐永歎

## 贈山濤一首 五言

原作嫺

司馬紹統　臧榮緒晉書曰司馬彪字紹統少篤學初拜騎都尉太始中爲秘書郎轉丞後拜散騎侍郎終於家

苕苕椅桐樹，寄生於南岳。椅桐彪自喻也毛詩曰其桐其椅其實離離馬融琴賦曰惟椅梧之所生在衡山之峻陂上凌青雲霓，下臨千仞谷。蒼頡篇曰凌侵也呂氏春秋曰若決積水於千仞之谿包咸論語注曰七尺曰仞處身孤且危，於何託余足。毛詩序曰孤危將亡漢書賈山上書曰不得邪徑而託足焉昔也植朝陽，傾枝俟鸑鷟。毛詩曰鳳凰鳴矣于彼高岡梧桐生矣于彼朝陽鄭玄曰鳳凰之性非梧桐不栖非竹實不食也說文曰鸑鷟鳳屬神鳥也今者絕世用，倥傯見迫束。新語曰梗梓作則爲世用楚辭曰悲余生之無歡兮愁倥傯於山陸王逸曰倥傯困苦也班匠不我顧，牙曠不我錄。班匠及牙曠皆喻執政也墨子曰公輸般爲雲梯鄭玄禮記注曰般伎巧者也莊子曰匠石之齊見櫟社樹匠伯不顉司馬彪曰匠石字伯鄭玄毛詩箋曰顉視也列子曰伯牙善鼓琴左氏傳曰師曠侍於晉侯杜預曰師曠晉樂太師焉得成琴瑟何由揚妙曲桓子新論曰黃門工鼓琴者有任真卿虞長倩能傳其度數妙曲遺聲冉冉三光馳逝者一何速廣雅曰冉冉進也淮南子曰大道含吐陰陽而章三光許慎曰三光日月星也逝者見下注中夜不能寐撫劒起躑躅毛詩曰耿耿不寐左氏傳曰子朱怒撫劒從之說文曰蹢躅住足也躑躅與蹢躅同感彼孔聖歎哀此年命促春秋說題辭曰天嘗有血書魯端門作法孔聖沒周室士論語曰子在川上曰逝者如斯司馬遷悲士不遇賦曰天道悠昧人理促卞和潛幽冥誰能證奇璞卞和巳見上文冀願神龍來揚光以見燭神龍喻壽也山海經曰赤水之山有神人面蛇身其瞑乃晦其視乃明是燭九陰是謂燭龍

## 荅何劭二首 五言

張茂先

吏道何其迫窘然坐自拘班彪與金昭卿書曰遠在東垂吏道迫促鵩鳥賦曰愚士繫俗窘若囚拘

纓緌爲徽纆文憲焉可踰纓緌制人同於徽纆國之文憲豈可踰乎禮記曰冠緌纓鄭玄曰緌纓飾也周易曰繫用徽纆孔安國尚書傳曰憲法也

恬曠苦不足煩促每有餘廣雅曰恬靜也蒼頡篇曰曠疏曠也

良朋貽新詩示我以遊娛良朋已見上文徐幹贈五官中郎將詩曰良朋貽爾新詩又思玄賦曰雖遊娛以媮樂

穆如灑清風奐若春華敷毛詩曰吉父作誦穆如清風淮南子曰自猶條風之時灑荅賓戲曰摛藻如春華

昔同寮寀於今比園廬臧榮緒晉書曰惠帝即位劭爲太子太師又曰武帝崩華爲太子少傅然考乎其時事正相接故曰同寮也左氏傳曰先蔑之使也荀林父止之曰同官爲寮吾嘗同寮敢不盡心乎爾雅曰采僚官也南都賦曰園廬舊宅也

衰夕近辱殆庶幾並懸輿王逸楚辭注曰夕以喻衰言日夕將暮己已衰老子曰知足不辱知止不殆漢書曰薛廣德乞骸骨賜安車駟馬懸

「儵」別本

其安車傳子傳孫也散髪重陰下抱杖臨清渠鍾會遺榮賦曰散髪抽簪屬耳聽鸎鳥鳴流目翫儵魚毛詩曰耳屬于垣鄭玄曰屬耳於壁聽之又儀禮注曰屬注也毛詩曰鸎其鳴矣思玄賦曰流目眺夫衡阿翫猶悅也莊子曰儵魚出遊從容是魚樂也從容養餘日取樂於桑榆漢書疏廣曰此金者聖主所以惠養老臣也故樂與鄉黨共饗其賜以盡吾餘日不亦可乎桑榆已見上文

洪鈞陶萬類大塊稟羣生洪鈞大鈞謂天也大塊謂地也言天地陶化萬類而羣化稟受其形也鵩鳥賦曰大鈞播物廣雅曰陶化也河圖曰地有九州以苞萬類莊子曰大塊載我以形勞我以生孔安國尚書傳曰稟受也漢書董仲舒對策曰羣生和而萬物殖明闇信異姿靜躁亦殊形劉歆遂初賦曰非積習之生常固明闇之所別老子曰重爲輕根靜爲躁君王弼曰凡物輕不能載重小不能鎮大不行者使行不動者制動是以重必爲輕根靜必爲躁君自予及有識志不

在功名李陵與蘇武書曰陵自有識以來士之立操未有如子卿者也呂氏春秋曰功名大立天也虛恬竊所好文學少所經楚辭曰漢虛靜以恬愉忝荷既過任白日已西傾白日西傾以喻年老也洛神賦曰日既西傾道長苦智短責重才輕論語曾子曰士不可以不弘毅任重而道遠仁以爲己任不亦重乎死而後已不亦遠乎呂氏春秋曰智短則不知化不知化者每舉必危范雎後漢書劉寬曰任重責大憂心如醉曹植上表曰爵重才輕周任有遺規其言明且清論語孔子云周任有言曰陳力就列不能者止馬融曰周任古之良史子思子詩云昔吾有先正其言明且清國家以寧都邑以成負乘爲我戒夕惕坐自驚周易曰負且乘致寇至負也者小人之事也乘也者君子之器也小人乘君子之器盜思奪之矣又曰夕惕若厲孔安國尚書傳曰惕懼也是用感嘉貺寫心出中誠感猶荷也魏文帝書曰嘉貺益腆發篇雖溫麗無乃違其情西都賦曰啓發篇章漢書曰司馬相

如作賦甚弘麗温雅廣雅曰違背也

贈張華一首 五言

何敬祖

四時更代謝懸象迭卷舒孫卿子曰日月遞照四時代御淮南子曰二者代謝舛馳周易曰懸象著明莫大乎日月淮南子曰陰陽嬴縮卷舒淪於不測暮春忽復來和風與節俱論語曰暮春者春服既成毛詩曰習習谷風毛萇傳曰習習和舒之貌楊泉物理論曰春氣曧其風温和俯臨清泉涌仰觀嘉木敷西都賦曰嘉木樹庭周旋我陋圃西瞻廣武廬臧榮緒晋書曰吴滅封張華廣武侯左氏傳太史克曰奉以周旋既貴不忘儉處有能存無毛萇詩傳曰有謂富無謂貧鎮俗在簡約樹塞焉足摹周易曰簡則易從廣雅曰約儉也論語曰或問管仲知禮乎孔子曰邦君樹塞門管氏亦樹塞門在昔同班司今者並園墟同班司已見張華荅詩私願偕黃髮逍遙

綜琴書黃髮已見上文王肅周易注曰綜理事也劉歆遂初賦曰玩琴書以條暢舉爵茂陰下攜手共躊躇韓詩曰搔首躊躇薛君曰躊躇躑躅也奚用遺形骸忘筌在得魚莊子曰申徒兀者謂子產曰吾與夫子遊十有九年矣而未曾知吾兀者也今子與我遊於形骸之內而子索我於形骸之外不亦過乎得魚忘筌已見上文

贈馮文羆遷斥丘令一首四言晉百官名曰外兵郎馮文羆集云文羆爲太子洗馬遷斥丘令贈以此詩闞駰十三州記曰斥丘縣在魏郡東八十里

陸士衡

於皇聖世時文惟晉毛詩曰於皇時周周禮栗氏量銘曰時文思索鄭玄曰言是文德之君思求可以爲人立法也受命自天奄有黎獻謂武帝也毛詩曰有命自天命此文王又曰奄有四方毛萇曰奄大也尚書曰萬邦黎獻共惟帝臣孔安國曰黎衆也獻賢也閶闔既闢承

原作爍

華再建謂惠帝也晉宮閣名曰洛陽城閶闔門陸機洛陽記曰太子宮在太宮東薄室門外中有承華門再建謂立愍懷太子國儲以對閶闔故謂之再也明明在上有集惟彥其一毛詩曰明明在下赫赫在上弈弈馮生哲問允迪方言曰自關而西凡美容謂之弈弈尚書曰允迪厥德謨明弼諧孔安國曰迪蹈也言信蹈行古人之德天保定子靡德不鑠毛詩曰天保定爾亦孔之固劇秦美新曰鑠德懿和之風爾雅曰鑠美也邁心玄曠矯志崇邈爾雅曰邁行也王逸楚辭注曰矯舉也爾雅曰崇高也遵彼承華其容灼灼其二毛詩曰桃之夭夭灼灼其華嗟我人斯戢翼江潭毛詩曰嗟我懷人又曰彼何人斯又曰鴛鴦在梁戢其左翼楚辭曰遊於江潭有命集止翩飛自南周易曰大君有命毛詩曰有命既集又曰翩飛惟鳥又曰凱風自南出自幽谷及爾同林謂俱爲洗馬也臧榮緒晉書曰楊駿誅徵機爲太子洗馬毛詩曰出自幽谷遷于喬木雙情交映遺物識心其三映猶照也

人亦有言，交道實難。毛詩曰：人亦有言，靡哲不愚。漢書曰：蕭育與朱博後有隙，故世以交爲難也。有頍者弁，千載一彈。毛詩曰：有頍者弁，實維伊何。毛萇曰：頍，弁貌也。弁，皮弁也。彈冠巳見上文。杜預左氏傳注曰：弁亦冠也，故通言之。頍，丘橤切，與跬同音。今我與子，曠世齊歡。言我及子雖與王貢曠世，而實齊其歡也。范曄後漢班固議曰：以漢興巳來，曠世歷年。廣雅曰：曠，遠也。利斷金石，氣惠秋蘭。其四　周易曰：二人同心，其利斷金。同心之言，其臭如蘭。羣黎未綏，帝用勤止。毛詩曰：羣黎百姓。長楊賦曰：羣黎爲之不康。毛詩曰：文王既勤止，我應受之。我求明德，肆于百里。毛詩：我求懿德，肆于時夏。鄭玄曰：肆，陳也。陳其功烈也。漢書曰：縣大率百里，其人稠則盛，稀則曠也。僉曰爾諧，俾民是紀。尚書：僉曰垂哉。帝曰：汝諧。毛詩曰：四方是維，俾民不迷。鄭玄毛詩箋曰：以網罟喻爲政，理之爲紀也。乃眷北徂，對揚帝祉。其五　毛詩曰：乃眷西顧。又曰：對揚王休。又曰：既受帝祉，施于孫子。疇昔之遊，好合纏綿。

此章第三旨

左氏傳羊斟曰疇昔之羊子爲政毛詩曰妻子好合張升與任彥堅書曰纏綿恩好庶蹈高蹤借曰未洽亦既三年毛詩曰借曰未知亦既抱子居陪華幄出從朱輪應璩與趙叔潛書曰入侍華幄出典禁闈司馬彪續漢書曰皇太子安車朱班輪方驥齊鑣比迹同塵其六鄭玄儀禮注曰方併也南都賦曰縣驥齊鑣范曄後漢書孔融薦謝該曰該實卓然比迹前列老子曰和其光同其塵之子既命四牡項領毛詩曰駕彼四牡四牡項領遵塗遠蹈騰軌高騁四子講德論曰未若遵塗之疾也鄭玄考工記注曰軌謂轍也慶雲扶質清風承景廣雅曰質軀也嗟我懷人其邁惟永其七毛詩曰嗟我懷人毛萇曰懷思也否泰苟殊窮達有違否泰周易二卦名也列子西門子謂北宮子曰汝造事而窮予造事而達此厚薄之驗與賈逵國語注曰違異也及子春華後爾秋暉言否泰殊流窮達異轍今雖及爾春華之美終當後爾秋暉之盛也春華喻少年秋暉喻老成也蘇武詩曰努力愛春華

細爲紬繹贈詩始知此詩乃微風刺兼而有之未識賈謐喻其旨否

侍六日

逝將去我陟彼朔垂逝將去汝已見上文毛詩曰陟彼高岡朔垂斥丘也爾雅曰朔北方也說文曰垂遠邊也非子之念心孰爲悲其八

荅賈長淵一首四言并序王隱晉書曰魯公賈謐字長淵

陸士衡

余昔爲太子洗馬漢書曰太子屬官有先馬如淳曰前驅也先或作洗賈長淵以散騎常侍東宮積年高誘呂氏春秋注曰東宮太子所居詩曰東宮之妹余出補吳王郎中令臧榮緒晉書曰吳王晏字平度武帝第十三子封吳又曰吳王出鎭淮南以機爲郎中令元康六年入爲尚書郎臧榮緒晉書曰機爲尚書中兵郎魯公贈詩一篇作此詩荅之云爾

伊昔有皇肇濟黎蒸爾雅曰伊惟也郭璞曰發語辭也毛詩曰有皇上帝毛萇曰皇君也封禪書曰覺悟黎蒸先天創物景命是膺周易曰先天而天弗違周禮曰智者創物毛詩

曜 别本



曰君子萬年景命有僕毛萇曰僕附也毛詩曰戎翟是膺毛萇曰膺當也降及羣后迭毀迭興史記太史公曰遞興遞廢能者用事小雅曰遞迭更也遯矣終古崇替有徵其一楚辭曰春蘭兮秋菊長無絕兮終古國語藍尹亹謂子西曰吾聞君子唯獨居思念前世之崇替於是乎有歎韋昭曰崇終也替廢也左氏傳曰君子之言信而有徵在漢之季皇綱幅裂韋昭曰國語注曰季末也皇綱以綱為喻也苔賔戲曰廓帝紘恢皇綱毛萇詩傳曰張之曰綱魏志崔琰曰今天下分崩九州幅裂大辰匿耀曜金虎習質漢書曰東方蒼龍房心心為明堂大星天王爾雅曰大辰房心尾也石氏星經曰昴者西方白虎之宿也太白者金之精太白入昴金虎相薄主有兵亂雄臣馳騖義夫赴節解嘲曰世亂則聖哲馳騖而不足釋位揮戈言謀王室其二左氏傳王子朝告于諸侯曰居王于鬩諸侯釋位以間王政說文曰揮奮也左氏傳曰會于洮謀王室也王室之亂靡邦不泯平聲毛詩曰亂生不夷靡國不泯毛萇曰泯滅也如彼墜景

師不避晉諱

曾不可振平聲丁德禮寡婦賦曰日亹亹以西墜說文曰振舉也乃眷三哲俾乂斯民三哲劉備孫權曹操也尚書帝曰下民其咨有能俾乂孔安國曰乂治也啓土雖難改物承天其三尚書曰建邦啓土國語王謂晉侯曰叔父若能更姓改物以創天下禮記明堂陰陽錄曰王者承天統物也爰茲有魏即宮天邑禮記孔悝鼎銘曰即宮于宗周尚書曰周公曰肆予敢求爾于天邑商吳實龍飛劉亦岳立東京賦曰乃龍飛白水干戈載揚俎豆載戢毛詩曰載戢干戈毛萇曰戢聚也論語孔子曰俎豆之事則嘗聞之矣民勞師興國玩凱入其四毛詩曰民亦勞止玩與翫同古字通周禮曰師有功則愷樂天厭霸德黃祚告釁左氏傳鄭伯曰天而既厭周德矣干寶搜神記曰魏惟五德之運以土承漢春秋保乾圖曰漢以魏魏徵黃精接期天下歸高賈逵國語注曰釁兆也言禍有兆獄訟違魏謳歌適晉孟子萬章曰堯以天下與舜有諸孟子曰否不然天與之堯崩三年之喪畢舜讓避丹朱於南河之南天

下朝覲獄訟者不之堯之子而之舜謳歌者不謳歌堯之子而謳歌舜舜曰天也夫而後歸中國踐天子之位焉

陳留歸蕃我皇登禪魏志曰陳留王諱奐字景明武帝孫燕王宇子也奉皇帝璽綬策禪位于晉嗣王魏世譜曰封帝爲陳留王

庸岷稽顙三江改獻其五庸蜀境也庸國名也岷山名也禮記孔子曰拜而後稽顙三江吳境也尚書曰三江既入

赫矣隆晉奄宅率土曹府君陳寔誄曰赫矣陳君毛詩曰宅殷土芒芒又曰率土之濵

對揚天人有秩斯祜對揚已見上文司馬相如封禪文曰天人之際已交毛詩曰嗟爾烈祖有秩斯祜爾雅曰祜福也

惟公太宰光翼二祖臧榮緒晉書曰晉太祖爲大將軍以賈充爲司馬右長史及世祖受禪轉太宰左氏傳康王論晉范會曰宜夫子之光輔五君

誕育洪冑纂戎于魯其六臧榮緒晉書曰謚父韓壽河南尹母賈充少女也充平生不議立後充後妻郭槐輒以外孫韓謚爲黎民子襲封槐自表陳是充遺意也帝許之以謚爲魯公毛詩曰誕彌厥月毛萇曰誕大也鄭玄曰大矣后稷之在其母終於人

道十月而生毛詩曰纘戎祖考鄭玄曰戎汝也毛詩曰俾侯于魯東朝既建淑問峩峩謂愍懷太子也毛詩曰淑問如皋陶我求明德濟同以和我求懿德已見上文左氏傳齊侯曰唯據與我和晏子曰據亦同也焉得爲和和如羹焉宰夫和之齊其不及以洩其過君子食之以平其心君臣亦然杜預曰梁丘據也魯公戾止袞服委蛇毛詩曰魯侯戾止爾雅曰戾至也周禮曰三公自袞冕而下毛詩曰退食自公委蛇委蛇思媚皇儲高步承華其七王隱晉書曰謚以賈后之妹子數入宮與愍懷處毛詩曰思媚周姜又曰媚于天子漢書疏廣曰太子國儲嗣君承華已見上文昔我逮茲時惟下僚下僚謂洗馬也及子棲遲同林異條俱在東宮故曰同林而貴賤殊隔故曰異條毛詩曰或棲遲偃仰年殊志比服舛義稠服章服也尊卑殊制故曰舛也說文曰稠多也遊跨三春情固二秋其八祗承皇命出納無違尚書曰祗承于帝論語曰樊遲問孝子曰無違往踐蕃朝來步

此注極謬

爛 注

紫微蕃朝吴也紫微至尊所居謂爲尚書郎升降祕閣我服載暉謝承後漢書曰謝承父嬰爲尚書侍郎每讀高祖及光武之後將相名臣策文通訓條在南宮祕於省閣唯臺郎升複道取急因得開覽序云入爲尚書郎作此詩然祕閣即尚書省也孰云匪懼仰肅明威其九尚書曰我有周佑命將天明威分索則易携手實難鄭玄禮記注曰索散也念昔良遊茲焉永歎劉楨黎陽山賦曰良遊未厭白日潛輝毛詩曰茲之永歎公之云感貽此音翰應劭漢書注曰云有也韋昭曰翰筆也蔚彼高藻如玉之闌其十蔚文貌周易曰君子豹變其文蔚也楚辭曰文彩耀於玉石王逸曰言發文舒詞爛然成章如玉石之有文彩也闌力旦切協韻力丹切惟漢有木曾不踰境惟南有金萬邦作詠木謂橙也賈謐贈詩云在南稱柑度北則橙故荅以此言木度北而變質故不可以踰境金百鍊而不銷故萬邦作詠賈戒之以木而陸自勗以金也穀梁傳曰婦人既嫁不踰境毛詩曰大賂南金民之胥好狂

猶厲聖爾雅曰胥相也謂相戒勗以所好尚也論語子曰不得中行而與之必也狂狷乎狂者進取狷者有所不爲尚書曰惟聖罔念作狂惟狂克念作聖說文曰厲石也言人之自勗若金之受厲儀形在昔予聞子命共十一毛詩曰儀形文王萬邦作孚左氏傳晋克曰臣聞命矣

於承明作與士龍一首五言集云與士龍於承明亭作

陸士衡

牽世嬰時網駕言遠徂征鄒陽上書曰豈拘於俗牽於世曹子建責躬詩曰舉挂時網毛詩曰駕言徂東飲餞豈異族親戚弟與兄毛詩曰飲餞于禰又曰豈伊異人兄弟匪他婉孌居人思紆鬱遊子情方言曰俒歡也俒與婉同古字通說文曰孌慕也班固漢書述哀紀曰婉孌董公惟亮天工紆鬱已見上文明發遺安寐寤言涕交纓毛詩曰明發不寐又曰獨寐寤言淮南子曰雍門子以琴見孟嘗君涕流霑纓分塗長林側

郘○別本

郘○別本校語

揮袂萬始亭佇眄要遐景傾耳玩餘聲家語孔子曰傾耳而聽之不可得而聞杜預左氏傳注曰翫貪也南歸憩永安北邁頓承明毛萇詩傳曰憩息也頓止舍也永安有昨軌承明子棄予毛詩曰棄予如遺俯仰悲林薄慷慨含辛楚范曄後漢書劉瑜上書曰竊爲辛楚泣血連如楚猶痛也懷往歡絕端悼來憂成緒言和悅綣往歡已絕端哀悼暫來憂便成緒毛萇詩傳曰懷和也楚辭曰欲寂漢而絕端方言曰悼哀也感別慘舒翮思歸樂遵渚舒翮謂鵠遵渚謂鴻言感別之情慘於舒翮之飛鵠思歸之志樂於遵渚之征鴻也蘇武詩曰黃鵠一遠別鄺炎詩曰舒吾凌霄羽毛詩曰鴻飛遵渚

## 贈尚書郎顧彥先二首

五言王隱晉書曰顧榮字彥先吳人也爲尚書郎

陸士衡

大火貞朱光積陽熙自南爾雅曰大火謂之大辰郭璞曰大火心也在中最明故時

候主之也孔安國尚書傳曰貞正也朱光朱明也爾雅
曰夏爲朱明尚書曰日永星火以正仲夏淮南子曰積
陽之熱氣生火火氣之精者爲日爾雅曰
熙興也續漢書曰日行南陸謂之夏也望舒離金虎
屏翳吐重陰言月離畢天將雨也楚辭曰前望舒使先驅王逸曰望舒月御也漢書曰西方金也
尚書考靈耀曰西方秋虎漢書曰參白虎三星又曰觜
觿爲虎首孔安國尚書傳曰昴白虎中星然西方七星
畢昴之屬俱白虎也毛詩曰月離于畢俾滂沲矣楚辭
曰屏翳起雨王逸曰屏翳雨師名也曹子建贈王粲
詩曰重陰潤万物淒風迕時序苦雨遂成霖左氏傳申豐曰春無淒風秋無苦雨
杜預曰苦雨爲人所患苦也小雅曰迕
犯也莊子曰陰陽四時運行各得其序朝遊忘輕羽夕
息憶重衾輕羽謂扇也傅毅有羽扇賦衾已見上文感物百憂生纏綿自相
尋百憂纏綿並已見上文與子隔蕭牆蕭牆隔且深論語子曰吾恐季孫之憂
在蕭牆之內也形影曠不接所託聲與音音聲日夜闊何用慰

吾心。毛詩曰仲山甫永懷以慰其心

朝遊遊層城夕息旋直廬張晏漢書注曰直宿曰廬也迅雷中宵激驚電光夜舒。論語曰迅雷風烈必變楚辭曰凌驚雷軼駭電兮玄雲拖朱閣振風薄綺疏。說文曰拖曳也徒可切鄭玄禮記注曰振動也風以動物故謂之振孔安國尚書傳曰薄迫也李尤東觀銘曰房闥內布綺疏外陳是謂東觀書籍林淵豐注溢脩霤黃潦浸階除。王逸楚辭注曰霤屋宇也說文曰潦雨水也又曰除殿階也停陰結不解通衢化爲潦。沈稼湮梁潁流民泝荊徐廣雅曰湮沒也梁潁一地名也毛萇詩傳曰泝向也荊徐二州名也眷言懷桑梓無乃將爲魚毛詩曰眷言顧之又曰惟桑與梓必恭敬止左氏傳曰天王使劉定公勞趙孟館於雒汭劉子曰美哉禹功明德遠矣微禹吾其魚乎

贈顧交阯公眞二首五言晉百官名曰交州刺史顧祕字公眞

陸士衡

顧侯體明德清風肅已邁周易曰君子體仁足以長人鄭玄曰體生也尚書曰先王既勤用明德胡廣書曰建鴻德流清風發迹翼藩后改授撫南裔藩后吳王也顧氏譜曰祕爲吳王郎中令南裔謂交阯也解嘲曰驃騎發迹於祈連蔡邕陳球碑曰遠鎮南裔近撫侯服鄭玄周禮注曰撫安也伐鼓五嶺表揚旌萬里外漢書曰秦北爲長城之役南有五嶺之戍裴淵廣州記五嶺云大庾始安臨賀桂陽揭陽漢書劉向上疏曰甘延壽懸旌万里之外遠績不辭小立德不在大左氏傳劉子謂趙孟曰子盍亦遠績禹功而大庇民焉又穆叔曰大上有立德其次立功高山安足凌巨海猶縈帶古辯異傳遊曰衆星累累如連貝江河四海如衣帶惆悵瞻飛駕引領望歸旆楚辭曰惆悵兮而私自憐左氏傳穆叔謂晉侯曰引領西望曰庶幾乎

贈從兄車騎一首 五言集云陸士光 陸士衡

孤獸思故藪離鳥悲舊林周禮曰藪牧養蕃鳥獸鄭玄曰澤無水曰藪翩翩遊宦子辛苦誰爲心漢書薄昭與淮南王書曰游宦事人髣髴谷水陽婉孌崐山陰楚辭曰時髣髴以遥見陸道瞻吳地記曰海塩縣東北二百里有長谷昔陸遜陸凱居此谷東二十里有崐山父祖葬焉穀梁傳曰水北曰陽婉孌已見上文營魄懷茲土精爽若飛沈孝子曰載營魄抱一能無離乎鍾會曰載辭也經護爲營形氣爲魄謂魂魄經護其形氣使之長存也論語子曰小人懷土左氏傳樂祈曰心之精爽是謂魂魄寤寐靡安豫願言思所欽東京賦曰膺多福以安悆毛詩曰願言思子嵇康贈秀才詩曰思我所欽感彼歸塗艱使我怨慕深孟子萬章問曰舜往于田曰號泣於旻天何謂其號泣也孟子曰怨慕也集本云歸塗順也安得忘歸草言樹背與衿韓詩曰焉得諠草言樹之背然衿猶前也斯言

豈慮作。思鳥。有。悲。音。

## 答張士然一首

五言孫盛晉陽秋曰張悛字士然少以文章與陸機友善

悛七全切　陸士衡

絜身躋祕閣祕閣峻且玄四子講德論曰絜身脩思吊魏武曰機出補著作遊乎祕閣然祕書省亦爲祕閣說文曰玄幽遠也謂祕閣之幽遠也終朝理文案薄暮不遑瞑毛詩曰不遑假寐瞑古眠字駕言巡明祀致敬在祈年駕言已見上文毛詩曰敬祭明祀禮記曰拜至所以致敬也毛詩曰祈年孔夙鄭玄曰我祈豐年甚早也逍遙春王圃躑躅千畝田晉宮閣銘曰洛陽宮有春王園躑躅與躑躅同禮記曰天子爲籍田千畝回渠。繞曲。陌通波。扶直阡。風俗通曰南北曰阡東西曰陌嘉穀。垂重穎。芳樹。發華。顛。尚書曰農殖嘉穀廣雅曰顛末也。余固。水。鄉。士。總轡。臨。清淵。水鄉

今李本作交

游 別本

謂吳也漢書曰武功中水鄉人三舍墊爲池家語孔子曰善御者正身以總轡戚戚多遠念行行遂成篤楚辭曰居戚戚而不解

爲顧彥先贈婦二首五言集云爲全彥先作今云顧彥先誤也且此上篇贈婦下篇荅而俱云贈婦又誤也

陸士衡

辭家遠行遊悠悠三千里鸚鵡賦曰女辭家而適人蔡琰詩曰悠悠三千里何時復會來京洛多風塵素衣化爲緇毛萇詩傳曰緇黑色脩身悼憂苦感念同懷子孟子曰古之人不得志脩身見於世列子曰卑辱則憂苦隆思亂心曲沈歡滯不起薛君韓詩章句曰時風又且暴使己思益隆毛詩曰亂我心曲歡沈難克興心亂誰爲理願假歸鴻翼翻飛浙江汜魏文帝喜霽賦曰思寄身於鴻鸞舉六翮而輕飛毛詩曰江有汜

東

首作答舊音括

東南有思婦長歎充幽闥曹子建七哀詩曰上有愁思婦悲歎有餘哀西京賦曰重閨幽闥借問歎何為佳人眇天末西京賦曰眇天末以遠期遊宦久不歸山川脩且闊遊宦已見上文形影參商乖音息曠不達左氏傳子產曰昔高辛氏有二子伯曰閼伯季曰實沈居曠林不相能日尋干戈以相征討后帝不臧遷閼伯于商丘主辰商人是因故辰為商星遷實沈于大夏主參唐人是因以服事夏商其季世曰唐叔故參為晉星法言曰吾不睹參辰之相比也音息音問消息也廣雅曰曠久也離合非有常譬彼弦與括呂氏春秋曰夫萬物成則毀合則離離則復合合則復離劉熙釋名曰矢末曰括括會也與弦會願保金石軀慰妾長飢渴金石已見上文李陵贈蘇武詩曰思得瓊樹枝以解長飢渴

贈馮文羆一首　五言　陸士衡

昔與二三子遊息承華南二三子及承華已見上文拊翼同枝條飜

飛各異尋班固漢書曰撫翼俱起苟無凌風翮徘徊守故林莊子曰鵲
巢於高榆之巔巢折淩風而起慷慨誰爲感願言懷所欽所欽已見上文發軔
清洛汭驅馬大河陰尚書曰東至于洛汭孔安國曰水北曰汭穀梁傳曰水南曰陰佇
立望朔塗悠悠迴且深馮在斤丘故云朔塗毛詩曰佇立以泣王粲贈士孫文始詩曰
雖則同域邈其迴深分索古所悲志士多苦心古詩曰晨風懷苦心悲情臨
川結苦言隨風吟張平子書曰酸者不能不苦於言愧無雜珮贈良訊
代兼金毛詩曰知子之來之雜珮以贈之孟子曰齊王餽兼金一百而不受趙岐曰兼金其價兼倍於
惡金也夫子茂遠猷款誠寄惠音尚書曰遠尒猷秦嘉贈婦詩曰何用敘我心遺
思致款誠好色賦曰絜齋俟兮惠音聲

## 贈弟士龍一首 五言　陸士衡

行矣怨路長，惄焉傷別促。論語曰：君命召，不俟駕行矣。曹子建贈白馬王詩曰：怨彼東路長。詩曰：我心憂傷，惄焉如擣。方言曰：悄，憂也。自關而西秦晉之間或曰惄。並奴的切。曹子建送應氏詩曰：別促會日長。指途悲有餘，臨觴歡不足。我若西流水，子爲東峙岳。言己逝如西流之不息，雲止類東岳之不移也。慷慨逝言感，徘徊居情育。逝，機自謂也。居，謂雲也。言慷慨不平，逝者之言多感；徘徊與戀，居者之志彌生。安得攜手，俱契闊成騑服。毛詩曰：死生契闊，與子成說。又曰：攜手同行。毛萇曰：契闊，勤苦也。說文曰：騑，驂傍馬也。鄭玄毛詩箋曰：兩服，中央夾轅也。

## 爲賈謐作贈陸機一首　四言　潘安仁

肇自初創，二儀烟熅。周易曰：易有太極，是生兩儀。王肅曰：兩儀，天地也。易曰：天地烟熅，萬物化醇。粤有生民，伏羲始君。結繩闡化，八象成文。劇秦美新曰：爰

初生民周易曰上古結繩而治後世聖人易之以書契
又曰古者包犧氏之王天下也始作八卦以通神明之
德以類萬物之情包犧即伏犧也聲類曰闡大開也芒芒九有區域以分其一左氏傳魏
絳曰虞人之箴曰芒芒禹跡畫爲九州杜預云芒芒遠貌也毛詩曰方命厥后奄有九有毛萇曰九有九州也
神農更王軒轅承紀史紀曰軒轅爲天子代神農氏是爲黃帝順天地之紀家語孔子曰
古之王者易代改號取法五行五行更王終始相生也畫野離疆爰封衆子漢書曰昔
在黃帝畫埜分州得百姓之國萬區史紀曰黃帝二十五子得其姓者一十四人夏殷既襲宗
周繼祀楚辭曰思堯舜兮襲興毛詩曰赫赫宗周綿綿瓜瓞六國互峙其二毛詩
曰綿綿瓜瓞民之初生自土沮漆六國謂韓燕趙魏齊楚也強秦兼并吞滅四隅史記
曰秦始皇初并天下班固漢書述曰孝武行師吞滅海隅淮南子曰經營四隅還反於樞高誘曰隅猶方也
子嬰面櫬漢祖膺圖子嬰漢祖並已見上文左氏傳曰楚子圍許許僖公見楚子於武城

面縛銜璧大夫襄經士輿櫬東京賦曰高祖膺錄受圖曹植大魏篇曰大魏膺符靈獻微弱在涅則渝范曄後漢書曰孝靈皇帝諱宏肅宗玄孫也桓帝崩無子即皇帝位又曰孝獻皇帝諱協靈帝中子也靈帝崩即皇帝位曾子曰沙在泥與之皆黑趙岐孟子章句曰白沙入涅不染自黑爾雅曰渝變也

三雄鼎足孫啓南吳其三三雄即三國之主班固漢書述曰三雄是敗漢書蒯通說韓信曰方今足下三分天下鼎足而居南吳伊何僭號稱王吳志曰黃龍元年權即皇帝位春秋命歷序曰吳楚駒勝僭號稱王駒景駒也勝陳勝也字書曰僭假也大晉統天仁風遐揚謂武帝也周易曰大哉乾元萬物資始乃統天典引曰仁風翔于海表僞孫銜璧奉土歸壃僞孫謂皓也吳志曰孫皓字元宗和子也孫休薨皓立晉命王濬伐皓皓致書於濬濬受皓之降銜璧已見上句

婉婉長離凌江而翔其四長離喻機也楚辭曰駕八龍之婉婉漢書曰長麗前掞光耀明臣瓚曰長離靈鳥也離與麗古字通長離云誰咨爾陸生毛詩曰云誰之

思又曰谷爾般商鶴鳴九皐猶載厥聲毛詩曰鶴鳴九皐聲聞于天又曰厥聲載路況乃海隅播名上京海隅謂吳也尚書曰至于海隅范曁後漢書沮授謂袁紹曰將軍弱冠登朝播名海內孔安國尚書傳曰播布也爰應旌招撫翼宰庭其五臧榮緒晉書曰太熙末太傳楊駿辟機爲祭酒孟子曰夫招士以旂大夫以旌撫翼已見上文宰謂駿也宰或爲紫非也儲皇之選實簡惟良漢書疏廣曰太子師友必天下英俊爾雅曰簡擇也尚書曰時惟良顯哉孔安國曰是惟良臣則君顯明於世英英朱鸞來自南岡鸞亦喻機也毛萇詩傳曰英鮮明也王逸楚辭序曰虬龍鸞鳳以託君子毛詩曰我來自東曜藻崇正玄冕丹裳謂爲洗馬也崇正太子之宮也臧榮緒晉書曰世祖以皇太子富於春秋初命講孝經於崇政殿周禮曰大夫玄冕禮記曰君朱韠環濟要略曰韠以象裳色如彼蘭蕙載採其芳其六藩岳作鎮輔我京室謂吳王也班固盧綰述曰綰自同閈鎮我北壃毛詩曰大啓爾宇爲周室輔旋反桑梓帝

弟作弼桑梓已見上文作弼謂爲吴王郎中令也或云國宦清塗攸失漢書曰武有淮南衡山之謀作左官之律應劭曰人道尚右今舍天子而仕諸侯故謂之左官吾子洗然恬淡自逸其七莊子曰庚桑子之始來也吾洒然異之鄭玄禮記注曰洒如肅敬也文子曰靜漠恬淡説文曰淡安也徒敢切毛詩曰我不敢傚我友自逸陳太丘碑曰澹然自逸廊廟惟清俊乂是延史記曰賢人深謀於廊廟爾雅曰室有東西廂曰廟犍爲舍人曰殿有東西小堂也然廊廟君之居臣朝覲之所故曰俊乂是延也尚書曰俊乂在官鄭玄周禮注曰延進也擢應嘉舉自國而遷方言曰擢拔也齊轡羣龍光讃納言謂爲尚書郎也楊雄河東賦曰建乾坤之貞兆兮將悉總之以羣龍韋昭曰比羣賢也尚書帝曰龍命汝作納言應劭漢書注曰納言如今尚書官機爲郎故曰光讃也鄭玄周禮注曰贊佐也優遊省闥珥筆華軒其八毛詩曰優遊爾休矣崔駰奏記竇憲曰珥筆持牘拜謁曹下韋昭漢書注曰檻殿上欄軒上板昔余與子繾綣東朝左氏

傳臧昭伯曰繾綣從公無通外內也雖禮以賓情同友僚嬉娛絲竹撫鞞舞韶禮記曰絲竹樂之器也字林曰鞞小鼓也尚書曰簫韶九成孔安國曰韶舜樂名脩日朗月。攜手逍遙。其九自我離羣二周于今禮記曰子夏曰吾離羣索居毛詩曰自我不見于今三年雖簡其面。分著情深。孔安國尚書傳曰簡略也袁紹與公孫瓚書曰分著丹青子其超矣實慰我心毛詩曰實獲我心發言爲詩俟望好音。其十毛詩序曰在心爲志發言爲詩毛詩曰誰將西歸懷之如音欲崇其高必重其層郭璞山海經注曰層重也慈登切立德之柄莫匪安恆周易曰謙德之柄也恆德之固也在南稱甘度北則橙言甘以移植而易名恐人徙居而變節故引以誡之淮南子曰江南橘樹之江北而化爲橙博物志曰橘柚類甚多甘橙枳皆是崇子鋒穎。不頹不崩。其十一鄭玄禮記注曰崇猶尊也摯伯陵荅司馬遷書曰有能者見鋒穎之秋毫毛詩曰如南山之壽不

原作藉

鶱不崩

贈陸機出爲吴王郎中令一首 四言　潘正叔

文章志曰潘尼字正叔少有清才初應州辟後以父老歸供養父終乃出仕位終大常

東南之美曩惟延州爾雅曰東南之美者有會稽之竹箭焉左氏傳曰吴子使屈狐庸聘于晉趙文子問焉曰延州來季子其果立乎杜預曰延州來季札邑也顯允陸生於今尠儔毛詩曰顯允君子莫不令德振鱗南海濯翼清流高唐賦曰振鱗奮翼應德璉建章臺集詩曰濯翼陵高梯婆娑翰林容與墳丘其一荅賓戲曰婆娑乎術藝之場長揚賦曰借翰林以爲主人左氏傳楚左史倚相趍過王曰是史也能讀三墳五典八索九丘玉以瑜潤隨以光融禮記孔子曰君子比德於玉焉温潤而澤仁也瑜不揜瑕忠也鄭玄曰瑜其中間美者隨隨珠已見上文杜預左氏傳注曰融朗也乃漸上京乃儀儲官周易曰鴻漸于陸其羽可以爲

儀吉玩爾清藻。味爾芳風。玩猶愛也祢衡顔子碑曰秀不實振芳風泳之彌廣。挹之彌沖。其二毛詩曰漢之廣矣泳之游之毛萇曰潛行爲泳又曰挹㪺也老子曰大滿若沖字書曰沖猶虛也崐山何有有瑤有珉新序晉平公嘆曰嗟乎安得賢士大夫與共此樂船人固桑對曰夫劒產於越珠產江漢玉產崐山此三寶皆無足而致今君苟好士則賢士至矣說文曰瑤玉美者又曰珉石之美者及爾同僚具惟近臣臧榮緒晉書曰正叔元康初拜太子舍人機仕東宮已見上文毛詩曰我雖異事及爾同僚東京賦曰具惟帝臣國語曰近臣盡規予涉素秋子登青春素秋喻老青春喻少也劉楨與臨淄侯書曰肅以素秋則落楚辭曰青春爰謝愧無老成廁彼日新其三毛詩曰雖無老成人尚有典刑周易曰大畜剛健篤實輝光日新其德祁祁大邦惟桑惟梓毛詩曰采蘩祁祁毛萇曰祁祁衆多也穆穆伊人南國之紀毛詩曰穆穆魯侯又曰所謂伊人又曰滔滔江漢南國之紀帝曰爾諧惟王卿士尚書帝曰爾諧俯僂從命爰恤奚喜其四左氏傳孟僖子召其大夫曰吾聞將有達者曰孔丘聖人之後也其祖弗父何始有國而授厲公及正考父佐戴武宣三命茲恭敬其鼎銘曰一命而僂再命而傴三命而俯循牆而走莫余敢侮我車既巾我馬既秣周禮巾車下大夫二人鄭玄曰巾猶衣也秣馬已見上文星陳夙駕載脂載轄尚書大傳八伯歌曰爛然星陳毛詩曰星言夙駕說于桑田又曰載脂載轄還車言邁婉孌三宮徘徊殿闥醪澄莫饗孰慰飢渴其五淮南子曰酒澄而不飲孔叢子子思謂魯穆公曰君若飢渴待賢也昔子忝私貽我蕙蘭陸集有贈正叔詩令子徂東何以贈旃徂東謂適吳也毛詩曰駕言徂東又曰何以贈之寸晷惟寶豈無璵璠淮南子曰聖人不貴尺之璧而重寸之陰難得而易失也說文曰晷景也璵璠美玉也彼美陸生可與晤言其六毛詩曰彼美淑姬可以晤言鄭玄曰晤猶對也

贈河陽一首 五言　潘正叔

宓生化單父子奇莅東阿 呂氏春秋曰宓子賤治亶父彈鳴琴身不下堂亶父治巫馬期以戴星出入日夜不居以身親之而亶父亦治巫馬期以問於宓子宓子曰我之任人子之任力任力者固勞任人者固逸說苑曰子奇年十八齊君使治阿既行齊君悔之遣使追使者返曰子奇必能矣共載者皆白首者也子奇至阿鑄庫兵以爲耕器魏聞童子爲君庫無兵倉無粟乃起兵擊之阿人父率子兄率弟以私兵戰遂敗魏師

桐鄉建遺烈武城播弦歌 漢書曰朱邑字仲卿廬江人少時爲舒桐鄉嗇夫廉平不苛後爲大司農病且死屬其子曰我故爲桐鄉吏其民愛我必葬我桐鄉後世子孫奉我不如桐鄉人及死其子葬之桐鄉西郭外人果共立爲邑起冢立祠祭至今不絕班固說東平王蒼曰遺烈著於無窮論語曰子之武城聞弦歌之聲孔安國曰子游爲武城宰

逸驥騰夷路潛龍躍洪波 驥龍喻岳也

弱冠步鼎鉉既立宰三河 岳早辟賈充府出爲河陽令禮

記曰人生二十曰弱冠周易曰鼎金鉉鄭玄曰金鉉喻明道能舉居之官職也尚書注曰鼎三公象也論語曰三十而立漢書東方朔曰漢去三河之地止霸滻以西流聲馥秋蘭摛藻艷春華家語孔子曰流聲後裔非唯學之所致耶楚詞曰秋蘭兮青青說文曰摛舒也摛藻春華已見上文徒美天姿茂豈謂人爵多風俗通曰太尉掾范滂天姿聰叡孟子曰有天爵有人爵仁義忠信樂善不倦此天爵也公卿大夫此人爵也古之人脩其天爵而人爵從之今之人脩天爵以要人爵既得人爵而弃天爵終亦亡矣

## 贈侍御史王元貺一首 五言　潘正叔

崐山積瓊玉廣廈構衆材崐山出玉已見上文慎子曰廊廟之材非一木之枝遊鱗萃靈沼撫翼希天階遊鱗龍也毛萇詩傳曰萃集也毛詩曰王在靈沼楚辭曰攀天階而下視膏蘭孰為銷濟治由賢能漢書曰龔遂卒有父老來弔曰薰以香自燒膏

以明自銷**王侯厭崇禮迴迹清憲臺**漢書上謂嚴助曰君厭承明之盧張孟陽魏都賦注曰聽政殿左崇礼門漢官儀曰御史爲憲臺也**蠖屈固小往龍翔迺大來**周易曰尺蠖之屈以求伸也龍蛇之蟄以存身也又曰泰小往大來吉郭璞方言注曰尺蠖又呼爲步屈也於縛切**協心毗聖世畢力讃康哉**尚書曰三后協心毛詩曰天子是毗鄭玄曰毗輔也呂氏春秋曰百官有司之事畢力竭智矣尚書咎繇乃歌曰元首明哉股肱良哉庶事康哉

# 文選卷第二十四

癸亥六月廿七夕 侃讀